Kaum im malerischen Bantry Bay angekommen, muss der junge Sergeant Bryan Sheehy gleich in einem finsteren Fall ermitteln: Die hübsche Lizzy, Tochter des mächtigsten Mannes am Ort, wird tot in einem Fischcontainer aufgefunden. Zunächst scheint das junge Mädchen bloß ertrunken zu sein, doch eine Fülle von Indizien weist auf Mord hin – keine alltägliche Sache im kleinen irischen Küstenort.

Umso mehr, als bald jeder verdächtig scheint … die beiden deutschen Touristen, der armenische Gebrauchtwarenhändler, Lizzys feinsinniger Verlobter und noch etliche andere mehr. Bantry Bay beherbergt einen Mörder – und es könnte der Nachbar sein.

Die Autorin
Fran Cardinal wurde 1975 als Tochter einer irischen Mutter und eines deutschen Vaters in Südirland geboren. Mit ihrem Freund betreibt sie ein Restaurant auf der irischen Halbinsel Beara. «Die Tote von Bantry Bay» ist ihr erster Roman.

Fran Cardinal

Die Tote von Bantry Bay

Bryan Sheehys erster Fall

Roman

Rowohlt Taschenbuch Verlag

1. Auflage März 2004
Originalausgabe
Veröffentlicht im Rowohlt Taschenbuch Verlag,
Reinbek bei Hamburg, März 2004

Umschlaggestaltung anyway, Cathrin Günther
(Foto: Photonica/Steve Marsel)
Satz Aldus von Deichgrafik, Tönning
Druck und Bindung Clausen & Bosse, Leck
Printed in Germany
ISBN 3 499 23557 9

Die Schreibweise entspricht den
Regeln der neuen Rechtschreibung.

Für Lilo

Kalte Finger

Simson Dignam nahm die Zähne aus dem Glas mit der Aufschrift *Walsh-Herz-und-Kreislauf-Dragees.* Es war früh, aber er musste nur sonntags um fünf heraus, den Rest der Woche konnte er liegen bleiben. Hielt es bloß nie lange aus – je älter, je kürzer, sagen die Leute, und das stimmt ja auch. Bei Simson kam noch dazu, dass er den Tag nicht gern verschenkte. Morgens wurde ihm leicht übel (die Galle), darum trank er zum Frühstück nur seine drei *Stärker*, ein Glas mit verdünntem Essig, eine Kanne Tee, einen Eierbecher voll Rapsöl.

Simson machte es sich beim Trinken gemütlich und starrte auf den Felsen vor dem Fenster, der die Bucht verdeckte. Wäre dort ein Hügel gewesen, Simson hätte ihn abgetragen mit den Jahren, einen Wald hätte er gefällt; aber den Felsen musste er stehen lassen. Er könnte das Meer sehen, von diesem einen Fenster das Meer, wenn der Felsen nicht wäre. Simson drückte die Zähne fest, zog den gefütterten Gummimantel an und ging hinaus. So dicht ragte der Felsen hoch, als wäre er über Nacht näher gerückt; dort stand Simsons Fahrrad.

Morgens taten ihm immer die Finger weh, er konnte den Lenker nicht gleich umfassen, presste nur die Handballen darauf, die Finger spreizte er ab. Er wunderte sich, dass manche Körperteile länger zum Aufwachen brauchten als andere. Die Beine aber waren jung. Simson lachte über seine verrückten Beine, die begannen unter ihm loszustrampeln, radelten ihm fast davon, kaum dass er aufgestiegen war.

Da fuhr er schon über den Westhügel nach Süden, wo die Bucht noch im Schatten lag. Simson sah zum Himmel hoch und betrachtete die kleinen üppigen Wolken, die ihn an den gesteppten Morgenmantel seiner Mutter erinnerten. Seit dreißig Jahren war sie tot. Leise regte sich sein Gewissen, weil zwischen den Glasmosaiken auf ihrem Grab das Unkraut kniehoch wuchs; aber er ging einfach nicht hin, es abzuschneiden.

Er hätte Steckzwiebeln klauen können aus Abby McCoys Garten; nicht dass Abby was dagegen hatte, bloß waren die ersten Zwiebeln dieses Jahr erfroren und die neuen noch klein. Also ließ er Abbys Zwiebelchen lieber in Ruhe, gute Nachbarschaft, und fuhr langsamer. Wollt ihr wohl langsamer machen, ihr Beine!, denn er schaute gerne nach Poor Island hinüber.

Auch wenn das außer ihm keiner sah, die Insel war eine Schafsniere. Schaut doch hin! Braun und bucklig, wie eine Niere eben. Anbauen konnten sie dort drüben nur mit Chemiedünger, der Boden würde bald ausgelaugt sein. Auf die Insel schauen und gleichzeitig radeln war schwierig, nun, es ging scharf bergab. Die gespreizten Finger zitterten unter den Schlägen des Lenkers, Simson fürchtete sich ein bisschen, denn die Bremsbacken waren runtergefahren bis aufs Metall.

Ihr Leben lang hatte Moyra im Maddock-Viertel gelebt, vor vier Wochen erst war sie hinausgetragen worden. Er hätte sie heiraten sollen, als sie noch wollte und keinen Wulst auf der Stirn hatte. Auch mit vierundsechzig konnte Simson sich nicht vorstellen, *verehelicht* zu sein. Das Cottage wäre zu klein für sie beide gewesen, und ins Maddock-Viertel hätten ihn keine zehn Pferde gebracht. War schon richtig so, ohne Moyra, sonst wäre er jetzt Witwer und müsste sich umgewöhnen, und das wäre auch nicht gut.

Auf der steinernen Brücke schüttelte es ihn so sehr, dass er die klappernden Zähne aufeinander pressen musste. Halt, abbremsen vor dem Pier; noch kein Jahr, dass er auf den Innereien ausgerutscht war. Ein Schuft, wer seine Brassen auf offener Straße ausnahm und den Unschlitt wegwarf! Keine kalten Tage mehr diesen Frühling, betete Simson, die Hüfte wurde sonst hart wie Stein.

Natürlich war alles versperrt rund um *Market's Corner*, keine Nase zu sehen. Wie doch das Salz und die Fischschuppen die Verschläge auslaugten, immer heller wurde das Holz mit den Jahren. Lächerlich, dass Sile O'Shea seinen Crêpewagen so verrammelte – wer würde den Himbeersirup und die Sahnemaschine schon stehlen? *Crêpe O'Shea* hatte Sile vor Jahren auf den Wagen gepinselt und war sein Lebtag nicht in Frankreich gewesen. Beim Touristencenter brauchte man vor neun keinen zu erwarten, auch in der Hafenmeisterei alles dunkel. Die Fischer aber waren seit Stunden draußen. Drei Meilen um diese Jahreszeit, weiter brauchten sie nicht in die Bay rauszufahren, die Strömung war frisch, da kamen ihnen die Makrelen entgegen. Der Sommer brachte Dorsch und Seelachs, aber der Sommer war nicht in Sicht. Simson warf einen Blick auf den traurigen Katzenhai, den sie ausgestopft ans Touristencenter genagelt hatten. Der einzige Hai in dreißig Jahren, trotzdem machte Charlotte MacLir die Urlauber verrückt mit Geschichten von der *räuberischen Bantry Bay* und den Piraten, die hier bis vor wenigen Jahren ihr Unwesen getrieben hatten. Das konnte Charlotte, aufgeplusterten Unsinn erzählen.

Simson knirschte mit den Zähnen, bog in die hintere Einfahrt von *Market's Corner* und wusste, es war keine Minute später als drei viertel sechs. Die Müllabfuhr kam nie vor sechs, er konnte noch ein wenig verschnaufen und sich die kalten Knöchel reiben, die Nase hochziehen und ausspucken natürlich. Eigentlich war ja schon alles zu riechen, und wenn es einen gab, der das Fischzeug am Geruch auseinander halten konnte, dann Simson. Er nahm nie etwas, das älter war als einen Tag, man konnte ja wählerisch sein. Die Flossen und Schuppenhäute, auch die Knorpelreste rührte er nicht an, hätte zwar Suppe gegeben, aber nur in schlechten Zeiten. Wenn Plump Murphy mit seinen Jungs zwei Wochen draußen war und mit so einem Fang reinkam, schlug Simsons große

Stunde. Darum legte er die beiden Hohlziegel übereinander, die er zwischen Container und Mauer versteckt hatte, und stieg vorsichtig hoch. Die Finger waren jetzt aufgewacht; mit der einen Hand hielt er sich fest, die andere öffnete den Deckel.

Da würde sich Mrs. Reardon wieder beschweren, wer zu nachtschlafender Zeit den quietschenden Deckel auf- und zuschlug. Die schlief ja genau drüber im Haus und wusste auch, wer den Deckel hob. Simson und Mrs. Reardon hatten schon mal besprochen, den alten Deckel zu ölen, aber wer besorgte das Öl, und wer dachte daran, es mitzunehmen: Der Deckel quietschte auch heute.

Da schauten ihm die Köpfe mit den blaugrün starrenden Augen entgegen – wollt ihr wohl woandershin schauen, man kam sich förmlich beobachtet vor. Die Teufelsfischeingeweide mit der Hand wegzuräumen wäre nicht jedermanns Sache, aber Simson machte das nichts aus. Dass die Jakobsmuscheln verfault waren, tat ihm Leid, das hätte ein Fresschen gegeben, mit einer Scheibe Weißbrot, in Buttersauce, o ja, er wusste, wie man Jakobsmuscheln zubereitete, hatte es für Moyra gerne getan. Aber diese blauschwarzen Exemplare waren nichts für die Pfanne, unmöglich; sorgfältig suchte er weiter. Ärgerte sich über die Bananenschalen, die hier nicht hineingehörten, warf sie in hohem Bogen hinter sich. Plump Murphy hatte gestern solche Massen fetter, glänzender Makrelen an den Großhändler verhökert, dass er abends bestimmt zu faul gewesen war, mit dem Rest ins Kühlhaus zu fahren. Hat alles weggeschmissen, hoffte Simson, hat es einfach abgekippt; denn wenn Plump ein Geschäft machte, ließ er auch andere leben.

Es war ja nicht so, dass Simson Lizzy gut gekannt hätte. Sie war zwar die Tochter von Patrick Gaffray, dem mehr von Castlebere Haven gehörte als allen anderen zusammen. Aber nein, das konnte Simson nicht behaupten, dass er Umgang mit

Lizzy gehabt hätte. Gegrüßt, ja natürlich, ihr schon mal vor dem Supermarkt den Wagen abgenommen und zurückgebracht, dafür durfte er dann immer die Münze behalten. Simson hatte sie auch bestimmt zweimal die Woche mit Loretta gesehen, die beiden Hübschen, erst in die Bäckerei, dann ins *Hole in the Wall*, die Hardwicke Street rauf und runter. Lizzy mit den dunklen Locken, Loretta und ihr berühmtes Flammenhaar. Denn das tat schließlich jeder, Lizzy und Loretta nachgucken und nachdenken darüber, wen Lizzy einmal zum Mann nehmen würde, wo sie doch Patrick Gaffrays Tochter war und jeden haben konnte.

Lizzys Hand dort zu sehen, wo Simson sein Mittagessen erwartete, diese Hand zwischen Gräten und Flossen, halb verdeckt von der zerschlissenen Reuse, war mehr, als er auf nüchternen Magen vertrug. Trotzdem starrte Simson hin, auf die kleinen Finger mit den breiten Kuppen und den sauber manikürten Nägeln. Und er war sicher, dass dort nicht nur die kraftlose Hand Lizzys zwischen den Makrelen lag. Was sonst noch da war, konnte man ahnen. Er stöhnte und beugte sich heftig zurück. Seine Galle meldete sich, das bittere Brennen, Simson würgte und spürte leider zu spät, dass der obere Hohlziegel vom unteren rutschte, der Halt ihn verließ und er unsanft auf dem feuchten Beton landete.

Es war kurz vor sechs, und oben in der Stadt, hinter dem Maddock-Viertel, bog gerade die Müllabfuhr um die Ecke.

Eine Hand ist eine Hand

Er hätte ruhig liegen bleiben können, aber wer seit so vielen Jahren um sieben Uhr aufstand, wurde auch mit Brummschädel um sieben wach. Bryan hätte das örtliche *Porter* erst testen sollen, bevor er drei Pints trank. Nur drei? Lächerlich!, wird man sagen. Doch für Bryan waren drei Pints das Höchste, er konnte sich nicht ans Biertrinken gewöhnen – dabei hätte es ihm das Leben leichter gemacht. Einem bei der Polizei, der nicht trinkt, haftet etwas Verdächtiges an; nicht im Dienst, erst hinterher, mit den Kollegen, am Wochenende, ganz normal eben, das wurde erwartet. Aber Bryan hatte das nicht – dieses Normale; einer wie er musste selbst mit Brummschädel um sieben Uhr hoch und ans Waschbecken, den Lappen über die linke Hand gestülpt (Bryan war der Linkshänder unter den Frühaufstehern), die rechte Achsel geschrubbt und dann die linke, umständlicher. Dreimal mit dem Kamm durchs Haar gekratzt, damit die störrischen Borsten wussten, wo ihr Platz war. Dennoch standen die Haare stets an Stellen hoch, die er im Spiegel nicht sah, darum hatte Wavey immer gesagt: «Du schaust aus wie ein Junge.»

Im Unterhemd goss er den Tee auf, starrte ins Blau seiner Lieblingskanne und setzte sich an den furnierten Tisch. Sah sich durch den Dampf der Tasse im Zimmer um. Das Leder vom Sofa war abgewetzt, darum hatte Mrs. Diveney eine Corddecke drübergeworfen. Der Couchtisch stand nur noch auf drei Beinen, die Stühle waren gelb lackiert worden, obwohl sie gar nicht zusammengehörten. Jetzt waren alle gelb und gehörten zusammen. Für Bryan war das in Ordnung, aber Wavey hätte es besser gemacht. Eine Spüle aus Waschbeton, eine Lampe mit Bastschirm, eine verschossene Tapete – Wavey hätte einen Zauberspruch gesagt, in die Hände gespuckt, ein paar Sachen aus dem Baumarkt geholt, und das Zimmer wäre ein Schmuckstück geworden. Darum hatten auch alle, die in Bryans und Waveys Haus gekommen waren, dieses Wort benutzt: *Schmuckstück.* «Was hast du nur für ein Schmuckstück daraus gemacht, Wavey!» Bryan hatte den Arm um Wavey gelegt, und sie hatte gelächelt.

Er leckte mit der Zunge über die Oberlippe, schmeckte den Stoppelbart. Sah seinen Koffer an, der vorwurfsvoll neben der Schlafzimmertür stand. Du wirst heute ausgepackt, beschwichtigte Bryan und goss sich die dritte Tasse ein.

Das war eben in den hiesigen Häusern so, dass man viel durch die Wände hörte, aber in Mrs. Diveneys Haus kam es Bryan vor, als wären bloß Laken zwischen die Türen gespannt. Man hörte, wie Mrs. Diveney die Asche aus dem Kamin kratzte, ihre Schranktür öffnete, wie sie im Flur die Schuhe wechselte, hüstelte und mit sich selbst sprach. Von den Geräuschen aus der Toilette ganz zu schweigen. «Zwischen Himmel und Erde», hatte Mrs. Diveney die Zwischenetage genannt, wo sich das einzige Klo befand. Das hätte Bryan nicht gestört, nur dass er kein eigenes Telefon hatte, ging zu weit. Mrs. Diveney hatte versprochen, mit der Telefongesellschaft zu reden, in nächster Zeit, bald, irgendwann. Als es jetzt unten klingelte, fiel es ihm wieder ein: Ich brauche ein Telefon. Um halb acht würde ihn niemand anrufen, nicht am Sonntag, da war nichts zu befürchten. Als Mrs. Diveneys Schritte die Treppe hochkamen, begann er sich doch zu wundern; und als es klopfte, war er völlig perplex.

Die Brise, die von Cod's Head herüberstrich, roch immer noch wie etwas Neues, milchsanft und rauchig zugleich. Er trat aus dem Haus und folgte der Lauragh Street Richtung Hafen. Die Cordhosen waren doch nicht zu warm für den Tag, den braunen Pullover hatte noch Wavey gestrickt. Du bist nicht im Dienst, sagte Bryan zu sich, du opferst deinen Sonntag, so viel dazu.

Sergeant O'Sullivan stützte die Hände auf seine Schenkel, zwei dicke Fässchen in Uniformhosen; er saß auf übereinander gestapelten Ziegeln. Bryan konnte ihm den Kater von weitem ansehen. Das dunkle Porter hatte es in sich, und O'Sullivan hatte bestimmt zehn Pints durchrinnen lassen. Aber wenn man der Freund von Charlotte McLir war, die das Reden nicht ließ, half einem das Dunkle wohl über die Runden.

Natürlich – auf Shannon Airport hatte Bryan schon einige Tote gesehen. Die Schmugglerfehde (das *Shannon-Massaker*, wie die Zeitungen schrieben) oder als die Flughafenfriseurin umgebracht worden war. Der eifersüchtige Ehemann. Und bei der Schießerei in der Abfertigungshalle hatte es gleich vier Opfer gegeben, Bryan selbst lag auf dem Boden mit durchschossener Wade. Aber ein totes Mädchen hatte er noch nie zu sehen bekommen. Erst recht nicht beim Fischabfall.

Der kleine Gardai kam ihm entgegen, wie hieß der? Ein kurzes Wort … der Name fiel Bryan nicht ein. Der hat ein Mäusegesicht, hatte Bryan gleich am ersten Tag gedacht, tatsächlich: eine Maus in Uniform. Der Mäuse-Gardai stellte die Leiter für den Fotografen auf, das war schon ein Älterer; er hatte Mühe, die drei Sprossen hochzukommen und seinen Apparat in Anschlag zu bringen.

«Wo ist der Inspector?», fragte Bryan.

«Kommt noch», antwortete der Gardai.

Bryan stieg auf die Zehenspitzen. Da waren die alten Märchen von Mädchen bei den Fischen, die nur ein Zauber erlösen konnte; und Bryan wusste Geschichten, wo unglückselige Jungfrauen sich von Klippen stürzten, weil sie einen Jüngling liebten und keine Jungfrauen mehr waren. Und die Meermädchen trieben dort draußen und waren ein Teil der See, und manche lebten in den Wracks untergegangener Galeonen oder in den Palästen des Meergottes, bis die Bay sie wieder freigab und an den Kieselstrand spuckte. Jetzt konnte Bryan eine Reuse erkennen und eine Hand, alles andere war vom Müll verdeckt.

«Simson hat Lizzy gefunden», sagte der Mäuse-Gardai. (Wie war bloß sein Name?)

«Wieso *Lizzy*?» Bryan sah zu O'Sullivan. «Woher wollt ihr wissen, wer das ist?»

«Das ist Lizzy Gaffray.» Der Sergeant fuhr sich über die Glatze und deutete müde zur Backsteinmauer, dort wärmte ein dürrer Mann seine Finger an einem Becher Tee. Und Bryan erinnerte sich, ihn gestern beim Buffet herumlungern gesehen zu haben, der Mann hatte Plätzchen in der Manteltasche verschwinden lassen; den Mantel trug er auch jetzt.

Also es war Sonntag, und Bryan noch nicht im Dienst, und er hatte eigentlich keine Lust anzufangen, darum fragte er ein zweites Mal, wann der Inspector denn käme. Aber weil er von O'Sullivan wieder nur so eine muffelige Antwort erhielt, zog Bryan seinen Notizblock hervor und beschloss seufzend, doch schon im Dienst zu sein. Hinter ihm zuckte der Fotografenblitz ins Innere des Abfallbehälters.

«Sie heißen?» So fing man eben an. Bryan merkte gleich, der Dürre hatte keine Lust zu reden. Waren alle ein wenig verkatert, die Leute von Castlebere Haven. Schließlich erfuhr Bryan, dass der Mann Mister Simson Dignam war und oben auf dem Westhügel wohnte und dass er Lizzy Gaffray kurz vor sechs gefunden hatte. Das hätte er aber alles schon einmal erzählt.

«Woher wissen Sie, wer die Tote ist?»

Jetzt musste Simson lachen – und ein Morgen zum Lachen war das bestimmt nicht. «Na, die Hand doch.»

«Eine Hand ist eine Hand.» Bryan spürte, dass er den Bleistift gleich anspitzen musste, hatte aber den Spitzer vergessen, weil er noch nicht im Dienst war.

«Neeee», kam es als Meckern. «Eine Hand mit Ring, und der Ring mit Stein, und der Stein ist grün, das muss Lizzy Gaffrays Hand sein.»

So sind die Leute von hier: Wenn ihnen etwas sonnenklar

ist und ein Kerl wie Bryan da nicht mitkommt, ist das nicht ihre Schuld. Simson schaute grimmig zu O'Sullivan, der sollte ihn von dem lästigen Frager befreien.

«Hat diese Lizzy immer so einen Ring getragen?», fragte Bryan.

«Hat den Ring gestern zum ersten und letzten Mal übergestreift», sagte Simson so bedeutungsvoll, dass O'Sullivan und der Mäuse-Gardai schweigend nickten.

Die Bleistiftspitze war endgültig runtergeschrieben, Bryan klappte den Block zu. Es war der richtige Zeitpunkt, denn eben wurde der Leichenwagen durch die Sperre gelassen. Als die Männer den Blechsarg auf den Beton stellten, gab es ein hohles Geräusch; sie trotteten los, um die Tote zu holen. Aber nicht mit Bryan. Der wusste, was eine verpfuschte Spurensicherung ist, und das sagte er auch. Die Blechsargträger guckten mit müden Augen zu O'Sullivan.

Der sagte: «Gibt keine Spurensicherung in Castlebere Haven. Wenn wir sie brauchen, kommen die aus Bantry.»

Der mit dem Mäusegesicht nickte: «Sind unterwegs.»

«So lange werdet ihr Lizzy wohl nicht da drin lassen», mischte sich auch noch Simson ein und stellte den leeren Pappbecher auf den Mauerrand.

«Stimmt, wir sollten Lizzy jetzt rausholen.» Wieder O'Sullivan. Die Männer hoben den Sarg also hoch.

«War der Arzt denn schon hier?», ließ Bryan nicht locker. Und weil er ein großer Kerl war und die Sargträger Winzlinge, stellte er sich direkt vor den Container. Der Sarg ging zu Boden.

«Wie soll der Arzt sie denn untersuchen, solange sie zwischen Murphys Makrelen liegt?» O'Sullivans Ton wurde giftig.

Das ging noch ein paar Mal so hin und her, der Sarg wurde angehoben und wieder abgestellt, und schließlich teilten die Träger sich einen Zahnstocher und begannen, jeder an seiner

Hälfte zu kauen, und warteten ab, was passieren würde. Jetzt kam O'Sullivan trotz Kater schwungvoll hoch und stellte eins seiner Fassbeine auf die Hohlziegel. «Holt sie raus», sagte er. Bryan wusste, hier war nichts mehr zu machen.

«Einer muss es den Eltern sagen.» Der Gardai nahm die Mütze ab und kratzte sich.

«Und wissen nicht mal *sicher*, wer sie ist?!», rief Bryan in die Runde. Aber wenn man so neu ist wie Bryan und nicht einmal im Dienst, und alle sind der Meinung, dort im Müll liegt Lizzy Gaffray, und das ist sie und basta, dann sollte man aufgeben und den Mund halten und schauen, was als Nächstes geschieht.

Das Nächste war, dass eine junge Frau durchs Hauptportal kam, die Bryan nicht schlecht gefiel. Sie war schlanker als Wavey, die im letzten Jahr ganz schön pummelig geworden war; das hatte der Kummer verursacht und die Panik, Bryan endlich sagen zu müssen, was sie schließlich auch sagte.

Und weil die Leute von Castlebere nicht grundsätzlich unfreundlich sind, wurde Bryan der jungen Frau vorgestellt, sie gab ihm die Hand und sagte, dass sie Susan Moynihan heißt. Bryan stellte sich vor, und der Mäuse-Gardai setzte hinzu, dass Sergeant Bryan Sheehy morgen bei ihnen anfangen würde. Erst als Susan Moynihan ihre Tasche öffnete, begriff Bryan, dass sie der Gerichtsmediziner war.

«Tut mir Leid, dass es so lange gedauert hat», sagte sie. «Bei dem Wetter ist es von Bantry aus eine Weltreise.» Während sie ein Paar Gummihandschuhe auspackte, betrachtete Bryan die Haarspitzen auf ihrer Stirn.

Cathy

Und wieder jagten blaugraue Wolken über den Himmel; der Wind legte die Weidenstämme schief, als wären sie aus Gummi. Dabei war es beim Aufbruch noch sonnig gewesen, und das war gerade zehn Minuten her.

Sie verließen Castlebere Haven am südwestlichen Ende. O'Sullivan legte drei Finger elegant auf das Lenkrad, als würde er einen Bentley kutschieren und nicht den Dienst-Toyota mit dem klappernden Kofferraumdeckel. Er ging in die Kurven rein wie ein Büffel, bremste hart und ließ den alten Kasten niedertourig hinaustuckern. Seit seiner Kinderzeit war Bryan im Auto nicht schlecht geworden, jetzt klammerte er sich an, wo er konnte, stemmte die Beine am Boden ab, und doch wurde sein leerer Magen hin und her gekullert.

Die Küste senkte sich Richtung Cahermore, schwungvoll und grün, und dahinter – Bryan hob den Kopf – begannen die Klippen. Wie ein Riss, wie ein Schlag hörte das Land auf, brandete das Meer heran; das war erhebend, fand Bryan, der ein starkes Gefühl für Landschaften hatte. Gesprochen wurde nichts, Bryan dachte über das Telefonat mit dem Inspector nach. Ein Mord in Castlebere, und er ließ sich nicht blicken. Hier gab es doch sonst nur läppische Schnellfahrer und Einbrüche in verlassene Ferienhäuser – ein Mord war da so etwas wie ein Feiertagsverbrechen. Weder am Tatort noch auf dem Revier war der Chef aufgetaucht.

«Der Hügel dort.» O'Sullivan wies zum Horizont.

Hier hätte jeder gerne ein Haus, dachte Bryan und öffnete das Fenster. Abends draußen sitzen und ein Glas von dem guten Whiskey, während hinter Cod's Head die Sonne verschwand.

Dann erfuhr er vom Sergeant die Geschichte. Dass Lizzy das einzige Kind der Gaffrays war und Patrick Gaffrays ganzer Stolz. «Ein Vaterkind», sagte O'Sullivan. Wie die beiden durch die Straßen gegangen waren: Hand in Hand oder eingehängt, ein komisches Bild, denn Patrick war fast zwei Meter groß. Ihm gehörte die *Fishermen's Co-op* und damit praktisch die halbe Stadt. Und dass Lizzy siebzehn war und hübsch und freundlich, natürlich auch frech, aber das waren sie in dem Alter ja alle. Und wo sie aus so einem reichen Stall kam, wusste Lizzy eben, dass sie ein Prinzesschen war in der Stadt und ihr Vater der Fischkönig. Hier lächelte der Sergeant, aber das galt nicht Bryan.

«Lizzy war irgendwie weiter als ihr Alter», sagte er, gab den Blinker heraus und bog auf das Grundstück.

In dem Moment sah Bryan die Leiche wieder vor sich – das lockige Haar strähnig, verklebt vom Unschlitt, da hatten sogar Schuppen geblinkt. Die Meerjungfrau, dachte Bryan. Sie hatte ein hellgrünes Kleid getragen, keine Unterwäsche; ihr Gesicht rund und mit vollen Lippen.

«Auf dem Fest wurde viel von der Sache gesprochen.» O'Sullivan stieg aus und setzte die Mütze auf.

«Welche Sache?»

Die Wolken fegten jetzt von Westen heran. Das war kein Haus, sondern eine Farm. Nicht wie Bryan das kannte, voll Hühnerdreck und vermoosten Betonwegen, hingeduckt in eine Senke, nein: zweigeschossig, aus Naturstein, die Seitenflügel verputzt und rosa gestrichen und Fensterläden in kräftigem Blau. Als er sah, dass die Fenster aus Kunststoff waren, begriff er, dass das Haus ungeschützt hinter den Klippen lag und dass an stürmischen Tagen der Regen bestimmt heftig von Westen her drückte.

«Die Sache mit dem Ring», antwortete der Dicke und langte nach dem Türklopfer. Er schlug zweimal kurz an und betrachtete sein Spiegelbild in der Eingangstür. Bryan bewunderte die Blumen in sämtlichen Fenstern; da hörten sie Schritte, Cathy Gaffray machte auf.

Bryan kannte das nicht, dass ein ganzer Mensch strahlt; Cathy Gaffray konnte das. Es lag vielleicht an der roten Bluse oder ihrem hellen und weichen Haar – Bryan fand sie unglaublich schön. Sie legte den Kopf fragend zur Seite, und das war nur natürlich, wenn sonntags um halb neun die Garda vor der Tür steht. O'Sullivan begrüßte Mrs. Gaffray mit diesem speziellen Gesicht, wie Bryan es aus Filmen kannte, wenn Polizisten schlimme Nachrichten überbringen. Bryan behagte das nicht. Respektvoll sollte man sein, Fragen stellen, wenn möglich, und die Menschen in Ruhe lassen mit ihrem Schock und der Fassungslosigkeit.

«Guten Morgen, Ronnie», sagte Mrs. Gaffray. Es war das erste Mal, dass Bryan den Vornamen O'Sullivans hörte. Ob die beiden Tee wollten?

Auch das war Bryan unangenehm: mit einer Mutter Tee trinken, deren Tochter gerade in die Gerichtsmedizin gebracht wurde. Aber O'Sullivan nahm die Mütze ab und folgte Mrs. Gaffray ins Innere des Hauses. Bryan fiel plötzlich ein, dass er so einen Besuch noch nie machen musste – weil die Toten auf Shannon Airport ihre Angehörigen ganz woanders hatten.

Als Cathy vor ihnen herging, bemerkte er ihre Reithosen und den kleinen Schweißfleck auf dem Rücken. Schwere Sessel standen vor dem Kamin, die Polizisten wurden aufgefordert, sich zu setzen. Bryan machte O'Sullivan durch ein Kopfschütteln darauf aufmerksam, dass das nicht angebracht war. Der Sergeant hievte seinen Kugelhintern wieder hoch und drehte die Mütze zwischen den Händen.

«Das ist Sergeant Sheehy», sagte er.

«Also Tee, ja?», wiederholte Cathy, nachdem sie Bryan die Hand geschüttelt hatte. Eine feste, trockene Hand, ein sehr schöner Ring mit kleinen Brillanten.

Jetzt hatte Bryan genug.

«Ist Ihr Mann zu Hause, Mrs. Gaffray?»

«Patrick ist übers Wochenende in Kilkatherine Point», antwortete sie. Bryan gefiel ihre Stimme. Tiefer als Waveys Stimme, sehr vertrauenerweckend.

«Was macht er in Kilkatherine …?»

«Fischen», ging O'Sullivan dazwischen; die dumme Fragerei Bryans ärgerte ihn schon den ganzen Morgen. Mrs. Gaffray nickte zur Bestätigung. Aber Bryan war Polizist und manchmal ein guter, und darum stellte er seine nächste Frage.

«Wann haben Sie Ihre Tochter zum letzten Mal gesehen, Mrs. Gaffray?»

«Lizzy?»

Verwirrt wandte Bryan sich zu O'Sullivan: Hatten die Gaffrays mehrere Töchter? Der Sergeant sah Cathy an und nickte.

Sie erklärte, dass Lizzy ziemlich früh vom Fest heimgekommen war, weil sie sich im Freien erkältet hatte. Und Bryan dachte, dass der April wirklich zu kühl war, um ein Hafenfest zu veranstalten.

«Ist Lizzy gleich zu Bett gegangen?»

Die Sekunde dehnte sich, bis Cathy antwortete. «Nein, sie hat noch ein Bad genommen. Ich habe Öl und Badesalz reingetan.»

Erkältet, ein Bad, gegen Mitternacht ins Bett – Bryan machte Notizen. Jetzt sah Mrs. Gaffray unwillig von einem zum andern, und Bryan verstand, man musste ihr endlich eine Erklärung geben. Doch in diesem Moment, als weder Bryan noch O'Sullivan den Mund aufbekamen, weil jeder hoffte, der andere würde beginnen, sagte Cathy: «Warum fragen wir Lizzy nicht selbst?»

Das war schon erstaunlich, dass jemand losging, um eine Tote zu wecken. Bryan hatte mit einem Mal die verrückte Hoffnung, dass jemand anders im Fischabfall gelegen hatte, dass die wirkliche Lizzy noch schlief und vielleicht nur ein bisschen erkältet war. Er hoffte einfach, dass er seine unangenehme Pflicht nicht zu erfüllen brauchte. Cathy Gaffray war schon zur Treppe gegangen und erwartete, dass die beiden ihr folgten. Sie kamen dicht hinter ihr die Stufen hoch, und Bryan konnte nicht anders, als Mrs. Gaffray auf den Hintern zu schauen. Sachte klopfte sie an.

Auf ihr leises «Lizzy?» kam keine Antwort. «Lizzy, schläfst du noch?»

Sie öffnete und sah wie Bryan, der hinter ihr stand und größer war, dass das Zimmer leer war. Vorbei die Hoffnung; Bryan fühlte, wie ihm der Kragen zu eng wurde und das Hemd in den Achseln spannte.

Er sagte Mrs. Gaffray, was geschehen war – so klar er konnte; hielt sich an die Fakten, nannte Ort und Zeit, die genauen Umstände behielt er für sich. Und während er es sagte, sah er sich nach Polizistenart um. Das Bett war benutzt worden, ein Bademantel über der Stuhllehne, daneben ein Stoffclown mit grünem Hut. Auf der Kommode eine Schatulle mit Steinen, wie Mädchen sie sammeln; und weil Lizzy ein reiches Mädchen war, lagen dort kostbare Steine: Den Bernstein erkannte er gleich, die flache besetzte Spange mochte aus Jade sein.

Er war zum Ende gelangt und wünschte, er hätte es besser gemacht; wusste auch, dass man so eine Nachricht nicht gleich begreifen konnte. Vielleicht würde Mrs. Gaffray in der kommenden Nacht aufstehen und ins Zimmer ihrer Tochter gehen, um nachzusehen, ob sie da war. Würde ihren Mann wecken, und gemeinsam stünden sie vor dem leeren Bett.

«Können Sie Ihren Mann erreichen, dort in …» Bryan fiel der Name nicht ein.

«Kilkatherine Point», half O'Sullivan.

Ein leises Geräusch drang aus Cathys Mund. Bryan sah sie zur Fensternische gehen, wo eine Pflanze mit dunkelgrünen Blättern stand. Sie richtete einen geknickten Stiel auf und strich über das Blatt, das an den Rändern gelb wurde. Griff nach der Kupfergießkanne und goss Wasser in den Topf. Das Wasser floss immer weiter, stieg in der Unterschale hoch und tropfte auf den Boden; Bryan nahm ihr die Kanne aus der Hand. Berührte ihren Unterarm, war auf einiges gefasst, auch darauf, dass sie zusammenbrach.

Aber Cathy fragte: «Wo habt ihr sie gefunden?»

«Am Hafen», sagte O'Sullivan.

«Im Wasser?»

«Nicht im Wasser, Mrs. Gaffray.» Bryan fühlte die Seide ihrer Bluse an seiner Hand.

Sie wiederholte *Nicht im Wasser* und sah Bryan an. Er konnte zwei verschiedene Arten von Blau in der Sprenkelung ihrer Iris erkennen.

Bei so einem Fall musste endlich der Inspector her. Daher forderte Bryan O'Sullivan auf, ihn zum Haus des Chefs zu fahren.

«Er will nicht gestört werden.» Die ewige mürrische Antwort.

Jetzt hatte Bryan genug. Er hatte ja einiges von den verrückten Südiren gehört, aber Schnaps ist Schnaps, und Dienst ist Dienst!

«Wird langsam Zeit, ihn zu *stören*!», schnauzte er zurück. Und weil O'Sullivan wusste, was Bryan meinte, und weil vorhin in *Market's Corner* schon ein paar Reporter aufgetaucht waren, die Fragen stellten, wie sie nur der Inspector beantworten konnte, nahm O'Sullivan die nächste Abzweigung mit quietschenden Reifen, dass sie fast einen Traktor rammten.

Wie friedlich es war. Alle Wiesen umfriedet von Steinwällen; wie unregelmäßige Schachfelder kletterten sie die Hügel empor, dazwischen die bunten Cottages ausgestreut. Rund um die Gärten kleine Mauern, auf denen Gänse aus Gips thronten; auf den Dächern Satellitenantennen. Die Schafe hatten rote und blaue Farbkleckse am Hals. Der Bauer gabelte Mist auf, und sein Hund schlief in der Sonne, das Fell noch feucht vom letzten Schauer. Hinter allem das Meer, schroff und beschützend, und dahinter war nichts mehr.

Sie erreichten das Haus wenig später. Eingezwängt stand es zwischen Klippen, und Bryan überlegte, dass die Häuser hier vielleicht geradewegs aus den Felsen wuchsen. Die Sonne verwandelte den glatten Schiefer in Spiegel – geblendet schloss er die Augen. Die Zufahrt war so schmal, dass O'Sullivan auf der Hauptstraße hielt. Bryan lief den Weg allein hoch.

«Was wollen Sie?»

Der Inspector stand in der Tür und hatte nichts als ein Handtuch umgeschlungen. Wie unglaublich mager er war, wie gelblich seine Haut und die Brust käseweiß.

«Ich muss Sie sprechen, Sir.»

Hat sich der Inspector am Sonntag also in die Wanne gelegt, dachte Bryan, mitten am Tag. Sehr angenehm, aber an diesem Sonntag hatte Lizzy Gaffray im Fischmüll gelegen.

«Ihr seid doch zu dritt», schnarrte Caughan. Bryan konnte das Badeöl riechen, Moschus vielleicht. Caughan trat von einem Fuß auf den andern, denn es war saukalt.

Dann bat er Bryan herein. Sie gingen durch den dunklen Flur ins dunklere Wohnzimmer, Bryan bemerkte Flecken an den Wänden und die hingeschmuddelte Decke auf dem Sofa.

«War viel los gestern», sagte der Inspector und verschwand im nächsten Zimmer.

«Ich habe Sie auf dem Fest gar nicht gesehen», rief Bryan ihm nach und entdeckte gleichzeitig die Bilder an den Wänden. Aquarelle und Ölgemälde; er kannte sich nicht aus damit, aber dass es Originale waren, sah er sofort.

«Ich war nur kurz unten.» Caughan steckte den Kopf zur Tür herein. «Außerdem, von hier aus –», er zeigte zum Fenster, «sehe ich alles.»

Bryan zog den vergilbten Vorhang zur Seite; die weißen Schiffe glänzten in der Sonne. Auf dem Platz hatten sich gestern alle getummelt; jetzt standen nur Polizeiautos da, Absperrungsbänder flatterten im Wind.

«Sie glauben, der Mord ist auf dem Fest passiert?», fragte Bryan.

«Wer sagt, dass es Mord war? Todesursache?», rief die Stimme von draußen.

Die war noch nicht bekannt. Bryan sagte stattdessen, dass die Ärztin ziemlich jung sei für eine Gerichtsmedizinerin, und musste an ihre Haarspitzen denken. Beugte sich zu den dicken Bildbänden – *Miró, Chagall, Rothko*.

«Aber tüchtig ist sie.» Caughan kam angezogen zurück. «Hat noch immer gestimmt, was Suzy sagte.» Er ließ sich aufs Sofa fallen, vergaß, Bryan einen Platz anzubieten. «Bei Suzys Tempo haben wir die Todesursache vor dem Vesperläuten.»

Stehend erzählte Bryan die Sache mit dem Ring und der Hand, die alle als Lizzys Hand erkannt hatten, weil sie eben den Ring trug.

«Hat Peter also endlich Ernst gemacht», sagte der Inspector.

«Peter – Ernst?»

So ging das, seit Bryan in Castlebere angekommen war: Die Leute sagten etwas, und er sollte es verstehen. Aber gar nichts verstand er.

«Peter Dunboy und Lizzy waren so gut wie verlobt.»

Der Inspector rieb die Hände aneinander. Bryan erfuhr, dass Peter seiner Lizzy auf dem Straßenfest einen Ring geschenkt hatte und dass Lizzy den Ring den ganzen Abend herumgezeigt hatte, und alle hatten ihr gratuliert, weil es bald ernst zu werden schien mit der Heirat. Peter sei auch wirklich ein netter Kerl, sagte der Inspector, keine gute Partie, doch das sei bei Leuten wie den Gaffrays egal. Aber nun würde natürlich nichts aus der Hochzeit, und ob Bryan Peter Dunboy schon verhört hätte.

«Ich, Sir?» Bryan war wirklich baff. Wäre das nicht eher die Aufgabe von O'Sullivan oder dem Mäuse-Gardai? Wieso sollte ein *Neuer* so ein Verhör machen, wo er noch nicht einmal im Dienst war!

«Das ist es doch!» Caughan beugte sich vor. «*Dir* können die Castleberianer keinen Schmus erzählen. Dich laden sie nicht zu einem Pint ein, ganz gemütlich, und quatschen dich voll. Genau darum machst du das Verhör. Und noch was: Hier nennen mich meine Leute beim Vornamen, man verliert sonst nur Zeit.»

So erfuhr Bryan, dass sein Inspector Sean hieß, er schüttelte ihm die eiskalte Hand und ging. Vom Fenster aus rief Sean ihm nach, dass Bryan endlich seine Uniform anziehen solle.

Fragen an den Engel

Bryan war neugierig, wie einer aussehen mochte, der die beste Partie der Stadt machen sollte und dem die Braut vom Verlobungsfest weggestorben war. Und das brachte Bryan darauf, dass eine Frau mit Geld zum Problem werden kann. Er wollte Wavey nichts Böses nachsagen, aber sie hatte ihr Geld gegen ihn verwendet. Nicht in Worten, aber dass er als Gardai bei der Flughafenpolizei so lächerlich wenig heimbrachte – sie hatte es ihn spüren lassen, auf ihre Art. Der ehrenwerte Richard, Waveys Papa, besaß die größte Eisenwarenhandlung in Galway: Wer konnte da mithalten?

Als Bryan neben *Sacred Heart* die Treppe hochlief, tropfte es überall; war wieder ein kräftiger Guss heruntergekommen. Die Jungs in ihren Schuluniformen gingen zur Beichte. Bryan bekreuzigte sich, weil immerhin Sonntag war, und viel Zwiesprache hatte er mit Gott heute noch nicht gehalten. Aber Gott wusste, warum.

Das Haus lag auf dem Hügel, und an dem Haus hing ein Schild in gelber Schrift: *The Art School*, das Tor war aus Eisen. Bryan klopfte, niemand machte ihm auf. Er ging ums Haus, dichte Vorhänge überall – wahrscheinlich hatte der dämliche O'Sullivan vergessen, Dunboy telefonisch zu verständigen.

Da lief jemand von hinten heran; Bryan stieß einen Schrei aus und ärgerte sich sofort: Kein guter Anfang, wenn ein Polizist sich so schreckhaft zeigte. Der da so zackig gerannt kam, stellte sich als Peter Dunboy vor und schob das Tor auf. Bryan konnte nicht viel von ihm sehen, weil er Joggingklamotten trug und eine Kapuze überm Kopf. Das Erste, was Dunboy wollte, war duschen.

«Wo kommen Sie her?», fragte Bryan. Wieso ging einer joggen, dessen Verlobte gerade tot aufgefunden worden war?

«Meine tägliche Runde. Über Eyeries rüber nach *Clogg's Point.*»

«Sie wissen, was passiert ist?»

«Ich weiß.»

Bryan sah dem Läufer nach, wie er nach nebenan verschwand; gleich begann das Wasser zu rauschen. Aber mit dem alten Ich-geh-mal-unter-die-Dusche-Trick brauchte man Bryan nicht zu kommen: Das Wasser rauscht, und der Verdächtige ist längst aus dem Fenster. Er drückte die Badezimmertür ein wenig auf und sah erleichtert den Schemen hinter dem Duschvorhang.

Drehte sich wieder ins Zimmer – wie man sich ein *Atelier* vorstellte: Staffelei, gerollte, geknickte, gequetschte Tuben und an die Wand gestapelte Bilder. Obwohl Bryan nichts von Bildern verstand, klappte er eins nach dem andern nach vorne und schaute sich die Landschaften an. Zart und verschwommen und viel vom irischen Himmel darauf, in der linken Ecke stets die gekringelte Unterschrift *Peter Dunboy.*

Der kam zurück und sagte: «Ich konnte einfach nicht stillsitzen.»

Wenn Bryan einen netten Schwiegersohn-Typ erwartet hatte, so einen, *den man gern haben musste,* lag er gründlich daneben.

Hatte Bryan als Kind an Engel gedacht, waren das nie weibliche Engel gewesen, sondern Erzengel-Gestalten, die mit dem Schwert Leute aus dem Paradies vertreiben oder überforderten Mädchen erzählen, dass sie schwanger sind. Diese überragend schönen Erscheinungen hatten ihn immer beeindruckt.

Peter Dunboy war eine solche Erscheinung, und Bryan musste ihn jetzt verhören. Aber verhör einen Erzengel, der einen weißen Bademantel trägt, mit zierlichen Füßen über den Steinboden läuft und sein welliges Haar mit dem Frottétuch rubbelt. Der Engel ging zum Kühlschrank, holte Orangen, begann sie auszupressen und fragte, ob Bryan auch wolle. Um seine Gedanken zu sammeln, nahm Bryan den Schreibblock aus der Brusttasche. Inzwischen hatte er Uniform an: dunkelblau mit zwei Sternen, die goldene Krawattenspange frisch poliert.

«Sie sind hier der Zeichenlehrer?», begann er.

Dunboy sah ihn mit einem derart mitleidigen Blick an, dass Bryan am liebsten gesagt hätte: Ich ziehe die Frage zurück.

«Ich bilde mir nicht viel ein auf das, was ich tue», sagte er, «aber *Zeichenlehrer* hat mich noch keiner genannt.» Dunboy trank sein Glas in einem Zug leer. «Ich male, ich gebe Kurse. Meistens für Touristen, die hier ihre *irische Periode* erleben.»

Bryan ging lieber nicht darauf ein und fragte, in welchem Verhältnis Dunboy zu Lizzy Gaffray gestanden habe.

Eine Stunde später ging Bryan im Revier seine Notizen durch; vor seiner ersten Lagebesprechung war er einigermaßen nervös. Ordnete die Papiere zum dritten Mal, die Gedanken schossen hin und her. Als dann die anderen ins Hinterzimmer kamen und sogar der Inspector pünktlich auftauchte, erinnerte sich Bryan plötzlich daran, dass Peter Dunboy beim Abschied gefragt hatte, wann er in Castlebere Haven angefangen habe. «Morgen», war Bryans Antwort gewesen.

Peter Dunboy hatte Lizzy um halb acht getroffen, sie waren spazieren gegangen; hinter *Cod's Edge* hatte er ihr den Ring geschenkt. Die Fassung war aus Weißgold, der Stein Jade. Während Bryan sprach, stand der Mäuse-Gardai auf und schob einen Bierdeckel unter den Tisch, und tatsächlich wackelte er jetzt nicht mehr.

«Haben sich die beiden nun verlobt oder nicht?», fragte der Inspector und rollte die Hemdsärmel hoch. In dem Punkt war sich Bryan nicht sicher: Er hatte Dunboy gefragt, ob der Ring ein Verlobungsgeschenk gewesen sei, doch Peter hatte nur von *inniger Beziehung* gesprochen und wie lieb Lizzy ihm gewesen wäre; Bryan hatte echte Trauer gespürt. Aber Verlobung? Er zögerte und sagte schließlich: «Lizzy war an dem Abend etwas erkältet.»

Bis auf die Straße hinaus hörte man das Gelächter der Polizisten. Eine fröhliche Kartenrunde, hätte man meinen können, so lachten die, und der dicke O'Sullivan lockerte die Krawatte. Der Tee war gerade fertig, alle gossen sich ein.

«Als ob das ein Grund wäre, sich nicht zu verloben!», rief Caughan, und sie lachten schon wieder; Bryan konnte nichts tun als warten, bis die Polizisten fertig gelacht hatten.

Lizzy und Peter waren aufs Fest zurückgegangen, sie hatten an Sile O'Sheas Crêpebude etwas gegessen und dort Lizzys Eltern getroffen. Das bestätigte O'Sullivan, der die Familie Gaffray gesehen hatte. Dann hatte der Abend eine überraschende Wendung genommen, denn Peter und Lizzy waren Loretta begegnet.

Als Bryan das sagte, bekamen die Polizisten so einen besonderen Blick und lächelten auf eine komische Weise; das lag daran, dass Loretta einen *Ruf* hatte in Castlebere – nichts Anrüchiges, das darf man nicht glauben. Aber wenn Lizzy und ihre beste Freundin irgendwo auftauchten, dann war Lizzy die Süße und Wohlerzogene und Loretta eben die Wilde, Verrückte, und das sah man gleich an den roten Haaren, wie ein Flammenschweif, und auch wie sie sich anzog. Kurz und gut, Loretta war ein Mädchen, an dem man nicht einfach vorbeisehen konnte; darum grinsten die Polizisten und *wussten Bescheid.*

Aber Bryan wusste nichts, also blieb ihm nur übrig, zu berichten, dass Loretta Samstagabend mit zwei Touristen unterwegs war, Deutschen. Die kleine Runde war also plötzlich zu fünft gewesen – Loretta und die Deutschen sehr unternehmungslustig, Peter Dunboy ganz im Gegenteil, der wollte Lizzy heimbringen, denn er musste früh aufstehen. Doch Lizzy war auch unternehmungslustig und wollte mit ihrer

Freundin ziehen, also wurde Peter ganz einfach abserviert und ging schlafen.

Jetzt wunderten sich natürlich alle, dass Peter Lizzy auf dem Fest mit zwei deutschen Männern allein gelassen hatte, denn Loretta war als *Anstandsdame* wirklich nicht die Richtige. Aber sie kamen nicht dazu, sich länger zu wundern, denn eben als Bryan sich Tee eingießen wollte, ging die Tür auf, und die junge Ärztin stand im Zimmer.

Der Inspector rief: «Ich wette, Suzy kennt die Todesursache!» Und da hatte Caughan sich nicht getäuscht.

«Sie ist ertrunken», sagte Susan Moynihan und legte eine hellblaue Mappe auf den Tisch. Mit plötzlichem Entschluss stellte Bryan seine Tasse vor der Ärztin ab und fragte, ob sie Zucker wolle. Sie nickte lächelnd, staunend sah er zu, wie sie vier volle Löffel hineintat.

«Süß oder salzig?», fragte der Inspector.

Susan Moynihan erklärte, dass in Lizzys Lunge Salzwasser gewesen sei. Aber das war noch nicht alles. Sie machte so ein Gesicht, wie man es macht, wenn man *Neuigkeiten* hat, und schob die Mappe zu Caughan hin. Der schlug sie auf, blätterte, las eine Stelle sehr genau, hob den Kopf und sah in die Runde. Bryan hätte schwören können, dass der Inspector soeben rot geworden war.

Wäre ein Ofen da gewesen, hätte er es sich gemütlich gemacht; aber er hatte keinen, und es war saukalt. Mrs. Diveney hatte die Heizung nicht an, weil die Leute hier unten Kälte anders empfanden – die heizten erst ab November und hörten im März schon wieder auf. Bryan war ganz und gar schlecht gelaunt bei der Temperatur in seinem Zimmer. Zog die Uniformjacke aus und einen Pullover über und die Uniformjacke wieder an, holte die Flasche Whiskey aus dem unausgepackten Koffer und prostete sich missmutig zu.

Er hatte heute nicht im Dienst sein wollen, aber er wusste,

dass es immer noch besser war, im Dienst zu sein, als den Sonntag vorbeibröckeln zu lassen. An solchen Tagen kam Bryan sich dumm und nutzlos vor – ohne Wavey. Dann schlief er zu viel und sah zu viel fern, ohne mitzukriegen, was da flimmerte, und ging höchstens los, um sich fettes Essen zu holen. Wavey hätte ihm ausgeredet, einen zweiten Whiskey zu trinken, noch dazu einen großen; und er dachte, dass es Paare gibt, die ihr ganzes Leben zusammenbleiben, aber an so etwas dachte man jetzt besser nicht. Mit dem Glas in der Hand ließ Bryan sich auf das Sofa fallen.

Peter und Lizzy hatten bestimmt auch Pläne geschmiedet. Die sanfte Lizzy, bei allen beliebt – keiner hatte es glauben wollen. O'Sullivan nicht und der Mäuse-Gardai nicht, und der Inspector hatte die Augen zusammengekniffen. Samstagabend – Peter bereits nach Hause gegangen, Lizzy mit Loretta und den Deutschen unterwegs. Zwei Ausländer und zwei hübsche irische Mädchen: Alle auf dem Revier hatten gefunden, dass das eine gefährliche Mischung war.

Endlich erreichte der Dusel Bryans Glieder, er ließ sich zur Seite sinken und legte die Beine auf den wackeligen Couchtisch. Das mit dem Sperma war für jeden eine Sensation gewesen. Hätte natürlich keiner geglaubt, wenn die Ärztin es nicht schwarz auf weiß vorgelegt hätte. Eine wie Lizzy! Sie hatte am Festabend nicht nur gelacht und gegessen und den Ring vorgezeigt, sondern auch mit jemandem geschlafen. Dazu kam, dass keine Spur von Gewaltanwendung nachzuweisen war, um Vergewaltigung konnte es sich also nicht gehandelt haben. Sonst gab es nichts außer ein paar Gewebespuren unter Lizzys Fingernägeln.

Trotz des dicken Pullovers und der zwei Gläser Whiskey spürte Bryan die Kälte; wahrscheinlich blieb ihm nichts anderes übrig, als ins Bett zu gehen. Morgen würde Mrs. Diveney was zu hören kriegen! Bryan war doch kein Eisbär! In seiner Verzweiflung, weil er eben noch nicht ins Bett gehen wollte, schlurfte er zum Herd, setzte Teewasser auf und ließ sich wieder aufs Sofa fallen. Als er mitten in der Nacht aufwachte, war das Wasser verkocht, und er fror immer noch.

Ein Mädchen wie sie

Ein Anfang ist ein Anfang; eigentlich war heute Bryans erster Tag. Darum putzte er die Schuhe und band die Krawatte zweimal, weil sie nicht gleich tadellos saß. Er stellte sich vor, dass Wavey ihn jetzt so sehen konnte und dass es ihr vielleicht Leid tat, so einen schmucken Sergeant gehen gelassen zu haben.

Alles war aufgeteilt worden. O'Sullivan und der Mäuse-Gardai hätten lieber Loretta verhört als die beiden Deutschen; aber der Inspector war hart geblieben und schickte Bryan los. Das charmante Geturtel, wie es üblicherweise mit Loretta stattfand, gefiel ihm nicht; offenbar nahm er an, Bryan würde nicht turteln.

Aber es wurde der Tag, an dem alles anders kam. Anders, weil Bryan zwar pünktlich am Kai war und die Verladehallen der *Fishermen's Co-op* sofort fand – aber dort war keine Spur von Loretta. Er warf einen Blick in die Hallen: nur leere gestapelte Plastikwannen; es sah nicht danach aus, als ob hier gearbeitet wurde. Was Bryan nicht wusste: Kam ein Kutter herein, war hier der Teufel los. Der Fang wurde abgeladen, Tausende Fische zappelten in den Wannen; schon gingen auf den Lastern die Kühlaggregate an, denn beim Fisch geht es bekanntlich um jede Minute. Der Auktionator machte sein Angebot, die Fischer nickten, Patrick Gaffray zahlte, die Laster fuhren los, Loretta trug die Abfahrtszeit in die Bücher ein.

Während Bryan dort stand und annahm, Loretta habe ihn versetzt, meldete sich sein Funkgerät. Hektisch begann er, an den Knöpfen zu drehen. Bryan und die Technik? Nein, diesmal war es nicht seine Schuld. Die Crux bei der irischen Garda ist ihre Ausrüstung. Fahren die Polizisten im Südwesten Toyota-

Dienstwagen, sind es in Galway die alten Rovers. Auf Shannon Airport gibt es Funkgeräte neuester Technik, in Castlebere benutzen sie solche aus der Steinzeit. Darum konnte Bryan drehen und drücken, soviel er wollte, er bekam den Funk nicht herein. Das aber war wieder ein Vorteil, denn genau jetzt sah er zwei Leute die Stahltreppe aus der Büroetage herunterkommen, zwei, die heftig miteinander stritten. Die eine – mit feuerrotem Haar – war Loretta Dunes. Hinter ihr ein Mann von mindestens zwei Metern Größe – das konnte nur Patrick Gaffray sein. Hintereinander liefen sie und sprachen aufgeregt, aber weil es eine Eisentreppe war und sich die Schritte in der leeren Halle vervielfältigten, verstand Bryan kein Wort.

Im Augenblick, als die beiden die ebene Erde erreichten, ging sein Funkgerät zum zweiten Mal. Das alte Ding machte so einen Krach, dass der Funker die Nachricht genauso gut hätte rüberbrüllen können. Überrascht drehten die beiden sich um, bemerkten Bryan und verstummten. Leute verstummen häufig beim Anblick der Polizei, aber nicht so wie Loretta und Gaffray: Wie ein fremdes, unerwartetes Tier starrten sie Bryan an. Um sich ein gewisses Auftreten zu verschaffen, legte der die Fingerspitzen der Rechten an den Mützenschirm, salutierte und ging auf die beiden zu.

Aber es war eben der Tag, an dem alles anders kam.

Laut und deutlich tönte die Stimme O'Sullivans aus dem Funkgerät: Bryan solle in die Glengariff Road kommen, sofort. Die Deutschen waren abgehauen.

Kann man sich Bryans Lage vorstellen? Er stand zehn Meter von Loretta und Lizzys Vater entfernt; gerne hätte er gefragt, worüber sie stritten – gleichzeitig wurde er in ein anderes Viertel abkommandiert. Unter normalen Umständen hätte Bryan den Funkspruch Funkspruch sein lassen, aber es war sein erster Tag, den wollte er nicht mit einer Befehlsverweigerung beginnen. Er salutierte noch einmal, sagte: «Wir sprechen uns später, Miss Dunes», machte kehrt und rannte zur Halle hinaus.

Als Bryan die Glengariff Road erreichte, war eigentlich alles gelaufen. Die Pensionswirtin führte ihn in das Zimmer der Touristen, dort sah sich bereits der Gardai um und gabelte eine leere Zigarettenpackung aus dem Papierkorb. Die Wirtin erzählte, sie habe mit dem Frühstück bei den Herren angeklopft – aber die beiden waren verschwunden. Hatten allerdings die Miete auf den Cent genau auf der Kommode gelassen, mit dem Zettel: *Dringende Angelegenheiten.*

Das Gästebuch lag bereit, Bryan folgte der Wirtin zum Haustelefon.

Ach, du reizendes Wohnzimmer! Hätten noch mehr Bilder an den Wänden gehangen, wäre der Putz runtergekommen. Vom Telefon auf dem Spitzendeckchen rief Bryan den Flughafen Shannon an. Las den zuständigen Kollegen die Namen nicht ohne Mühe vor: *Koettnitz* und *Schlingmann,* und gab Bescheid, sie sollten die Flüge nach Deutschland überwachen. Das Gleiche machte er mit den Flughäfen in Cork und Dublin. Der Gardai hatte außerdem die Idee, die Fähren zu überprüfen; die Fahndung nach dem Mietwagen der Deutschen wurde herausgegeben.

Der Spurendienst traf ein und fragte: «Suchen wir was Bestimmtes?»

Und Bryan antwortete: «Spermaflecken.»

Das war nicht komisch gemeint, wo Lizzy in der Nacht ihres Todes Sex gehabt hatte. Aber der Mäuse-Gardai grinste, und die Spurensicherung grinste, und weil es der Tag war, an dem man mit allem rechnen musste, stand auch noch ein Reporter vom *Corksman* vor der Tür. Bryan versuchte, an dem Mann vorbeizukommen, aber der Reporter kannte den Typ *scheuer Polizist* und blieb hartnäckig an seiner Seite.

«War es Mord?»

«Soviel wir wissen, ist sie ertrunken.»

«In einem Fischcontainer?» Der Mann hielt ihm ein Aufnahmegerät hin.

«Sprechen Sie mit dem Inspector.» Bryan erreichte den Ausgang und glaubte, die Sache hinter sich zu haben, als er den Fotografen entdeckte. Unwillkürlich rückte er seine Mütze zurecht.

«Wie verdächtig sind die beiden Deutschen?», fragte der *Corksman*. Klick, das Foto.

«Wir haben einige Fragen an sie.»

«Fragen an Leute, die nicht mehr hier sind?»

«Sie haben Irland noch nicht verlassen.»

«Großfahndung also.» Bryan sah den *Corksman* schreiben.

«Fragen Sie den Inspector!» Bryan eilte mit seinen langen Beinen davon, lief die Glengariff Road abwärts und hängte den Reporter ab. Er wusste, der Inspector hätte die Sache besser gedeichselt. Aber wieder einmal war der Inspector nicht da! Das ärgerte Bryan auf dem ganzen Weg ins Revier, vorbei an den buckligen Schieferdächern, an der gelb bemoosten Kirche; vor lauter Ärger hatte er keinen Blick für den roten Schoner, der den Leuchtturm passierte und in See stach.

Als Bryan die Wachstube betrat, war Caughan auch dort nicht. Und jetzt lernen wir den sanften Bryan von seiner wütenden Seite kennen. Er regte sich auf, und wie er sich aufregte! Begann im Revier auf und ab zu laufen. Tigerte vom Dienstzimmer in den Verhörraum und wieder zurück, rannte im stickigen Hinterzimmer um den ovalen Tisch herum und wusste, wie sinnlos das war.

«Macht er das öfter?!» Vor O'Sullivan blieb er stehen.

«Hm?», machte der Dicke und schob dem Gardai Fotos aus einer Mappe hin.

«Dass er einfach nicht auftaucht!» Bryan war nicht gut im Schreien, seine Stimme blökte dann wie die eines Lamms, kurz bevor ihm die Kehle durchgeschnitten wird.

«Nur Geduld», sagte O'Sullivan und wollte mit dem Gardai die Kratzspuren am Müllcontainer besprechen.

Das interessierte Bryan auch, darum beugte er sich über die Fotos. Diese eigenmächtige Art hätte O'Sullivan rasend gemacht – wenn O'Sullivan überhaupt irgendetwas aus der Ruhe gebracht hätte; so sah er Bryan nur missmutig an.

«Schwarze Striemen.» Bryan, über die Fotos gebeugt. «Jemand hat sich am Containerrand hochgezogen … vielleicht, bevor er Lizzy reingeworfen hat.»

Das klang ganz vernünftig, bloß wollte das keiner wissen, denn ein vorwitziger Kollege ist schlimmer als eine kaputte Kaffeemaschine.

«Die Spitze vorne mit Eisen verstärkt», sagte der Mäuse-Gardai. «Die Hafenarbeiter tragen solche Stiefel.»

Und O'Sullivan: «Bei alten Schuhen ist der Gummi abgewetzt, dann liegt das Metall blank.» Und mehr war zum Thema Kratzspuren im Augenblick nicht zu sagen.

Bryan sah auf die Uhr und regte sich schon wieder auf, denn es war halb eins und der Inspector noch immer nicht da.

«Wieso kommt er nicht?», rief er.

«Einer sollte Loretta verhören», sagte O'Sullivan.

«Natürlich sollte das einer tun! Ich!» War doch die Höhe, Bryan zuerst vom Verhör wegzurufen und ihm dann Vorwürfe zu machen.

«Sie ist draußen.» Seelenruhig bündelte O'Sullivan die Fotos zu einem Stoß.

«Loretta – draußen?! Warum hat mir das keiner gesagt?!»

Das hatten die beiden *Eingeborenen* natürlich absichtlich gemacht: ihm nicht zu sagen, dass Loretta aufs Revier bestellt worden war. Da keiner kam, sie zu befragen, hatte sie sich nach draußen gesetzt, wo die Sonne schien.

Bryan starrte von einem zum andern, dann verließ er mit großen Schritten den Raum.

Aber weil es eben dieser Tag war, saß Loretta natürlich weder auf dem Parkplatz noch irgendwo in der Nähe. Bryan rannte zurück und verlangte den Dienstwagen. O'Sullivan machte es kompliziert, schob Bryan das Fahrtenbuch hin, er musste dies und jenes eintragen; endlich konnte er seinen Kringel in das entsprechende Kästchen malen, lief mit dem Schlüssel hinaus und sprang in den Wagen.

Sich selbst hätte Bryan als guten Fahrer bezeichnet. Der Toyota aber war ungewohnt, der Rückwärtsgang anders als beim Rover. Bryan fand auch den Hebel nicht, um die Außenspiegel einzustellen – auf irischen Straßen konnte das gefährlich werden. Er brachte den Sicherheitsgurt nicht zu, ließ ihn zurückschnalzen und bog um die Kurve.

Das Haus, in dem Loretta zur Untermiete wohnte, war rasch gefunden, doch der Vermieter sagte, sie sei weggefahren, nach Norden. Bryan bedankte sich und gab Gas. Aber er hatte vergessen zu fragen, welchen Wagentyp Loretta fuhr. Darum klingelte er den Mann ein zweites Mal heraus und bekam die lächelnde Auskunft: roter Mini mit getönten Scheiben.

Über die Geschwindigkeit, mit der Bryan zur nördlichen Ausfahrt brauste, wollen wir kein Wort verlieren. Bei allem Tempo hatte er Loretta aber nach einer Stunde immer noch nicht gefunden. In den stillen Ortschaften Lauragh, Ardgroom, Adrigole wunderte man sich über den rasenden Sergeant, und mancher sah dem entschwindenden Toyota kopfschüttelnd nach.

Doch die ganze Hetze war umsonst, nirgends konnte Bryan einen roten Mini entdecken. Während er zurückfuhr, knirschte er die ganze Zeit mit den Zähnen.

Er sah Loretta von weitem vor einer Bar sitzen. *Ronnie's Pub*, ein traurig heruntergekommener Laden – große Schilder wiesen darauf hin, dass er zum Verkauf stand, und selbst die Schilder waren uralt. Als Bryan ausstieg, entdeckte er den parkenden roten Mini im Schatten eines Stechginsters.

«Miss Dunes?» Er blieb dicht vor ihr stehen, hatte vor, streng zu sein.

«Krieg ich jetzt Polizeischutz?»

Sie war älter als die Ermordete, über zwanzig, und sie hatte ihr Feuerhaar zum Zopf gebündelt. Tja, und so ein Lächeln hatte Bryan einfach nicht erwartet. Er rückte die Mütze gerade.

Die Zeit, in der Bryan das letzte Mal geturtelt hatte, lag weit zurück; als ob sie zu einem anderen Leben gehörte. Wenn einer verlassen wird, scheidet er erst mal aus dem erotischen Karussell aus. Andere Frauen interessieren ihn nicht, weil er die eine zurückhaben will. Wenn er sich schließlich trotzig aufmacht, zu beweisen, dass es auch ohne sie geht, stellt er fest, dass er so etwas wie eine Markierung trägt, die den Frauen signalisiert: ein Unglücklicher, der bringt mir kein Glück. Und deshalb gibt es solche Zeiten erotischer Dürrephase, wo – und hier wird ein guter Freund Bryans zitiert – *einen nicht einmal die Nutten mehr anschauen.* Über diese triste und anstrengende Phase war Bryan aber hinaus, daher war ihm danach, wieder zu turteln. Er war jedoch auch ein gewissenhafter Polizist, der ein gutes Verhör machen wollte; und ein gutes Verhör und *Turteln* schlossen einander aus. In diesem Konflikt zückte Bryan den Notizblock.

«Wieso sind Sie weggefahren?»

Obwohl er streng sein wollte, hatte seine Stimme Wärme.

«Wenn ihr den Mörder auch in dem Tempo jagt …», sagte Loretta, merkte aber, dass Bryan das nicht genügte. «Ich bin rumgefahren», fügte sie hinzu.

Bryan setzte sich; hinter dem Tresen entdeckte er eine behäbige Frau, die müde den Kopf hob.

«Wohin?»

«Man fährt rum, um rumzufahren.»

Die dicke Frau kam herausgeschlurft, Bryan bestellte einen Cider; das Rumgerenne und die Fahrt hatten ihn durstig gemacht.

«Wie lange kannten Sie Ihre Freundin Lizzy Gaffray?»

«Sie war nicht meine Freundin.»

Bryan war so überrascht, dass er vergaß, den Block aufzuklappen.

«Sie war meine Cousine zweiten Grades. Ich habe früher bei den Gaffrays gewohnt.»

«Draußen auf der Farm?»

Sie nickte. «Seit dem Tod meiner Eltern, bis vor zwei Jahren. Dann hab ich mir was in der Stadt gesucht.»

«Hat es Ihnen dort nicht mehr gefallen?»

«Doch, aber ... jeden Tag die lange Fahrt. Ich wollte näher bei der Arbeit sein.»

Bei diesem Stichwort fiel Bryan der Streit ein, den er am Morgen beobachtet hatte.

«Sie arbeiten für Patrick Gaffray?»

«Registratur», nickte sie. «Werd ich aber nicht mein Leben lang machen.»

Während Bryan Lorettas träge Bewegungen beobachtete, ihre halb gesenkten Lider, den seitlich geneigten Kopf, erfuhr er, dass Patrick Gaffray sie vor drei Jahren eingestellt hatte, dass ihr die Arbeit Spaß machte, besonders wenn viele Boote gleichzeitig einfuhren und man kaum nachkam mit dem Abladen und Verteilen und Aufladen. Aber Loretta stellte sich eigentlich etwas in der *Werbung* vor, bloß müsste sie dazu fort aus Castlebere Haven; und damit zögerte sie noch.

«Außerdem hab ich keine Lust, mir täglich die Haare zu waschen, weil sie nach Fisch stinken.»

Bryan blickte von seinen Notizen auf; die Sonne stand genau in Lorettas Rücken und ließ das Haar erstrahlen. Er erkundigte sich nach den Deutschen.

«Samstag hab ich im *Hole in the Wall* was getrunken.»

Wie so vieles kannte Bryan auch das *Hole in the Wall* nicht, aber die Deutschen hatten es gekannt; sie hatten Loretta dort sitzen gesehen und waren hineingegangen. Dass es Loretta nicht schwer fiel, Bekanntschaften zu machen, war Bryan klar, daher überraschte es ihn nicht, dass sie die Touristen beim Radfahren kennen gelernt hatte. Und die wollten unbedingt auf das Hafenfest mitkommen. Mit Lizzy war Loretta eigentlich nicht verabredet gewesen.

Als sie über die Tote zu sprechen begann, veränderte sich etwas; ihre grünen Augen schienen noch größer zu werden, sie sprach leise. Bryan rückte näher; als der Wind Loretta das Haar zauste, wischte sie es nicht beiseite. Plötzlich lachte sie, laut und kehlig, dass Bryan erschrak.

«Sie hatte so 'ne Rotznase ... ganz rot!» Pause. «Bei O'Leary's haben wir Würstchen gegessen.» Sie nickte, als ob das wichtig wäre. Dass Peter sich vorzeitig verabschiedet hatte, wusste Bryan schon.

«Dann passierte die Sache mit Murphys Netz.» Loretta zog ihre Wolljacke eng um den Leib.

«Welches Netz?»

Die Frau kam mit dem Cider, Bryan nahm den ersten durstigen Schluck.

«Die Jungs machten so Witze, dass unsere Stadt doch zum Einschlafen ist. Also wollte ich's denen zeigen und hab sie auf Murphys Kutter mitgenommen.»

«Wozu?»

«Nur so. Ich mag Murphys Kutter, alt und verrostet und bei Nacht gespenstisch. Die Besatzung war an Land, wir haben's uns an Deck gemütlich gemacht und was getrunken.»

Lorettas Lippen bewegten sich weiter, aber sie sagte nichts mehr. Bryan beschloss, nicht gleich nachzufragen.

«Dann sagten die Jungs, dass Lizzy und ich Meerjungfrauen sind und sie die Fischer und dass sie uns jetzt fangen werden.»

Bryan dachte, dass er früher flottere Sprüche draufgehabt hatte, um bei den Mädchen zu landen. «Wurden sie zudringlich?»

«Nein, aber ich mochte das eben nicht und bin weggegangen, und die sind mir nachgelaufen.»

«Auf einem Schiff?»

«Nach Achtern», antwortete sie. «Wissen Sie, wo Achtern ist?»

Weil Bryan nicht antworten wollte, dass er zwar aus dem Landesinneren stamme, aber trotzdem kein Vollidiot sei, ließ er sie weiterreden. Loretta erzählte, die Jungs hätten sie bei den Fangnetzen erwischt und festgehalten; und dass in diesem Moment Lizzy hoch über den dreien auf der Brücke aufgetaucht sei; und als Loretta sich endlich von den Jungs losgerissen hatte, löste Lizzy den Rollmechanismus.

Bryan versuchte sich das Bild vorzustellen: zwei deutsche Touristen, gefangen wie die Flundern. Normalerweise lenkten die Fischer die abrollenden Netze nach hinten ins Wasser; aber Lizzy hatte einfach den Motor in Gang gesetzt und das schwere Netz mit Radau auf die Burschen runterkrachen lassen. Verletzt war keiner, aber völlig hilflos; Lizzy hatte sich halb totgelacht, wie die Deutschen zappelten. Loretta wollte sie schließlich befreien. Das ging aber nicht, weil die Jungs sich verheddert hatten, darum hatte Lizzy zum Messer gegriffen. Bryan notierte in Windeseile. Loretta war dagegen gewesen, die Maschen zu zerschneiden, denn damit war das Netz ruiniert. Aber Lizzy ließ sich nicht aufhalten, gleich darauf waren die Deutschen frei. Die Lust am irischen Geturtel war ihnen vergangen, sie hauten ab. Und Loretta brachte Lizzy mit dem Mini nach Hause.

Bryan legte den Bleistift weg und massierte die Finger.

«Wann war das?»

«Elf oder so. Cathy war noch wach.»

Bryan sah Lizzys Mutter vor sich, ihre rote Bluse.

«Könnte Lizzy sich später noch einmal mit den Deutschen getroffen haben?»

«Warum fragen Sie sie nicht selbst?»

Plötzlich stand Loretta auf; ohne zu bezahlen, ging sie zu ihrem Auto.

Bryan kam hoch. Moment mal, wenn einer das Verhör beendete, dann war er das! Er lief ihr nach, hielt die Autotür fest, nachdem Loretta schon eingestiegen war.

«Kennen Sie jemanden, mit dem Lizzy geschlafen haben könnte?», fragte er barsch.

Sie schaute mit diesen unerhört grünen Augen zu ihm hoch.

«Sie sind noch nicht lange in Castlebere Haven, Sergeant?»

Das wusste Bryan selbst, und doch brachte es ihn für eine Sekunde aus dem Tritt.

«Lizzy Gaffray – hier in Castlebere? Das gibt es nicht, dass ein Mädchen wie sie rumfickt.»

Loretta gab Gas. Erst im letzten Moment ließ Bryan die Autotür los. Eine dichte Staubwolke hüllte ihn ein.

Der Wallach

Familie. Kilometerlang ging Bryan das Wort nicht aus dem Kopf. Familie war wichtig für ihn. Es gab die feine Familie, die derbe Familie; diese Familie hielt zusammen wie Pech und Schwefel, jene machte sich in der Öffentlichkeit lächerlich. Bryan hatte sogar Farben für bestimmte Familien. Gelbgrau vielleicht oder orangelila, auf seiner Farbskala gab es auch *blot* und *grosa;* er hatte eine sehr farbige Vorstellung von ‹Familie›. Aber nicht bei den Gaffrays.

Die selbstbewusste Cathy, der mächtige Patrick, die wohlerzogene Lizzy, die mit dem allseits beliebten Peter ein schönes Paar bildete, und die außergewöhnliche … sexy Cousine, Loretta. Ja, die Gaffrays waren eine farbenprächtige Familie, aber so viel verstand Bryan von Farbenlehre – wenn man zu viele Farben zusammenschüttete, kam Graubraun heraus.

Diesmal scherte Bryan sich nicht um O'Sullivans Stimme aus dem Funkgerät; der Dicke rief ihn ins Revier, da der Inspector eine Besprechung angesetzt hatte. Besprechungen mit einem Phantom-Inspector konnten Bryan gestohlen bleiben. Er schaltete den Funk ab, wendete auf glitschiger Straße, umfuhr die Stadt auf der Nebenstraße – und verfuhr sich gründlich.

Wenn man so in Gedanken war wie Bryan und über Familie und Farben nachdachte, verpasste man die Abzweigung, fuhr zu weit Richtig Lauragh und musste wieder zurück. Bryan orientierte sich am *Steinkreis,* den die Wegweiser als älteste gälische Kultstätte auswiesen, und als er endlich nach Cahermore kam, musste er einen Bauern fragen, um das Grundstück der Gaffrays zu finden.

Es ist festzustellen: Bryan hatte keine Lust, Leute zu belästigen, die gerade ihr Kind verloren hatten. Mit Menschen in so einer Situation zu sprechen ging ihm an die Nieren; er war nicht der nüchtern recherchierende Polizist, der das *Leid* als Faktor mit einkalkulierte, Schmerzen anderer gingen ihm nahe, man konnte sagen: Er litt mit ihnen.

Als er auf das Haus zuging, bemerkte er Cathy Gaffray vor der Stallung, neben ihr ein grauweißes Pferd mit gesenktem Kopf. Er schaute genauer hin und entdeckte, dass Cathy mit dem Pferd sprach; ihre Arme um seinen Hals gelegt, flüsterte sie ihm ins Ohr, und das Pferd – nickte.

Was ist Trauer, dachte Bryan; wie äußert sie sich? Er hätte kein traurigeres und zugleich liebenswürdigeres Bild finden können als diese Frau, die zu ihrem Pferd sprach. Sie war nicht in Reitkleidung, sondern trug einen Morgenmantel; wenn er richtig sah, war sie barfuß. Während Bryan überlegte, wie er sie ansprechen sollte, kam Patrick Gaffray aus dem Haus.

«Sie wollen zu uns?» Seine Stimme tief wie die des Comturs aus *Don Giovanni*. Bryan kannte *Don Giovanni* nicht (wenn man von der Pizzeria in Shannon absah), aber er hörte Patricks Satz mehr als Vibrieren im Bauch als in den Ohren.

«Sergeant Bryan Sheehy», stellte er sich vor und legte die Hand an den Mützenschirm. An dieser Bewegung erkannte der andere ihn wieder.

«Wir haben uns heute schon einmal gesehen.»

Bryan nickte und wollte gleich darauf zu sprechen kommen, wieso ein Vater am Tag nach dem Tod seiner Tochter zur Arbeit ging.

Aber nicht mit Gaffray. Der fragte, wieso der Inspector nicht persönlich zu ihm herauskomme. Das hätte Bryan selbst gerne gewusst, aber er erfand eine Ausrede. Damit gab Gaffray sich nicht zufrieden; der Großunternehmer von Castlebere erwartete, dass die Polizei ihm rapportierte.

Bryan folgte ihm ins Haus, machte kurz auf dem Schuhabstreifer Halt, setzte die Mütze ab und nahm auf eine Geste

Gaffrays hin Platz. Echte Autorität beeindruckte Bryan, und dieser Mann hatte sie.

Der Streit in der Fischhalle musste warten, denn Patrick ließ sich zunächst vom Stand der Ermittlungen berichten. Bald kam der heikelste Punkt zur Sprache: Lizzy und ihr Liebhaber. Bryan bemühte sich um eine rücksichtsvolle Formulierung.

«Zu wem könnte Ihre Tochter intimen Kontakt gehabt haben, Sir?»

Es überraschte ihn, dass Gaffray, der in einem gotisch geschnitzten Sessel Platz genommen hatte, nicht reagierte. Als wäre er im selben Moment erstarrt. Ungewöhnlich tief lagen seine Augen in den Höhlen, alles war irgendwie im Schatten in diesem Gesicht. Jetzt kam eine winzige Bewegung in den Mann; seine Hände rutschten an den Schenkeln hinunter. Schwere Hände, dachte Bryan, Fischerhände vielleicht; er war sicher, dass Gaffray sich seinen Wohlstand hart erarbeitet hatte.

«Wie kommen Sie auf die Idee?» Noch tiefer die Stimme jetzt, wahrhaftig wie aus dem Grab.

«Lizzy hatte einen festen Freund. Da wäre es ja möglich ...»

«Nein.» Das Wort stand so tief im Raum, als hätte eine Glocke geschlagen.

Bryan war durch Autorität zu beeindrucken, abzuschrecken war er nicht.

«Es muss aber – verzeihen Sie, Sir – jemanden gegeben haben, mit dem Ihre Tochter in der Tatnacht Geschlechtsverkehr hatte.»

Ein Grollen und Bersten, ein Donnern und Übereinanderstürzen – so kam es Bryan vor. Der mächtige Mann stand auf, trat dicht vor ihn; er erschien Bryan hoch wie ein Berg. Und von dort oben hörte Bryan die Worte:

«Sie war siebzehn, Sergeant, siebzehn Jahre alt! Lizzy hat an so etwas noch gar nicht gedacht!»

Aber wie das eben so ist mit David-und-Goliath-Auseinandersetzungen: David kann den Mund nicht halten. Bryan, eingeklemmt auf seinem Stühlchen, erwiderte: «Woher wissen Sie das? Haben Sie mit ihr darüber gesprochen?»

Natürlich spürte er die pochende Ader an seinem Hals und das Schweißrinnsal im Rücken, und irgendwie war ihm der Hemdkragen zu eng. Nicht nur, dass er dem wichtigsten Mann der Stadt so einen Satz hinpfefferte, der Kerl war ein Hüne, der ihn jederzeit hochheben und gegen die Kaminwand hätte werfen können. Vielleicht wollte er das auch, aber mit einem Mal wurden seine Züge weich, und sein Blick wanderte auf einen Punkt hinter Bryan. Als der sich vorsichtig umdrehte, sah er Cathy Gaffray in der Tür stehen. Ihr Gesicht war voll Sorge.

«Patrick», sagte sie. Weiter nichts. Der große Mann richtete sich auf.

Cathy kam herein. «Gibt es schon einen Verdacht, Sergeant Sheehy?»

Der Morgenmantel verdeckte nicht eben viel, sie bemerkte Bryans Blick und zog den Seidengürtel enger. Bryan stand höflich auf, und da Cathy schwieg, war er an der Reihe. Auch sie musste erfahren, was die gerichtsmedizinische Untersuchung ergeben hatte; doch wenn Bryan eine heftige Reaktion erwartet hatte, täuschte er sich.

Leise fragte sie, ob es Vergewaltigung gewesen sei. Bryan eröffnete ihr, dass die typischen Verletzungen fehlten. Er beobachtete, wie Patrick einen Schritt machte, um sich schützend vor seine Frau zu stellen. Die nahm seine Hand und streichelte sie, und diese Geste erinnerte Bryan an Wavey. Verdammt, sie hatte so liebevoll sein können, aber auch dieses Stachelgeschöpf.

«Sie glauben, dass derjenige, mit dem Lizzy geschlafen hat, auch ihr Mörder ist?»

Bryan sah in das traurige Lächeln von Cathy Gaffray. Er

hätte ihr, so wie sie da stand, jetzt am liebsten einen Tee gemacht oder angeboten, den Rasen zu mähen, aber er musste sich zusammenreißen und sagen:

«Der Eintritt des Todes wurde zwischen Mitternacht und zwei Uhr früh festgestellt.» Da war diese Ungereimtheit, dass man Lizzy ermordet hatte, nachdem sie schlafen gegangen war.

«Mrs. Gaffray, was geschah, nachdem Lizzy Ihnen gute Nacht gesagt hatte?»

Ruhig gab sie Bryan die Antwort. «Lizzy hat gebadet. Sie ging schlafen. Ich ging schlafen. Mehr weiß ich nicht.»

«Hat Ihre Tochter in letzter Zeit jemanden getroffen, der neu in ihrem Bekanntenkreis war?»

«Wir kennen Lizzys Freunde», antwortete Gaffray anstelle seiner Frau.

«Wo waren Sie in der Mordnacht, Sir?»

«Das habe ich bereits … zu Protokoll gegeben.» Zum ersten Mal hörte der tiefe Bass sich brüchig an; Bryan bemerkte, wie Patrick zu seiner Frau sah.

«Wir haben ein Haus auf Kilkatherine Point», sagte sie. «Patrick fährt dorthin zum Angeln, zum Lesen und Nachdenken.»

«Und Sie sind erst zurückgekehrt, als Sie von Ihrer Frau verständigt wurden?»

Cathy war überrascht. «Natürlich. Das wissen Sie doch.»

Bryan hielt ihrem Blick nicht stand, daher machte er sich eine Notiz. Genau genommen kritzelte er die Ziffern 1, 8 und 7 auf den Block, die gar keinen Sinn ergaben, außer dass sie sein Geburtsdatum waren. Er blickte hoch.

«Wie lange hat Loretta Dunes hier gewohnt?» Die Frage überraschte die beiden.

«Seit dem Tod ihrer Eltern.»

«Wo die beiden Mädchen sich so gut verstanden, warum ist sie ausgezogen?»

Wieder wollte Patrick etwas sagen; erneut ging Cathy dazwischen. «Weil Kinder flügge werden. Sie ist zwanzig, sie arbeitet; was soll sie hier draußen bei uns Einsiedlern?»

Cathy als Einsiedlerin zu sehen wäre Bryan nie eingefallen. Aber es war genug – er hatte Fragen gestellt und Antworten bekommen.

«Ihr Wallach ist ein schönes Tier», sagte er zum Abschied.

«Sie mögen Pferde?» Cathy brachte ihn zur Tür.

Ja, Bryan mochte sie. Aber es war nicht der Augenblick, darüber zu sprechen. «Sehr», antwortete er knapp.

Als sie fast beim Ausgang waren, fiel sein Blick auf eine gerahmte Fotografie: Lizzy und Peter Dunboy.

«Wie lange waren die beiden schon ein Paar?» Er deutete auf das Bild.

«Paar?» Patrick kam nach. «Sie gingen manchmal ins Kino, machten Radtouren. Ist man deswegen schon ein Paar?»

Täuschte sich Bryan, oder war Eifersucht in Gaffrays Stimme zu hören? Der bildhübsche Maler fiel Bryan ein: Dieser Erzengel war mit Lizzy *nur* ins Kino gegangen und Rad gefahren? Eine sonderbare Familie, die Gaffrays.

«Wir mögen Peter», sagte Cathy. «Ob er der Mann unserer Tochter geworden wäre, kann ich nicht sagen. Mit siebzehn muss ein Mädchen noch nicht ans Heiraten denken.»

Liebevoll nahm sie die Hand ihres Mannes. Und da spürte Bryan, dass der riesenhafte Patrick gleich zu weinen beginnen würde. Bryan verabschiedete sich rasch.

Nachdenklich erreichte er den Dienstwagen; bemerkte kaum, dass ein Schauer niederging.

Gleich darauf zuckten die Scheibenwischer auf Hochtouren, trotzdem sah Bryan rein gar nichts. Er hielt, lehnte sich zurück und verschränkte die Arme hinter dem Kopf. Lizzy und Peter Dunboy fuhren in einem Boot auf die Bantry Bay hinaus. Peter überreichte Lizzy einen Ring mit grünem Stein; sie aber nahm ihn so ungeschickt entgegen, dass er ihr entglitt und ins Wasser fiel.

Bryan weckte ein blökender Ton; er stand mitten in einer Einfahrt. Auf der Beifahrerseite ein Traktor, der Regen hatte nachgelassen. Bryan startete, winkte dem Bauern entschuldigend zu und fuhr nach Castlebere Haven zurück.

Ambrose

Türen schlugen, Telefone schrillten, in Computertastaturen wurde gehämmert – Bryan kam sich vor wie im Windkanal. Drei irische Polizisten verursachten die ganze Hektik.

«Die Deutschen haben den Nachmittagsflug nach Frankfurt gebucht.» Dynamisch kam der Inspector durch den Flur und winkte Bryan in sein Büro. «Sind aber nicht geflogen. Die in Shannon haben die Autovermieter nochmal überprüft – die Deutschen haben ihren Leihwagen zurückgegeben und kurz darauf einen zweiten gemietet. Wollten die Fähre aufs Festland nehmen. Auf halber Strecke hat man sie geschnappt.»

Rosig sah Caughan aus, wie ein frisch gebadeter Säugling.

«Wann werden sie überstellt?», fragte Bryan, um nicht bloß so dazustehen.

«Sind unterwegs. Ein Detective Sergeant bringt sie runter.»

Im Nebenbüro haute O'Sullivan mit einer Inbrunst in die Tasten, als wollte er den großen irischen Roman schreiben. Im Hintergrund sagte der Mäuse-Gardai zum achten Mal «Verstehe, ja, ja» ins Telefon; mit Elan warf der Inspector seine Jacke über den Stuhl.

«Ihr müsst gleich raus, du und O'Sullivan.»

«Ich wollte eigentlich Lorettas Verhör zu Protokoll …»

«Später. Erst die Hausdurchsuchung.»

«Bei wem?» Bryan wurde nicht aufgefordert, sich zu setzen.

Caughan lehnte sich hart zurück, legte die Fingerspitzen aufeinander. «Die alte Mrs. Reardon leidet an Schlaflosigkeit», sagte er. «Zweiundneunzig – da wird Schlaf Mangelware. Mrs. Reardon glaubt, in der Mordnacht etwas gesehen zu haben. Dass jemand einen Handwagen Richtung Hafen gezogen hat.

Da hat Mrs. Reardon sich natürlich gefragt: Was bringt ein Mensch bloß um vier Uhr früh runter zum Hafen?» Caughan schlug auf den Tisch. «Kam aber zwei Tage lang nicht auf die Idee, uns anzurufen!»

«Hat sie ... die Person identifiziert?»

Um ehrlich zu sein: Bryan war enttäuscht. Alles ging so hoppla hopp – Augenzeugin, Verdächtiger, die Deutschen im Anmarsch. Wollte Caughan den Fall im Eilverfahren abwickeln? Denn irgendwie, man muss es sagen, hatte Bryan diesen Mord als *seinen ersten Fall* angesehen. Jetzt stand er da, und rund um ihn wurde um die Wette ermittelt.

«Ich hab eine Stunde gebraucht, um Mrs. Reardon klar zu machen, dass sie mit ihrer Aussage Unschuldige entlastet. Da kam sie endlich damit heraus: Raoul Marmoulian.»

Und wieder ein Name, der Bryan nichts sagte.

«Ein Gemischtwarenhändler.» Caughan hatte diesen verbindlichen Ton, den Bryan von Fortbildungskursen kannte. «Ramschladen trifft es besser. Raoul hat von Stricknadeln bis zum Rindertreiber alles; aber wenn du wirklich was brauchst, findest du nichts.»

«Marmoulian – er ist ... nicht von hier?»

Das lag wohl auf der Hand, dass ein Raoul Marmoulian kein Einheimischer war; aber etwas Besseres fiel Bryan nicht ein.

«Armenier», nickte der Inspector. «Hat sich hier niedergelassen. War mit seinem Bazar zuerst so exotisch wie ein Schaf mit zwei Köpfen.» Der Chef lehnte sich vor. «Ich hab ihn befragt. Kein Alibi für die Mordnacht.» Mit einer Hand kratzte Caughan an seiner Nase, die andere schob Bryan ein gestempeltes Papier über den Tisch. «Durchsuchungsbefehl.»

«Wonach suchen wir?» Wenn ohnehin alles ohne ihn lief, konnte er auch dumme Fragen stellen.

«Stiefel natürlich. Schwarze Stiefel mit abgewetzten Gummikappen. Und danach sprichst du mit Peter Dunboy.»

«Noch einmal?»

«Sag ihm, um den Gentest kommt er nicht herum. Er soll lieber gleich sagen, ob er Sonnabend mit Lizzy mehr gemacht hat als Spazierengehen.»

«Gen-Test …?» Hatte Bryan richtig gehört? Wo war das Hinterwäldler-Revier geblieben, in dem die Spurensicherung erst auftauchte, wenn alle Spuren verweht waren? High Tech hielt Einzug, man ermittelte wie die Großen; ein dynamischer Inspector, zwei smarte Polizisten. Und welches Rädchen war Bryan in dem Getriebe?

Caughan machte eine stolze Schnute. «Gentest, ja. Suzy Moynihan bereitet alles vor. Morgen um sieben steht hier der halbe Ort Schlange, der halbe männliche Ort.»

Das Nächste war, dass Bryan nicht zur Hausdurchsuchung fuhr. O'Sullivan sagte, der Mäuse-Gardai kenne Marmoulian gut, darum sollte lieber der mitfahren. In Wahrheit hatte O'Sullivan keine Lust, schon wieder mit Bryan im Auto zu sitzen.

Darum ging Bryan zu Peter Dunboy. Traf ihn in seinem Atelier, aber nicht allein; acht kräftige Frauen hatte er da, Holländerinnen, die bei ihm malen lernten. Und Bryan erkannte schnell, dass die acht Blondinen nicht so sehr am Malen interessiert waren, sondern am Maler. Mit großen Zeichenblöcken saßen sie da und versuchten Flasche, Kerze, Apfel zu zeichnen.

Wie peinlich Dunboy das war, in dieser Situation verhört zu werden! Aber Bryan war gerade in so einer Stimmung, dass es ihm gut tat, ein bisschen nach unten zu treten, darum benahm er sich herrischer, als das seine Art war, ging mit Peter nach draußen und fragte, ob er mit Lizzy geschlafen hatte.

Der junge Mann war sprachlos, schluckte und leckte sich über die Lippen; währenddessen stellte Bryan für sich fest, dass es affig aussah, wenn der Erzengel seine Locken mit einem Gummi im Nacken zusammenband.

«Wer erzählt so was?!», versuchte der Maler es aggressiv, aber nicht mit Bryan.

«Eine einfache Frage.» Bryan stellte sich breitbeinig hin.

Dunboy schüttelte hilflos den Kopf. «Nein. Lizzy und ich haben nie ...»

Bevor er weitersprechen konnte, stand eine der Holländerinnen in der Tür und sagte, dass die Zeichenkohle ausgegangen sei. Dunboy trat von einem Fuß auf den andern, im Hintergrund erhoben die übrigen Kursteilnehmerinnen neugierig ihre Köpfe.

«Ich komm gleich, Annegret.»

Als sie gegangen war, wiederholte Dunboy, dass der Vorwurf grotesk sei.

«Welcher Vorwurf? Ich habe bloß wissen wollen, ob Sie Sex mit Ihrer Freundin hatten.»

Und das war der beste Zeitpunkt, um den Erzengel zum Gentest zu bitten. Der protestierte zuerst, aber ohne viel Schwung; schließlich erklärte er sich bereit mitzumachen. Bryan genoss es, ihn für sieben Uhr früh aufs Revier zu bestellen. Tippte mit zwei Fingern auf den Mützenschirm, und als er die Straße hinunterschlenderte, wusste er, dass der Engel ihm nachsah.

Auch wenn Bryan sich an Peter Dunboy ein bisschen abreagiert hatte, seine Laune war davon nicht besser geworden. Das war vielleicht der Grund, warum er sich über das Auftauchen von Ambrose Whitty so über alle Maßen freute. Als er in die Straße hinterm Revier einbog, erkannte er den Detective Sergeant von weitem. Keine Zeit zum Friseur zu gehen, wie immer. Bryan rief ihn beim Namen, Ambrose drehte sich um, strich das Haar aus der Stirn, und sie umarmten einander. Warum nicht? Auf der Polizeischule zusammen Blödsinn mit Platzpatronen gemacht, später acht Jahre gemeinsam in Shannon. Ambrose im Drogendezernat, immer wichtig, immer geheimnisvoll. Und erfolgreich: Der Hehlerring in Dublin war durch seine Initiative aufgeflogen. Als Detective trug er Zivil, schicke Wildlederjacke, Bryan schnupperte daran. Grinste, als er dem Freund auf die Schulter klopfte, denn er spürte die Achtunddreißiger unter dessen Achsel. Ist älter geworden, dachte er, hat ein paar Pfund zugesetzt. Und Ambrose dachte, dass Bryan traurig aussah, einsam, dass ihm die Uniform um die Glieder schlakste.

«Ich habe euch die Deutschen nicht nur aus Freundschaft gebracht», sagte Ambrose. «Die hatten was bei sich, wofür ich mich auch interessiere.» Er tippte sich an die Nase.

«Schnee?» Jetzt war Bryan klar, Ambrose fuhr so eine weite Strecke nur, wenn Rauschgift im Spiel war.

«Hundert Gramm, vom allerfeinsten.»

Natürlich fiel Bryan ein, dass auch er zum D-Dezernat hätte gehen können, vor Jahren, heute nicht mehr. Komm zu uns! Oft hatte Ambrose versucht, ihm die Sache schmackhaft zu machen. Aber Bryan – nicht halb und nicht ganz in solchen Entscheidungen – hatte abgeschreckt, dass man bei den Fahndern nur Fahnder ist und sonst nichts. Bryan wollte Waveys Mann sein und sonst eigentlich gar nichts; und das war wahrscheinlich falsch gewesen. Vielleicht hätte genau das Wavey gefallen – Bryan als *Detective,* in geheimer Mission, wochenlang fort, undercover mit Bart und dreckigem T-Shirt. Nicht heimkommen wie ein Bürohengst, die Mütze an den Haken hängen und den Deckel von Waveys Stew lüpfen; ein Langweiler war er geworden, dabei hätte er ihr so gerne imponiert.

«Kokain? Du machst Witze.» Bryan ging mit Ambrose hinein.

«Nicht bei der Menge. Wir mussten die Herren splitternackt ausziehen, bis wir's gefunden haben. Niedliche Plastikbeutel zwischen den Arschbacken.»

«Und wie kamst du auf die Idee?»

«Die Augen. An den Pupillen siehst du's immer.»

«Das ist Detective Sergeant Whitty», begann Bryan, als sie dem Inspector gegenüberstanden, aber der winkte ab: Man hatte sich schon kennen gelernt. Und weil O'Sullivan mit dem Gardai noch auf Hausdurchsuchung war, sperrte der Inspector persönlich den Zellentrakt auf und ging mit den beiden in den Verhörraum. Während Ambrose sich setzte, fummelte der Inspector am Aufnahmegerät, bis Bryan ihm half; schließlich hatten sie es so weit.

«Sind übrigens zickige Kunden, eure Touristen.» Ambrose zog die Jacke aus. «Kein Wort ohne ihren Anwalt, und sie wollen mit dem deutschen Konsul sprechen, lauter so Zeug.»

«Zuerst das Formelle», sagte Caughan. «Ich habe ein Fax von Ihrer Dienststelle, dem zufolge Sie an den Verhören der Deutschen teilnehmen werden.» Er sank auf den Stuhl. «Uns geht es hier aber nur um die Tote.»

Ambrose nickte und klopfte einen Rhythmus auf den Blechtisch.

«Einverstanden», sagte er. «Die beiden werden staunen, wenn sie merken, dass es sich nicht nur um Koks, sondern auch um Mord handelt.»

Bryan wurde gebeten, die Deutschen vorzuführen. Als er hinausging, gestand er sich ein, wie unglaublich es ihn freute, Ambrose hier zu haben. Drei Tage allein in Castlebere Haven – wie hatte er das nur ausgehalten?

Hat man mit jemandem die Jugendzeit verbracht und ist wieder zusammen, fällt man automatisch in diese Zeit zurück. Die beiden rannten nebeneinander die Treppe hoch – wer zuerst oben ist; natürlich steckte Mrs. Diveney den Kopf aus ihrem Zimmer und protestierte:

«Schon elf!»

Weil Bryan mit ihr wegen der Heizung noch ein Hühnchen

zu rupfen hatte, lief er ein paar Stufen zurück und sagte barsch: «Ich habe Besuch.»

Mrs. Diveney setzte zu einer Antwort an, aber als sie das vergnügte Gesicht Ambroses über dem Treppengeländer auftauchen sah, glätteten sich ihre Züge. Bryan begriff, dass Ambrose nichts von seinem Charme eingebüßt hatte.

«Du hier, ich drin?», fragte Bryan, als sie oben waren, warf seine Kappe aufs Sofa und schlüpfte aus den Schuhen.

Ambrose ließ sich mit Wucht auf die Couch fallen.

«Bestens. Mit der entsprechenden Betäubung werde ich hier schlafen wie ein Wolfsjunges.»

Bryan holte den Whiskey aus dem Koffer, auf das Wiedersehen musste angestoßen werden. Das Sixpack *Lager*, das sie im Supermarkt gekauft hatten, verschwand im Kühlfach, die Pappboxen mit den Hühnerbeinen wanderten auf den Tisch. Bryan setzte Teewasser auf, Ambrose hielt sich an den Whiskey, und natürlich – kaum hatten sie zu essen begonnen, wurde über den Fall gesprochen.

Jeden interessierte nur *seine* Sache. Ambrose sagte, die Deutschen wüssten wahrscheinlich, wo der Stoff herstammt, bloß hatte ihnen der Anwalt geraten, die Klappe zu halten. Vielleicht hatten sie auch Angst vor jemandem, der mit dem Rauschgift in Zusammenhang stand.

Bryan aß im Stehen und sprach von Lizzy und Loretta und der ganzen eigenartigen Familie und von dem Abend, an dem die Mädchen die Deutschen im Makrelennetz eingegarnt hatten. Das hatten die beiden anstandslos zugegeben, aber sonst leider nichts: keinen Sex mit Lizzy, keine Quelle für das Rauschgift.

Ambrose pflanzte sich breit auf den Stuhl und aß das Huhn wie ein Barbar; zwischendurch pikte er mit abgekautem Hühnerbein in Richtung Bryan. Ließ essend die Mordnacht noch einmal erstehen.

«Hafenfest. Zwei Jungs decken sich mit Koks bis Weihnachten ein. Lernen zwei irische Mädchen kennen. Trinken ein bisschen zu viel. Zu viert zieht man sich auf den Kutter zurück. Wahrscheinlich bieten sie den Mädchen was von dem Schnee an, zum Warmwerden. Klappt aber nicht – am Schluss zappeln die Deutschen im Netz.»

Ambrose ließ das letzte Bein in den Karton fallen. «Wurde im Blut der Leiche Rauschgift gefunden?»

Bryan hatte keine Ahnung. Niemand hatte bis jetzt so einen Verdacht gehabt.

«Lizzy Gaffray und Rauschgift?»

«Habt ihr überhaupt danach gesucht?» Ambrose verdrehte die Augen, wie er es häufig tat; Bryan fühlte sich sofort in die Polizeischulzeit zurückversetzt: Ambrose Klugscheißer, einmal Spitzname, immer Spitzname.

«Die Leiche soll morgen beigesetzt werden», sagte er stockend.

«Würde ich nicht machen.» Ambrose goss sich vom Whiskey nach. «Ruf den Pathologen an.»

«Er ist eine Frau.»

«Aber Telefon wird sie doch haben.»

«Schon, aber ...» Jetzt saß Bryan in der Klemme. «Aber ich habe keins.»

Wenn Ambrose bis jetzt nur so einen Verdacht gehabt hatte, dass Bryan ziemlich aufgeschmissen war in dem Kaff, dann fühlte er sich hiermit bestätigt.

«Ich dachte, sie haben dich an die Küste versetzt und nicht hintern Mond.»

Mit diesem verächtlichen Blick, der Bryan immer aufgeregt hatte, schaute Ambrose sich um. Plötzlich sah Bryan die abgewetzten Möbel und die Albtraum-Tapete mit den Augen des andern.

«Was ist das überhaupt für eine Bleibe!»

Bryan wusste, es war nicht Gold, wo er wohnte, aber andererseits schlief Ambrose die meiste Zeit im Wohnwagen und duschte nur jeden dritten Tag, und seine Freundin sah ihn höchstens einmal im Monat. Gerade er sollte nicht rumtönen, sondern lieber die Flasche leer machen. Aber Bryan war nicht nach Streit, darum kaute er eine Weile stumm und sagte:

«Die Deutschen könnten sich den Stoff auch früher besorgt haben. Sie sind fast eine Woche hier.»

Ambrose starrte in sein Glas. «Neee. Du kommst nicht in eine fremde Stadt und fragst beim Friseur *'tschuldigung, wo ist hier der örtliche Dealer?*». Er schüttelte den Kopf. «Ein Straßenfest ist ideal für diese Art von Geschäft.»

Ambrose ließ sich von Loretta berichten. Es vergingen ein paar Minuten, bis Bryan all ihre Reize geschildert hatte. Worauf Ambrose aber hinauswollte, war, dass es schon komisch aussah, dass Loretta das goldene Nest der Gaffrays freiwillig verlassen hatte, um sich ein *Zimmer* zu nehmen. «Vielleicht hat sie jemand aus der Szene kennen gelernt.»

Jetzt schnaubte Bryan verächtlich. *Szene!* Sie saßen in einem gottvergessenen Kaff am äußersten Küstenzipfel Europas, und dem Detective fiel nichts Besseres ein, als eine *Drogenszene* zu erfinden. Als ob man in den Telefonzellen von Castlebere über Fixerspritzen stolperte und die dauergewellten Fischerwitwen sich daheim am liebsten ein Pfeifchen stopften.

«Von welcher *Szene* sprichst du?» Bryan knallte die Tasse in die Spüle, warf die leeren Pappschachteln in den Müll. Doch immer, wenn er Ambrose am liebsten auf den Mond schießen wollte, hatte der eine gute Antwort parat.

«Hätten wir in Shannon nicht so viel zu tun, ich würde mich zur hiesigen Abteilung versetzen lassen.»

«Warum?»

«Weil *hier* das eigentliche Problem liegt. Schau hinaus. Was siehst du?»

Was sah Bryan? Schiefe Dächer, den Hafen, das Meer.

«Und vor dem Meer?» Ambrose pulte Fleischreste zwischen den Zähnen heraus.

«Was soll *vor* dem Meer sein?»

«Die Küste!» Ambrose trat ans Fenster. «Hunderte Meilen ungeschützter Küstenlinie. Einsame Buchten und Strände. Und *dort*» – er zog mit dem Finger den Küstenverlauf nach – «bringen sie den Stoff an Land. Die Drahtzieher sitzen nicht da, wo der Stoff konsumiert wird. Die sind hier, entlang der Küste. Haben sich vor Jahren eingenistet, sind praktisch untergetaucht.»

Ambrose, der Fachmann: Wenn der Koks im Zuckerstreuer vermutete, war meistens auch Koks drin. Bryan holte die zweite Garnitur Bettwäsche und breitete das Laken aus.

«Ich bin so müde, dass ich …» Der Detective schwankte zum Sofa.

«Was willst du zum Frühstück?», fragte Bryan. «Ich habe Knäckebrot.»

«Nein, mein Lieber.» Ambrose schnürte die Schuhe auf. «Frühstück mache ich.»

Dann waren da die Geräusche, wenn jemand in der Wohnung ist; ein Umdrehen auf knarrendem Sofa, ein Brabbeln im Schlaf. Und Bryan lag auf dem Rücken und überlegte, wie viele Nächte er jetzt schon allein schlief; beobachtete die Lichtquadrate der vorbeifahrenden Autos. Ob Ambrose Wavey in letzter Zeit gesehen hatte? Sie hatten Wavey mit keiner Silbe erwähnt.

Die Gene von Castlebere

Kann man sich vorstellen, durch den Geruch von Bohnen geweckt zu werden? Bryan wälzte sich herum und sah Ambrose in Unterhosen vor dem Herd stehen. Bohnen und Speck, Eier und Porridge, und alles ein bisschen verbrannt. Als Bryan sich aufsetzte, knarzten die Bettfedern.

«Viel oder wenig?», rief Ambrose, ohne sich umzudrehen.

Bryan drehte sich der Magen um.

«Ohne Bohnen tu ich keinen Schritt aus dem Haus!» Ambrose grinste über die Schulter.

«Mir nur eine Kleinigkeit.» Bryan schwankte zum Waschbecken und fragte sich, ob es nicht richtiger gewesen wäre, Ambrose im Hotel unterzubringen. Bryan und Alkohol. Sein Kopf tat weh, der Mund fühlte sich an wie ausgeschäumt, überall juckte es. Ambrose dagegen sah frisch aus, auf dem Couchtisch stand die leere Whiskeyflasche.

«Wie viel Toast?» Ambrose ließ vier Scheiben in die Schlitze gleiten.

«So früh ess ich eigentlich nie ...» Bryan drehte das Wasser auf. Keine Ruhe heute, nicht das Gluckern des Kessels als erstes sanftes Geräusch. Kein Waschritual, die verträumten Gedanken über der Teetasse. Stattdessen der Frühstücksberserker. Bryan kämmte sein Haar noch nachlässiger als sonst und setzte sich an den Tisch. Wie das roch, wie schrecklich das roch!

«Also wie war das – Bohnen oder nicht?» Ambrose stand mit erhobener Kelle vor ihm.

«Lieber nicht.» Bryan hielt die Hände über den Teller.

«Ich seh mich nachher im Hafen um.» Ambrose begann mit einem Heißhunger zu essen, als würde er tagelang nichts mehr bekommen.

«Im Hafen – wozu?» Als der Toast hinter ihm aus der Maschine sprang, fuhr Bryan hoch.

«Weil dort am ehesten was rauszufinden ist.» Ambrose grinste mit vollem Mund. «Oder man kriegt eins über die Rübe. Gib mal die Konfitüre.» Er kleckste Brombeergelee auf den Toast und schaufelte Bohnen. Bryan wandte den Blick ab.

Heute lernte Bryan die Männer von Castlebere von ihrer stolzen Seite kennen. Wer waren sie denn, sich wie die Schafe aufs Revier treiben zu lassen, um ihr Erbmaterial preiszugeben? Ist doch jedermanns Privatangelegenheit, was er vererben kann und wem. Mit so einem Speichelabstrich war wohl kaum festzustellen, was in einem Castleberianer alles steckte. Dachten die Männer und kamen nicht. Zweiundfünfzig waren zur DNA-Untersuchung bestellt worden. Ein ziemlicher Aufwand für den Mäuse-Gardai, zweiundfünfzig Leute anzurufen oder bei ihnen vorbeizugehen.

Um sieben Uhr morgens war der Parkplatz hinter dem Revier fast leer. Acht Kerle waren erschienen, aber bloß die, die stolz darauf waren, in ihrem Alter noch in Verdacht zu geraten, mit einer Frau zu schlafen. Dabei hatte O'Sullivan alles so schön vorbereitet. Schwarzgelbe Absperrungsbänder wiesen den Korridor aus, wo die Männer sich anstellen sollten, an der Spitze der Ärztetisch.

Zehn nach sieben wurde O'Sullivan wütender, als man ihn kannte, und sandte den Gardai aus, alle geschlechtsreifen Männer unter Androhung von Strafe zusammenzutreiben.

Aber wer kennt die Castleberianer? Gegen acht trudelten sie allmählich ein. Nicht aus Pflichtgefühl oder weil sie sich eingeschüchtert fühlten – sie kamen aus Neugier. War schon ein Ding, bloß einmal ausspucken, und die Ärztin wusste, was für ein Kerl man war. Vielleicht hatte dem einen oder anderen auch seine Frau geraten: «Geh hin, Ike, ich weiß ja, dass du mit keiner sonst schläfst.»

Und weil Ike nicht in Verdacht kommen wollte, doch mit einer zu schlafen, setzte er seinen Hut auf und stiefelte aufs Revier. Nicht zu vergessen diejenigen, die das gerne mal ausprobieren wollten, von dieser jungen Ärztin *behandelt* zu werden.

So kam es, dass sich der Parkplatz allmählich füllte. Und auch wenn sich mancher lautstark beschwerte, dass man ihm die Spucke nicht einfach so abzapfen durfte – die Stimmung war alles in allem gut. Es hatte noch nicht geregnet, und man konnte über das Ganze schließlich auch lachen.

Nicht mit O'Sullivan. Der hatte sich hinter Suzy Moynihan aufgepflanzt wie ein Haremswächter und trug sein Ich-bin-im-Dienst-Gesicht. Jede schlüpfrige Bemerkung, von denen es zum Thema *Erbgut* ja eine Menge gab, wurde von ihm mit Verachtung quittiert.

Als Bryan kam, begriff er, wie überflüssig er war. Miss Moynihan begrüßte ihn und setzte gleichzeitig eine Hornbrille auf, die sie älter machte. Sonst zeigte keiner Interesse für Bryan. Er begriff, wie wenige er wirklich kannte, und überlegte, ob es daran lag, dass die Leute so abweisend waren, wie er sich einredete, oder an seiner eigenen Art.

Er war eben keiner, der ins Pub reinspazierte und schon bei dem ersten Pint seine Lebensgeschichte auspackte; keiner, dem ein Unbekannter freiwillig etwas anvertraute. Er mochte große Runden nicht und schallendes Gelächter und Bierseligkeit, und all diese Eigenschaften wären gut gewesen für einen Polizisten in dieser Stadt. Darum stand er abseits, schlenderte ein bisschen umher, grüßte die wenigen, die ihn zurückgrüßten.

«Muss man für den Test eigentlich nüchtern sein?», fragte ihn der rotgesichtige Drogist. Bevor Bryan antworten konnte, rief einer: «Dann brauchst du erst gar nicht hier zu bleiben. Du warst nicht mehr nüchtern seit 1976!»

Alles lachte. Bryan versuchte es mit einem Lächeln. Inzwischen hatte die Ärztin sie aufgeklärt, dass man nur bei Blut- und Urinproben nüchtern sein musste, für die DNA war das egal.

Natürlich hatte Bryan mit McDermott, dem Metzger, schon ein paar Worte gewechselt; dessen gütige Augen gefielen ihm. Aber konnte man das als *Kennenlernen* bezeichnen, wenn einer die Kutteln des Schweins anpries, das am Morgen geschlachtet worden war? Der Filialleiter des Supermarktes hatte Bryan beim ersten Einkauf die tollen Sonderangebote empfohlen. Dort betrat Sile O'Shea den Parkplatz. Bryan aß gerne Süßes, aber die Crêpes von Sile waren ihm verdächtig: Aus dessen Bude roch es immer nach altem Fett, und was in seinem Mülleimer lag, war nicht Vertrauen erweckend. O'Shea selbst sah allerdings *lecker* aus; rundes Gesicht, mit sinnlichen Lippen, und das Haar dunkel wie bei einem Italiener. Bryan überlegte, woran ihn dieses Gesicht erinnerte.

Da stand auch Simson Dignam in seinem Gummimantel; er sah heute besonders griesgrämig drein. O'Leary, der Würstchenkönig, und Alfred, der einarmige Tankstellenbesitzer, mit seinem verblödeten Sohn. Wer nicht hierher passte, war Charlotte MacLir, die plappernd durch die Männeransammlung schritt; sie brachte *ihrem* O'Sullivan die Thermoskanne. Und während Bryan nichts Besseres einfiel, als sich mit verschränkten Armen an die Hauswand zu lehnen, dachte er, dass die ganze Veranstaltung eigentlich nicht zum Lachen war, weil theoretisch ja einer der Mörder sein konnte.

«Stehst rum und träumst!» Inspector Caughan steckte den Kopf aus dem Fenster. «Komm rein.»

Bryan war froh, den Parkplatz verlassen zu können.

«Du hast Loretta verhört», sagte der Inspector, als Bryan ihm gegenüberstand. «Bloß steht hier nicht, wo sie zur Tatzeit war.» Er wedelte mit Bryans Bericht.

«Sie hat Lizzy nach Hause gebracht.»

«Ja. Aber danach – danach!»

«Gehört Loretta denn zu den Verdächtigen?»

«Sie könnte den Mörder kennen. Wo war sie zur Tatzeit?»

«Sie ist von den Gaffrays vermutlich nach Hause gefahren.»

«Recherchiert ihr so in Shannon?» Aggressiv öffnete der Inspector seine Manschetten.

Bryan wusste, wann er eine Sache nicht richtig gemacht hatte; er riss sich zusammen und sagte, er werde das klären. Aber der Inspector war schon beim nächsten Punkt, griff in eine Schachtel und warf ein Paar Arbeitshandschuhe auf den Tisch.

«Die Gewebefasern unter Lizzys Fingernägeln stammen von solchen Handschuhen.»

Arbeitshandschuhe, handelsübliche Ausführung; Bryan schlüpfte in einen hinein. Die Innenfläche mit Leder verstärkt, die Finger aus blauer Baumwolle. «Monteure tragen so was», sagte er.

«Und Fischer und Bauarbeiter und die Männer von der Müllabfuhr.» Caughan trommelte auf den Tisch. «Jeder Dritte trägt die verdammten Dinger!»

Warum sollte Bryan sich die schlechte Laune des Inspectors anziehen? Er legte die Handschuhe zurück und ging wieder nach draußen. Bemerkte, dass Peter Dunboy jetzt erst den Hof betrat und also zu spät war. Doch heute tat Bryan der Maler Leid: Da stand er in seinem farbbekleckststen Hemd, rund um ihn lauter Männer, die daraufhin untersucht wurden, ob sie mit seiner Freundin geschlafen hatten. Bryan wollte freundlich zu Peter sein. Als der nach Münzen für den Cola-Automaten kramte, half Bryan ihm aus. Und meinte es nett, als er sagte:

«Sie müssen sich dort in die Reihe stellen.»

Der Erzengel giftete ihn an: «Seh ich.» Ließ die Cola aufzischen und stellte sich zwischen die Absperrungsbänder. Gerade war Sile, der Crêpebäcker, an der Reihe. Wie bei der Kommunion beugte er sich zur Ärztin, die mit einem Hölzchen in seinen Mund fuhr; schon strich sie den Speichel in eine flache Schale, verschloss sie und gab sie O'Sullivan. Mit dem Ich-bin-im-Dienst-Gesicht fragte der den Crêpemann nach seinem vollen Namen.

«Sile Steven Lidwell O'Shea.»

O'Sullivan klemmte die Zunge zwischen die Zähne und beschriftete das Plastikgefäß, das in einen Karton wanderte, wo sich Dutzende stapelten.

Dann gab es schließlich noch einen Streit, weil der alte Simson sich weigerte, sich von einer Frau in den Mund schauen zu lassen. Aber das hatte andere Gründe. Heute Morgen hatte Simson seine Zähne nicht gefunden, weil das Glas mit der Aufschrift *Walsh-Herz-und-Kreislauf-Dragees* zerbrochen war. Darum hielt er den Mund die ganze Zeit geschlossen. Aber vor Suzy musste er ihn aufmachen, und das war ihm peinlich. Er murmelte, dass er es doch gewesen sei, der Lizzy im Container gefunden hatte, er würde doch nicht so blöd sein, sie vorher selbst hineinzuschmeißen. Aber alles musste seine Ordnung haben, und auch wenn die Polizisten Simsons Standpunkt verstanden, musste er schließlich den kahlen Mund öffnen und machte zur Sicherheit die Augen zu. Suzy bemühte sich, die Prozedur rasch abzuwickeln.

Bryan stand wieder an der Mauer. Die verbliebenen Männer unterhielten sich übers Wetter und deuteten Richtung Poor Island: Die Ärztin solle sich mal beeilen, da braue sich was zusammen. Sie wollten ihre Spucke abgegeben haben, bevor es goss.

«Sergeant Sheehy», hörte Bryan plötzlich Miss Moynihans Stimme. Er ging zu ihr. Sie schob die Brille hoch und drehte sich so, dass die Wartenden nicht mithören konnten.

«Ich bin heute um fünf Uhr aufgestanden, um pünktlich zu sein», sagte sie. «Und ich habe noch nichts ...» Sie machte eine Pause, weil sie annahm, Bryan verstand. Aber ihn machte die

Anwesenheit O'Sullivans nervös, der wie ein eifersüchtiger Liebhaber näher kam.

«Nichts im Magen», flüsterte Suzy Moynihan. «Wenn ich nicht gleich einen Kaffee kriege, kippe ich um.»

Bryan war überrascht und stolz, dass sie *ihm* das anvertraute, er salutierte scherzhaft, lief zwischen den Männern hindurch auf die Straße und bis zu deren Ende, in die Konditorei. Mit einem Karton und einem Riesenbecher Kaffee kehrte er zurück und stellte seine Schätze vor Miss Moynihan ab. Die sagte «Großartig» und nahm den ersten Schluck. Ihre Augen wurden groß, als sie die Cremeschnitte sah, und gierig biss sie hinein. Der Mokkaschaum quoll ihr zu den Mundwinkeln heraus, worauf gelacht wurde. O'Sullivan kam ihr mit einem Papiertaschentuch zu Hilfe. Das ärgerte Bryan, darum dachte er: Bei einer kriminalistischen Untersuchung könnte es schon etwas ernster zugehen.

Wahrscheinlich war es nicht die beste Gelegenheit, aber Bryan beschloss, die Sache mit Lizzy und dem Rauschgift gleich anzusprechen, und beugte sich zur kauenden Ärztin und fragte, nur so ganz leise gemurmelt, ob die Leiche von Lizzy Gaffray auf Drogen untersucht worden sei. Das überraschte die Gerichtsmedizinerin; sie fragte, warum. Vor allen Leuten konnte Bryan natürlich nicht von Ambroses Verdacht erzählen, also kündigte er an, Suzy später anzurufen, und als er sich aufrichtete, stellte er fest, wie ruhig es um sie beide geworden war und wie alle die Ohren spitzten.

Eins ist festzustellen: Bryan war nicht überzeugt von Ambroses Theorie. Koks ist Koks, und Mord ist Mord, und dass da ein Zusammenhang bestand, kam Bryan unwahrscheinlich vor. Andererseits wusste er, dass Spürnase Ambrose gerade im Hafen war. Da im Moment nichts anderes anlag, verabschiedete Bryan sich von Miss Moynihan und verließ das Revier. Im Weggehen hörte er O'Sullivan sagen, dass man jetzt die Deutschen holen solle.

Die Docks, die beiden Molen, die Verladehallen – der Hafen war nicht gerade fürs Bilderbuch. Ein paar Segelschiffe und kleinere Yachten vor Anker, die schönste von ihnen *Carina II*, mit viel Messing und Weiß. Für Momente kam Bryan ins Schwärmen, wie das wäre, er als Kapitän über die sieben Meere, aber wahrscheinlich nichts für ihn, er war kein Vagabund. Und ging die schmale Straße an den Fischhandlungen vorbei, Seezunge im Angebot, auch Jakobsmuscheln, irgendwann musste er probieren, so etwas zu kochen und nicht bloß Nudeln. Vertrocknete Algen und Tang an den gusseisernen Pollern, die Gaffray-Lkws standen dicht an dicht, und Bryan überlegte, ob Patrick Gaffray heute auch in seinem Büro saß.

Bryan erreichte den Pier mit den Kuttern, stählerne Ungetüme, überzogen von Rost und Schlick, kein Mensch an Deck, aber es roch nach gebratenem Fisch. Er betrachtete die hochgerollten Netze auf den Kurbelwalzen und versuchte sich vorzustellen, wie Lizzy die Deutschen *eingegarnt* hatte.

Und erkannte Ambrose, auch wenn der sich als Urlauber verkleidet hatte, mit Jeans und Hosenträgern, gelben Gummistiefeln und knitterigem Leinenhut. Bryan ging näher und wollte ihn begrüßen, aber Ambrose hob warnend die Augenbrauen, blieb nicht stehen; und als sie dicht aneinander waren, hörte Bryan ihn «Weitergehen» sagen.

Bryan wusste natürlich, wie man sich unauffällig benahm, darum schlenderte er zum äußersten Punkt der Mole, setzte einen Fuß auf den Poller und band seinen Schnürsenkel auf und dann wieder zu. Außerdem nahm er die Mütze ab und blinzelte in die Sonne; um das Bild komplett zu machen, zog er ein Päckchen Zigaretten aus der Brusttasche. Wer Bryan kannte, hätte das als besonders auffällig empfunden, denn er rauchte seit drei Jahren nicht mehr, aber die Zigaretten trug er noch immer in der B-Uniform. Steckte sich eine an, die war so alt, dass der Tabak herausbröselte. Rauchend drehte er sich um, erkannte, dass Ambrose verschwunden war, und betrachtete die Fischkutter, über denen träge die Mittagsruhe hing. Nach zehn Minuten fand er, er sei lange genug unauffällig gewesen, ging in die Stadt zurück und rannte Ambrose vor dem Supermarkt in die Arme. Der wollte auch hier nicht angesprochen werden, warf Bryan einen bösen Blick zu und verschwand zwei Häuser weiter im *Budget*-Autoverleih.

Jetzt muss man sich Folgendes vorstellen: Sergeant O'Sullivan und der Mäuse-Gardai waren am Vortag zum Haus des Gemischtwarenhändlers Raoul Marmoulian gefahren und hatten ordnungsgemäß die Durchsuchung vollzogen. Marmoulian hatte sie nicht daran gehindert, war im Gegenteil in jedes Zimmer mitgelaufen, hatte alles gezeigt und zugesehen, wie die Polizisten Schränke öffneten, unter Betten schauten, Wände abklopften. Das wäre gar nicht nötig gewesen, denn die Gummistiefel mit den schwarzen Sohlen standen ordentlich an der hinteren Wand der Garage; Bootsstiefel, mit abgewetzten Metallkappen. Darauf hatte Marmoulian sich schweigend seine Rechte angehört, die O'Sullivan nach all den Jahren immer noch nicht auswendig wusste und vorlas. Marmoulian hatte nichts gefragt, nicht protestiert, auch als er verhaftet wurde. Bloß später, als sie ihn in die Zelle sperrten, hatte der kleine Mann mit dem schwarz gefärbten Haar zu toben begonnen, in einer Sprache, die keiner verstand, hatte rumgeschrien und damit nicht aufgehört, bis dem überforderten O'Sullivan nichts einfiel, als den Arzt zu rufen, der Marmoulian etwas zur Beruhigung injizierte. Darauf hatte der Gemischtwarenhändler so fest geschlafen, dass man ihn am selben Tag nicht mehr wach gekriegt hatte. Und so fand das Verhör erst heute statt.

Deshalb kehrte Bryan nach der Mittagspause ins Revier zurück, und als er dort ankam, war der Rummel mit dem DNA-Test vorbei und Miss Moynihan leider schon nach Bantry zurückgefahren. Die Absperrungsbänder waren entfernt worden, nur ein kurzer Rest flatterte noch im Wind.

Die Beleuchtung war karg, glatte Deckenflächen sonderten graues Licht ab, das Verhörzimmer hatte nur ein winziges Fenster.

«Geht's besser, Raoul?», fragte der Inspector, als der Gardai Marmoulian hereinbrachte. Der hielt seine Hose fest, man hatte ihm den Gürtel weggenommen. Bryan setzte sich dem Inspector gegenüber an den Blechtisch. Der kleine Mann wurde zwischen sie platziert, hielt den Kopf gesenkt, hatte noch keinen angesehen. Vielleicht war er fünfzig, vielleicht älter, bei gefärbtem Haar weiß man das nie so genau.

«Raoul, du verstehst mich?», begann Caughan ein zweites Mal. Der andere nickte. «Wir wollen dir die Chance geben, deine Geschichte zu überdenken. Bist du sicher, dass du in der Nacht von Samstag auf Sonntag dein Haus nicht verlassen hast?»

O'Sullivan stellte das Aufnahmegerät vor Marmoulian und schaltete ein. Ein Moment lang besah Raoul das Mikrophon, dann schob er die Hände zwischen die Schenkel.

«Hab geschlafen, nicht gehört nichts.»

«Wir wollen nicht wissen, was du gehört, sondern was du getan hast.»

«Nichts getan.»

«Mhm.» Caughan zog den Bericht der Spurensicherung heran. «Dann frage ich mich, wie deine Stiefel Spuren am Fischcontainer hinterlassen konnten. Die sind wohl allein nachts herumspaziert?»

Marmoulian antwortete nicht.

«Die Gummisohlen, die metallenen Kappen, es stimmt alles überein.» Caughan sah zu Bryan. Der nahm das als Aufforderung.

«Was haben Sie zwischen vier und fünf unten am Hafen gemacht, Mister Marmoulian?»

«Nicht am Hafen.» Raoul sah Bryan kurz an.

«Komm, Raoul, du stehst unter Mordverdacht.» Ungeduldiger jetzt der Inspector; nicht lauter, schärfer. «Erzähl uns, was passiert ist.»

«Passiert, ja passiert.» Der kleine Mann nickte. «Hab nicht getan.»

«Haben Sie etwas beobachtet?», fragte Bryan; O'Sullivan schob das Mikro näher.

«Grün», sagte der Armenier plötzlich. «Bucht. Meine –» Er sprach nicht weiter, sah zu Caughan, zu Bryan, zu O'Sullivan, der hinter ihm stand. Und Bryan dachte, einer muss das ja fragen.

«Was war grün, Raoul?»

«Ich habe Bucht», sagte der andere. «Felsen. Viel treibt an. Hab ein Fahrrad gefunden, wie neu, und Kiste Orangen.» Hatte der Gemischtwarenhändler gerade gelächelt? «Weiß immer, was Schiffe geladen. Oft alte Dosen. Auch Holz manchmal.»

Alle außer Bryan wussten natürlich, dass an der Westküste viel Strandgut angespült wurde; und wenn sie Raoul weiterreden ließen, hätte der wahrscheinlich noch von versunkenen Nähmaschinen erzählt und von Beuteln aus der Altkleidersammlung. Aber Caughan unterbrach und fragte noch einmal, was Samstagnacht passiert war. Doch Raoul war ins Reden gekommen und sagte zunächst, dass er's auf der Lunge habe; klopfte sich dabei auf die Brust.

«Arzt sagt, nicht ernst, aber bald. Ganze Tag im Laden, kein Luft, so schlecht Luft.» Und sah Bryan an. «Schlecht für Brust. Meerluft gut, gesund.»

Bryan fand das eigentlich ganz interessant, aber die anderen nicht, und der Inspector ging dazwischen: «Und nachdem du rausgingst, um gute Luft zu schnappen, was geschah dann?»

Marmoulian warf Caughan einen Blick zu, als sähe er ihn zum ersten Mal. Der Inspector, lauter: «An dem Abend! Was ist geschehen?!»

Verwirrt schüttelte der Gemischtwarenhändler den Kopf. «Abend? Nein, nicht Abend.»

«Wann dann?» Caughan kratzte sich am Hals.

Marmoulian wandte sich wieder zu Bryan; dem konnte man gut erzählen, der hörte zu. «Bin traurig in letzte Zeit», sagte Raoul und nickte mit schief gelegtem Kopf. «Meine Frau stirbt – nicht hier, zu Hause. Hier keine Frau. Vier Jahre keine Frau. Kann nicht schlafen, na ja, ohne Frau, schlafe schlecht, schlafe nicht, stehe auf, schaue fern. Ich brate Wurst manchmal. Ich gehe raus, sitze in Luft, schaue zum Mond. Ich sitze in Bucht. Auf mein Felsen. Sitze, schaue und denke an Frau.»

So ging das weiter, die Geschichte vom einsamen Armenier, der nachts am Strand sitzt und die gute Luft atmet und gegen seine Traurigkeit nichts machen kann; und abends im Pub hätte so eine Geschichte natürlich gepasst, und mancher, Bryan zum Beispiel, hätte sich zu ihm gesetzt und Raoul zu einem Pint eingeladen, denn für Bryan war das Thema ja aktuell. Aber im Pub und im Gemischtwarenladen und überall in Castlebere Haven kannten alle die Geschichte von Raoul, der gerne eine Frau hätte und keine fand.

«Ich sitze auf Felsen und schaue in Mond», sagte Raoul.

«Stimmt, war Vollmond am Samstag», nickte O'Sullivan und wollte noch etwas sagen, da legte Raoul die Hände vors Gesicht und flüsterte:

«Hellgrün. Schaut schön aus. Hellgrüne Kleid.»

Jetzt unterbrach ihn keiner mehr.

«Mädchen in hellgrüne Kleid. Schwimmen. Mädchen schwimmt in meine Bucht. Und bin so erschrocken, weil Mädchen ist nicht … schwimmt gar nicht. Kommt herein.»

«Das Mädchen ist also in die Bucht getrieben?», fragte Caughan.

Raoul nickte. «Geht schnell, Wasser stark. In die Moment schwimmt noch, in die Moment liegt schon an Strand.»

«Wie spät war es da?»

«Drei. Nur Mond.»

«Genau drei?»

«Genau.»

«Wieso weißt du das?»

«Fernsehen. Detektive und Frauen. Schöne blonde Frau, so schöne Frauen, ganzer Film fertig. Drei geh ich raus, an Frau denken.»

«Und was hast du mit dem toten Mädchen gemacht?» O'Sullivans berühmter Verhörstil: immer gleich mit der Tür ins Haus.

«Nicht gemacht», sagte Raoul. «Sitzen geblieben. Lange nachgedacht. Immer sitze. Dann aufgestanden, weil wusste. Hab kleinen Wagen geholt.»

«Warum hast du nicht die Polizei gerufen?»

Der Gemischtwarenhändler fixierte Bryan. «Will nicht Mädchen, nicht in mein Bucht!», rief er aufgeregt. «Ich bin fremd hier. Muss weg, das Mädchen. Polizei nicht gut. Nein. Mädchen nur weg! Nicht bei mir.»

«Ist ja gut, Raoul, ist gut.» Der Inspector hob beruhigend die Hände.

«Hab Mädchen in Wagen getan!», rief der kleine Mann.

«Und hast sie quer durch die Stadt gefahren?!»

«Mädchen muss weg aus Bucht! Ich nicht reingetan! Muss raus. Hab sie zugedeckt. Bin gelaufen mit Wagen. Alte Weg unten, bei Docks. Keiner sieht. Keiner sieht.»

«Und dann hast du ein totes Mädchen *auf den Fischmüll geworfen*?»

Hilfe suchend sah Raoul zu Bryan. «Nicht gern geworfen, nein. Aber wohin? Bin allein. Habe Geschäft. Glaubt man, ich habe Mädchen in Bucht getan.»

Jetzt stand Caughan auf und legte los, und Bryan musste zugeben, das hätte er so nicht erwartet.

«Also schön, Raoul. Du bist einsam. Du sehnst dich nach

einer Frau. Siehst ein junges Mädchen, vielleicht auf dem Hafenfest, vielleicht schon früher. Du beobachtest sie, jeden Tag, wenn sie bei dir vorbeigeht. Du willst sie, aber sie will nicht. Du wirst scharf. Und Samstagnacht nimmst du sie dir. Du bist ein kräftiger Mann; aber sie schreit. Du drückst sie unter Wasser, bis sie nicht mehr schreit. Jetzt liegt sie da, in deiner Bucht. Du musst sie loswerden. Vier Uhr früh, keiner sieht dich, du packst sie auf den Wagen und wirfst sie auf den Müll.»

Der Blick des kleinen Mannes hatte den Inspector währenddessen begleitet. Nichts, aber auch gar nichts wusste Raoul darauf zu sagen.

«Hast wohl gehofft, die Müllabfuhr kommt und nimmt dir den Rest der Arbeit ab!», bellte O'Sullivan auf seine dezente Tour.

«War nicht ...», stammelte der Armenier. «Nicht, nicht. Weggeschafft. Mein Bucht, nur aus mein Bucht.»

Dann war es still, und das schien Bryan seltsam, er hatte angenommen, der Inspector würde jetzt nachhaken, um ein Geständnis rauszuholen. Aber Caughan ging merkwürdig langsam zu seinem Platz zurück und setzte sich. Seine Finger spielten mit dem Reißverschluss der Weste, und was Bryan noch mehr wunderte: O'Sullivan machte ein angestrengtes Gesicht. O'Sullivan hochrot, der Inspector plötzlich ganz fahl – das Verhör war ins Stocken geraten. Also nahm Bryan ein Paar Arbeitshandschuhe vom Tisch, blau, unbenutzt, und zeigte sie Raoul.

«Verkaufen Sie solche in Ihrem Laden?»

Marmoulian prüfte das Material. «Ja. Habe.»

Mehr konnte Bryan nicht fragen, denn in diesem Moment klingelte draußen das Telefon. Und einer musste rangehen, also wurde der Gardai geschickt, aber der kam gleich wieder und sagte, es sei für Bryan.

Am Apparat war Ambrose; seine Stimme klang eilig. Er bestellte Bryan zu einer Farm nördlich der Stadt, und Bryan hatte keine Ahnung, wo das war, und sagte, er könne nicht einfach aus einem Verhör weglaufen, aber Ambrose machte es dringend, also versprach Bryan hinzukommen.

Ablenkung

Bryan war der Erste, den man nach Dienstschluss aus dem Revier laufen sah, und gleich darauf dachte Mrs. Diveney, sie sei in einem Trickfilm, als sie ihn in Uniform die Treppe hochstürzen und in der nächsten Minute in Zivil wieder runterstürzen sah. Weil es bis zur nördlichen Stadtgrenze nicht weit war, ging Bryan zu Fuß und glaubte, das wäre rasch zu schaffen.

Bald stapfte er den dritten Hügel bergan, in dieser Ecke von Castlebere Haven, wo nichts aufgehübscht war, nichts bunt gestrichen; tief duckten sich die Häuser in die Senke, damit der Wind sie nicht forttrug; Dachschindeln aus brüchigem Schiefer, die Fenster verzogen und undicht und überall die Gardinen geschlossen, als schäme man sich, Fremden Einblick zu gewähren. Und weil Bryan Entfernungen noch nie einschätzen konnte, zog sich die Straße länger als angenommen. So kräftig er auch ausschritt, der Berg kam nicht näher. Keine Menschenseele zu sehen, nur dort drüben, zwischen den moorigen Weiden, ein einsamer Reiter. Bryan begann zu schwitzen und wollte aus dem Pullover, aber ungeschickt verhedderte er sich, und die blaue Wolle saß über seinem Kopf fest, er kam nicht vor und zurück; und weil er in solchen Situationen jähzornig wurde, stampfte er mitten auf der Straße und drehte sich gleichzeitig im Kreis. Hörte ein Geräusch, stand still, versuchte es zu orten und linste zwischen den Wollfasern nach draußen.

Da war Hufgetrappel, und als er den Pullover endlich vom Gesicht hatte, saß Cathy Gaffray hoch zu Ross über ihm. Eine Steinmauer trennte die beiden; der Wallach spitzte die Ohren, schnaubte und begann zu fressen. Obwohl Cathy in Trauer war und ihr Gesicht schmaler wirkte als beim letzten Mal, und vielleicht, weil der Wind ihr Wangen und Nase rot gemacht hatte, glaubte Bryan, wieder dieses Leuchten zu entdecken, und wieder faszinierte es ihn.

Cathy Gaffray erkundigte sich, ob Bryan sich verlaufen hätte und Hilfe brauchte. Das war schon sonderbar, wenn jemand einen Polizisten so etwas fragte, nur weil der aus seinem Pullover nicht herausfand. Bryan log etwas von *Spaziergang* und fragte, ob Mrs. Gaffray oft hier in der Nähe ausreite. Sie antwortete, die Route bestimme weitgehend das Pferd. Bryan erfuhr, dass der Wallach *Dedalus* hieß, und obwohl Bryan ein echter Ire war, wusste er nicht, dass es der Name einer Romanfigur war, und indem Mrs. Gaffray ihm das erzählte, steckten sie schon drin in einem Gespräch.

So kam es, dass Bryan diesmal erzählen konnte, was ihm bei der ersten Begegnung auf den Lippen gelegen hatte: dass er nämlich selbst ein Pferd besaß. Im Grunde gehörte es immer noch ihm, aber er hatte *Adelaide* im Norden gelassen, in den Stallungen von Waveys Vater. Denn das wäre wohl kaum gegangen: ein Neuanfang an der See und ein Pferd im Gepäck. Nein, dort oben hatte *Adelaide* es besser, aber vielleicht redete er sich das auch nur ein. Und ehe sie sich's versahen, sprachen Bryan und Mrs. Gaffray über Pferde – wunderbare Tiere, was für eine Lust, mit ihnen zu sein, und keiner von beiden sagte *auf ihnen zu reiten*. Jetzt erst bemerkte Bryan, dass er sich auf den Steinwall gesetzt hatte, und Cathy Gaffray war abgestiegen und hatte einen Fuß auf die Mauer gestellt, während *Dedalus* die langen Halme an der Mauer abknabberte. Bryan erkundigte sich nach dem Befinden von Mister Gaffray, und es war nicht dienstlich gemeint. Dann fragte er, wie Patrick das könne: nach so einem Schicksalsschlag zur Arbeit zu gehen.

Cathy musterte ihn einen Moment, dann sagte sie:

«Tun wir das nicht alle?»

Und Bryan verstand nicht.

«Wir tun, als ob das Leben so weitergeht wie bisher. Egal, was passiert ist. Darum führen wir es eben weiter. Aber weil wir es im Grunde nicht ertragen, müssen wir uns ablenken. Jeder auf andere Weise. Ich reite aus – wie jeden Tag, Patrick geht in seine Hallen und verkauft Fisch, wie er es immer gemacht hat.» Eine Pause. «Was tun Sie, Sergeant Sheehy?»

Und Bryan hätte am liebsten geantwortet: «Das sehen Sie doch, ich lebe in Trennung, habe mich in den Süden versetzen lassen und spiele hier Polizist.»

Stattdessen fragte er: «Worüber haben Ihr Mann und Loretta Dunes gestritten – am Tag nachdem Lizzy gefunden wurde?»

«Sie können das Verhören nicht lassen, ja, Sergeant?» Cathy lächelte, aber Bryan spürte, sie nahm ihm das übel.

«Entschuldigen Sie.»

«Sie könnten es sich denken.» Cathy setzte sich neben ihn auf den Stein. «Patrick hat Loretta Vorwürfe gemacht. Er findet den ... Umgang, den sie pflegt, oft nicht passend. Vor allem aber, dass sie Lizzy mit hineingezogen hat.»

«Hineingezogen – in was?» Bryan war Mrs. Gaffrays Haar jetzt sehr nahe, sah den Flaum an ihrem Hals, dunklen Flaum – ihr blondes Haar war gefärbt. Und ihm fiel ein, dass er bei ihrer letzten Begegnung überlegt hatte, wie eine Blondine und ein rothaariger Vater eine dunkellockige Tochter bekommen konnten; jetzt wusste er es.

«Nichts Verbotenes, Sergeant. Einfach nur *schlechter Umgang.*»

«In Castlebere Haven?»

«Das Idyll täuscht manchmal. Vielleicht werden Sie auch noch draufkommen.» Sie sah ihn an. «Sie war Lizzy Gaffray, die Tochter von Patrick Gaffray; das heißt eine Menge hier in der Gegend.»

«Lizzy war auch Ihre Tochter.»

Darauf schwieg Mrs. Gaffray, schwiegen sie beide; und

nach einer Weile fand Bryan, dass, so wie sie da saßen, ein Uneingeweihter sie für ein Paar halten konnte, ein scheues Paar. Aber der Gedanke war nicht am Platz, und Bryan überlegte stattdessen, ob er Cathy fairerweise mitteilen sollte, dass die Polizei mit großer Wahrscheinlichkeit wusste, wie Lizzy in den Müllcontainer gekommen war. Doch diese Details waren so unerfreulich und passten so gar nicht zur Rast auf der Mauer, dass er es bleiben ließ.

Plötzlich durchzuckte ihn, dass Ambrose auf ihn wartete, schon schrecklich lange warten musste. Bryan stand so vehement auf, dass *Dedalus* einen Sprung rückwärts tat und Cathy ihn am Zügel festhielt. Sie verabschiedeten sich, Cathy ritt Richtung Westen davon.

Zwanzig Minuten später erreichte Bryan, verschwitzt und außer Atem, den angegebenen Punkt; schroff erhob sich der Berg, da drüben war die Farm. Bryan lief auf den Weidenzaun zu, und weil er den Knoten nicht aufkriegte, kletterte er einfach über das Gatter. Ein paar Schafe sprangen vor ihm davon; mit ihren schmalen Hufen sanken sie tief ein. Bryan schlitterte durch den Morast, bis er das Haus erreichte.

«Du willst mich hier wohl vergammeln lassen.» Ambrose kam um die Ecke. Hinter ihm bemerkte Bryan ein Auto, wie es Touristen fahren. Ambrose öffnete die windschiefe Tür. Der Himmel sah durch das eingesunkene Dach, vom Kamin bröckelten die Fliesen, der Holzboden war herausgerissen worden. Bryan ging hinein und bemerkte beim ersten Schritt, dass er in Schafskot stand, knöcheltief Schafscheiße von Hunderten Tieren, die seit Jahren hier Unterschlupf suchten.

«Verdammt, verdammt!» Bryan hasste es, Schuhe einzudrecken, weil er es hasste, Schuhe zu putzen; an diesem Malheur würde er lange zu putzen haben. «Was machen wir hier?!»

Ambrose suchte sich eine saubere Nische und setzte sich.

«Es gibt *Stoff* im Hafen. War nicht mal schwer, an den richtigen Mann zu kommen. Stammt von einem der Schiffe.»

«Und deshalb müssen wir uns ausgerechnet *hier* treffen?!»

«Ich kriege das Zeug heute Abend. Der Kerl hat telefonisch mit einem andern verhandelt; und dabei fiel das Wort *Alihies.*»

Ambrose stand wieder auf, der Stein war feucht. «Hab im Telefonbuch nachgesehen, niemand heißt *Alihies* hier. Und dann ...»

«... hast du einen Blick auf die Landkarte geworfen.» Bryan war sauer. Die Schuhe hatte er erst kurz vor der Abreise in Shannon gekauft, und den Oberlehrerton von Ambrose konnte er schon auf der Polizeischule nicht ertragen.

«Stimmt! Alihies ist ein Ort. Kleines Dorf.» Ambrose zeigte zum Fenster hinaus, wo sich die Felsen klüfteten, bis sie im Nebel verschwanden. «Auf der anderen Seite des Berges.»

Und da gab es einen Plan, und man muss feststellen, dass es nicht Bryans Plan war, aber ein guter Plan trotzdem, also stimmte er zu, und nachdem alles besprochen war, gingen sie gemeinsam zum Auto. Bryan nahm den Schlüssel entgegen und setzte sich hinter das Lenkrad. Ambrose schärfte ihm ein, dass der Stoff um neun im Hafen sein sollte, doch das hatte Bryan schon begriffen; gleich darauf sah er Ambrose im Nebel verschwinden. Und weil ihm noch einige Zeit blieb, zog er die Wagentür zu, verstellte den Sitz nach hinten und schloss die Augen.

Mit Blaulicht

Es gibt Polizisten, die gerne observieren: Man ist für sich, hängt seinen Gedanken nach, sofern man welche hat, man trinkt Kaffee und löst Kreuzworträtsel. Was man von Anfang bis Ende tut, ist Warten. Bryan hasste das Warten; jeden Trick hatte er in Shannon angewandt, um nicht zum Observierungs-Team abgestellt zu werden. Darum hatte er schlechte Laune, als er um acht losfuhr. Es tat ihm schon wieder Leid, Ambroses Plan zugestimmt zu haben. Ein beschissener Abend würde das werden. Bryan war groß darin, einen Abend beschissen zu finden, noch bevor er begonnen hatte.

Wen wundert's? Der Abend wurde beschissen. Es war noch hell, er folgte der R504 einige Meilen, umrundete den kahlen Berg und fuhr an dem verblassten Wegweiser vorbei. Bemerkte seinen Fehler zu spät, fluchte, bremste, dass der Kies knirschte, alles wieder zurück.

Das war kein Dorf – Alihies, bloß ein Dutzend Häuser, an die Küste gequetscht. Bryan stieg aus und beschloss, sich wie ein Tourist zu benehmen: Der erste Weg führte immer ans Meer. Da war es, schön und grün und irisch; und während Bryan sich *unauffällig* benahm und das Meer ansah, prägte er sich die Autos vor den Häusern ein. Die Trucks, den grünen Mercedes, einen Kastenwagen und mehrere Japaner. Das war es fürs Erste, er stieg wieder ein und verließ Alihies.

Gleich nach dem Ortsschild bog er hinter einer Scheune scharf ab, parkte und vergewisserte sich, dass das Fahrzeug von der Straße aus nicht zu sehen war. Jetzt begann das *Observieren*. Mal an den Baum gelehnt, dann bei offener Tür im Wagen, die Fingernägel betrachten, das Dach der Scheune, wieder die Fingernägel. Bloß keinen Blick auf die Autouhr werfen, sonst sah man, dass die Zeit fast gar nicht verging.

Ein Toyota tauchte auf; Rost rund ums Kotblech, adrette Frau mit Brille, schräg auf der Nase, wie ängstlich sie durch die Kurve steuerte. Vorbei.

Die Dämmerung, es begann an den westlichen Rändern zu dunkeln, immer tiefer wurde das Blau, eine einzige Wolke errötete und zog sich hinter das Scheunendach zurück.

Wie ein Panzer schob sich der Laster in Bryans Blickfeld, knatterte die Steigung hoch, ein behäbiger Alter am Steuer, spiegelblanker Schädel, mit geduldigem Gesicht: Na schön, diese Kurve noch, schien sein Blick zu sagen, und dann noch eine Kurve, und die dort vorne eben auch noch. Dahinter ein Flitzer, Cabrios waren selten bei dem Wetter: Verdeck auf, Verdeck zu, und das jede Viertelstunde. Verliebtes Pärchen, kam wohl vom verschmusten Nachmittag auf den Klippen zurück. Mit Wavey hatte er das nie gemacht, weil die sich vor der Brandung fürchtete – und zeig mir eine Küste in Galway, wo es keine Brandung gibt.

«Allein.» Hatte er das gesagt? Sicher, wer sonst; er erschrak über den Klang seiner Stimme. Ach was, Traurigkeit. Senkte den Kopf und bemerkte den Kastenwagen erst, als der schon die Scheune passierte.

Ambrose hatte den Mann, der Stoff besorgen wollte, beschrieben: schütteres Haar, wettergegerbt, unrasiert. Aber der Kerl im Kastenwagen trug eine Kappe und war schon vorüber, und dunkel wurde es auch; unmöglich zu sagen, ob es der Richtige war.

In solchen Fällen tat Bryan Folgendes: Er vertraute der Intuition. Startete und fuhr los und knallte beinahe in den nachkommenden Peugeot, bremste und sah den Kastenwagen zwischen den Felsen verschwinden. Also Bryan hinter den beiden Autos her. Da war ja der Kastenwagen schon wieder. Wie umständlich es ist, einen Bleistift hervorzufriemeln, wenn man gleichzeitig durch scharfe Kurven chauffiert; Bryan schaffte beides und schrieb sich die Kennzeichen auf. Über die R504 zurück, dort lag der verfallene Hof, nur noch als Schemen erkennbar. Im Auto war der Weg bis zur Stadt nur ein Katzensprung – schon hielten die beiden Wagen an einer Ampel. Bryan stellte sich als Dritter in die Reihe. Plötzlich stieg eine Frau aus dem Peugeot, ging zum Kastenwagen nach vorne; und dann passierte es: Der Fahrer wartete nicht ab, dass sie ihn erreichte, startete durch und schoss bei Rot über die Kreuzung. Bryan hätte natürlich Gas geben und folgen können – aber Bryan und hilflose Frauen! Die Peugeot-Fahrerin stand verblüfft, ihre Straßenkarte in der Hand, drehte sich fragend um. Schon kam sie zu Bryan nach hinten. Auch jetzt hätte er Gas geben können, aber fahr mal los, wenn eine Frau ihre Karte auf deiner Kühlerhaube ausbreitet.

«Entschuldigen Sie bitte vielmals, äh –»

Da gab es ein Völkerkundemuseum, das Bryan nicht kannte, das war im Schloss hinter Adrigole untergebracht. Aber die Ortsnamen Adrigole und Ardgroom und Alihies konnte man natürlich verwechseln – niemand verstand das besser als Bryan. Also musste er dieses Missverständnis erst aufklären, bevor er der Frau den richtigen Weg beschrieb – und hatte nur eine ungefähre Ahnung, wie viel Zeit dabei verstrich.

Jetzt blieb nichts anderes übrig als suchen. Er fuhr die Melrose Street bergab, nahm Chapel's Corner gegen die Einbahn, bog in die Parkstraße, wo man das Meer sah; von dem Kastenwagen keine Spur. Er konnte genauso gut in den Hafen gefahren sein wie ins Maddock-Viertel – also Bryan wieder mit Intuition: Hafen.

An den geteerten Lagerhallen vorbei zum Vorplatz der *Fishermen's Co-op;* viele Lkws waren ausgefahren, durch die Lücken sah er die Kutter an der Mole. *Market's Corner,* Bryan umrundete das Gebäude, dort stand der Container, in dem sie Lizzy gefunden hatten.

Warum blieb er hier stehen, stieg ausgerechnet hier aus? Die Straßenlampe flackerte, tauchte den Hinterhof in zerhacktes Licht. Schritt für Schritt näherte Bryan sich dem Container; sah erst die Stoßstange, dann eine Hälfte vom Nummernschild – in der nächsten Sekunde gab der Kastenwagen Gas. Raste ohne Licht auf ihn los. (Diese Gedanken, wie das ist, überfahren zu werden.) Aber Bryan wurde nicht überfahren, dicht steuerte der Wagen an ihm vorbei, erreichte die Ausfahrt, die Reifen jammerten, als das Auto über den Platz fegte.

Bryan verfluchte die Vorschrift, die es dem irischen Polizisten verbot, in Uniform Waffen zu tragen. Er hatte zwar gar keine Uniform an, aber Waffe hatte er auch keine. Der ganze Unsinn stammte aus der Zeit des Bürgerkriegs, als so viel Blut geflossen war, dass die Regierung befand, die Garda sollte Friedensstifter sein, gewaltlos und waffenlos. Hätte die Regierung damals nicht den Schwanz eingekniffen, dachte Bryan, könnte ich jetzt meine Achtunddreißiger ziehen und hinter dem Auto herballern. Aber unbehelligt erreichte der Kastenwagen die Straße und verschwand um die Ecke.

Gleich darauf war es so still, dass man glauben konnte, das Ganze habe nicht stattgefunden. Da stand Bryan, über ihm flackerte das Straßenlicht, dort war eine Tür angelehnt.

Machen wir es kurz: Bryan drückte die Tür auf – dort hing Ambrose und gurgelte. Eine große Halle, von nur einer Glühbirne erleuchtet, das Licht spiegelte sich in den Metallflächen leerer Kühlvitrinen. Ambrose hing an einem Arm, ein Tau um sein Handgelenk geschlungen, die Beine waren weggeknickt, er baumelte. Blut rann seine Braue, sein Ohr entlang und tropfte auf sein Hemd. Das Gurgeln kam aus seinem Mund, Speichel und Blut hinterher, und Bryan begriff: Die hatten ihn nicht bloß verprügelt, die hatten ihn totschlagen wollen. Blut an Ambroses Ärmel, Blut in den Kniekehlen. Bryan rannte los, stolperte über die verdammte Sardinenbüchse, mächtiger Lärm, von dem Ambrose zusammenzuckte – er erwartete den nächsten Schlag.

Wenige Momente darauf lag Ambrose auf dem Boden, Bryan löste das Seil von dessen Handgelenk, verstand kaum, was Ambrose hauchte:

«Die hammich erwartet.»

«Ist was gebrochen? Versuch die Beine zu bewegen.»

«Ham die … miggekriegt, dass du mir gefolgt bist?», stöhnte Ambrose und schob die Unterschenkel ein wenig zurück.

«Nicht sprechen», sagte Bryan. Einerseits, weil es für Ambrose zu anstrengend war, andererseits, weil Bryan nicht darüber nachdenken wollte, ob er Schuld daran hatte, dass der Detective so übel zugerichtet worden war.

«Ich glaube nicht, dass du laufen kannst.» Bryan zog den Arm des anderen über seine Schulter und kam von den Knien hoch. Ambrose stöhnte und jappte so eigenartig – der Arm wurde länger und immer länger! –, verdammt, er war ausgekugelt. Bryan hielt den Gummiarm, den kein Gelenk mehr hielt, ließ ihn aber gleich wieder los. Ambrose rutschte zu Boden. Diesmal versuchte Bryan es mit dem anderen Arm, er hievte Ambroses Oberkörper über seine Schulter, lief gebückt, mit kleinen Schritten und schleppte den Freund zum Ausgang. Über den Hof noch, dann konnte Bryan nicht mehr und ließ Ambrose auf die Füße sinken. Auf diese Weise erreichten sie das Auto.

Bryan sagte: «Ich fahr dich zum Dienstwagen.»

Das tat er, lud Ambrose, der vor Schmerz stöhnte, wenig später auf den Rücksitz des Toyota. Gleich darauf fraß sich das Polizeiauto durch die rabenschwarzen Hügel. Bryan fuhr mit zusammengekniffenen Augen, der Lichtkegel riss Bäume, ein Haus, Wegweiser in sein Blickfeld; im Rückspiegel sah er das blutverkrustete Gesicht des Freundes. Das Blaulicht huschte über die Bäume, in ihre Kronen griff der Sturm.

Puderzucker

Bei Tag ist alles anders, vor allem die Landschaft. Da sind die Felsen keine gezackten Ungeheuer, sondern spiegelnder Schiefer, der zum Meer hin abfällt. Ziemlich nahe fuhr der Toyota an den Felswänden vorbei; immer wieder riss Bryan die Augen auf, aber es half nichts, er war zum Erbarmen müde. Die Reifen polterten, Vorsicht, Haarnadelkurve; dort hat's Tang auf die Fahrbahn gespült. Das Gehirn läuft auf Notstrom, die Gedanken sind wohl das Letzte, das ausfällt.

In Alihies, in Alihies musst du suchen. Der dumme Satz von Ambrose kam durch. Schon wieder runtergeklappt, die Lider; Bryan schüttelte den Kopf wie ein Hund. Nur noch ein bisschen.

Nein, zum Teufel, ich bin kein Heldendarsteller, dachte er, bin nicht wie Ambrose, der, selbst als er in den OP gerollt wurde, nicht aufhörte mit seinem «Sucht in Alihies!».

Bryan ging in die Kurve, ohne zu bremsen; das wird knapp, da kommt die Felswand, gegensteuern, so, na also. Mach ich nicht, nicht nach Alihies. Wozu gibt's das NBCI? Die Staatlichen sollen sich um die Drogenfahndung kümmern, ist doch wahr. Kleiner Provinzpolizist kann nicht – ich und Drogen! Und Suzy.

Ja, seit heute Nacht nannte Bryan Dr. Moynihan, die Gerichtsmedizinerin – *Suzy*. Wo sie's ihm angeboten hatte, warum nicht?

«Ich hab deinen Vornamen vergessen», sagt sie.

«Bryan», sagt er.

«Mich nennen alle Suzy.»

«Heißt du denn nicht so?» Er, mit Vorwitz.

«Es ist mein zweiter Name.» Sie, lächelnd.

Er: «Und dein erster?»

Sie: «Den willst du nicht wissen.»

Und so schwätzt man eben, wenn man nebeneinander im Wartezimmer sitzt und keiner aus dem OP rauskommt, um zu sagen, was mit Ambrose los ist. Im Groben hatte Suzy das schon umrissen, als der Detective sich auf ihren Untersuchungstisch gewälzt hatte. Schulterluxation, Schlüsselbein wahrscheinlich angebrochen. Und was war mit dem Kopf, dem Knie, dick wie ein Fußball?

«In Alihies müsst ihr suchen!» Noch auf der Liege zum OP hatte er's gebrabbelt – verdammter Haudegen.

Sitzen neben Suzy, todmüde, aber angeregt. Irgendwie frisch ihr Parfum, wie Fruchtsaft, und dass sie so lange Beine hatte, war ihm bisher nicht aufgefallen. Wer Bryan kennt, weiß, dass er total übermüdet gewesen sein musste, als er alle Hemmungen fahren ließ, sich zu ihr wandte und sagte:

«Wollen wir diese Woche mal essen gehen?»

Andere erklimmen Achttausender, durchschwimmen den Ärmelkanal, erfinden das Telefon; für Bryan war das eine persönliche Höchstleistung: eine Frau so etwas zu fragen. Und weil Bryan nett war und nicht schlecht aussah und weil Suzy, die Frau ohne Privatleben, auch schon darüber nachgedacht hatte, sagte sie ja, bevor er sich's anders überlegte. Und das hieß: Verabredung zwischen Bryan und Suzy. Und eigentlich hätten die Glocken zu läuten beginnen sollen, aber im *Bantry Hospital* gab es keine Glocken.

Schon hatte Suzy das Thema gewechselt und Bryan von der Blutanalyse erzählt, der zufolge Lizzy Gaffray in letzter Zeit keine Drogen genommen hatte. Und das war wenigstens etwas Eindeutiges in diesem zerfasernden Fall. Bryan konnte zu Caughan gehen und sagen: Lizzys Tod stand nicht mit Drogen in Zusammenhang; und Ambrose täuschte sich, wenn er das Gegenteil behauptete. Nein, Bryan würde den Teufel tun, in Alihies Nachforschungen anzustellen.

Jeder weiß, wie hungrig man wird, wenn einem der Schlaf

fehlt. Darum hielt neben seinen Gedanken nur der Hunger Bryan wach. Rumorend meldete er sich; und wenn Bryan kurz vor der Stadt noch schneller fuhr, dann wegen der Aussicht auf Frühstück.

Aber es war immer das Gleiche: Bryan kannte sich eben nicht aus; er wusste nicht, dass in Castlebere keine Kneipe, kein Imbiss, nicht mal die Fischbuden vor neun Uhr aufmachten. Wozu auch; die Einzigen, die so früh frühstückten, waren die Fischer, und die brieten sich ihre Schollenfilets lieber an Bord. Aber wenn man so käsig und ausgelaugt ist wie Bryan, dann will man das nicht wahrhaben und fährt immer weiter, dreht Runden durch die Stadt, in der Hoffnung, dass um die nächste Ecke doch einer auftaucht, der dir was zu essen verkauft.

Ob es ein Glück war, dass er auf Sile O'Shea stieß, kann man nicht sagen; jedenfalls hatte Sile die Angewohnheit, einmal die Woche das alte Fett wegzuschütten, und da er den Umweltgedanken nicht besonders ernst nahm, kippte er das Öl meistens ins Meer. Aber das brauchte ja niemand zu sehen, daher die frühe Stunde.

Als Bryan erkannte, dass O'Shea seinen Crêpestand aufgeklappt hatte, ging so ein Lachen durch ihn hindurch: Genau das Richtige – was Süßes. Apfel-Zimt vielleicht oder Sauerkirsch, oder Schokosauce. Wie Schlaraffia kam ihm die windschiefe Bude in diesem Moment vor. Er hielt und sprang aus dem Auto und begrüßte Sile, der natürlich erschrak, als der neue Sergeant ihn beim Ölentsorgen erwischte, und dachte, das war's, jetzt bist du deine Lizenz los.

Aber keine Spur Lizenz, eine knusprige Crêpe mit Schokosauce wollte Bryan. Das hätte man filmen sollen, wie eilfertig Sile jetzt die Crêpeplatte anmachte (mit dem Fuß die Ölkanne nach hinten schubsend), wie er den Teig quirlte und ihn liebevoll auf die Platte goss und kreisförmig ausbreitete und die jungfräuliche Crêpe schmissig wendete. Ja, das war Kunstfertigkeit, da lief einem müden Polizisten das Wasser im Mund zusammen. Da brachte man kaum die Kraft auf, nebenbei Nichtigkeiten auszutauschen über das Wetter und die Frage, ob die Polizei weitergekommen war in dem tragischen Fall.

Während die Crêpe immer knuspriger wurde, betrachtete Bryan die dichten dunklen Locken des Budenbesitzers, das lebensfrohe runde Gesicht. Dieser mediterrane Ire hätte besser eine Pizzeria aufgemacht, dachte Bryan; aber Hauptsache, die Crêpe war fertig und wurde gerollt und Bryan auf dem Pappteller überreicht. Wie das quoll, und heiß war es auch, sodass Bryan das erste Stückchen gleich wieder zurückspucken musste. Und drehte sich um, damit Sile das nicht sah, und stand praktisch vor Patrick Gaffray.

Das war ein Zusammentreffen! Der Vater der Toten und der schlingende Polizist, dem Schokospuren übers Kinn liefen.

«Guten Morgen, Sergeant Sheehy», sagte der große Mann. Und als Bryan mit vollem Mund nicht gleich antworten konnte, wandte Gaffray sich an O'Shea. «Wenn du schon offen hast, Sile, gib mir eine pur mit Puderzucker.»

«Klar, Paddy. Morgen.»

«Morgen, Sile.»

«So früh schon in die Hallen?»

«Schlafe nicht viel zurzeit.»

«Klar, klar, wen wundert's.»

Und Sile ließ den zweiten Teigfladen an diesem Morgen anbrutzeln, und bis der fertig war, standen Bryan und Patrick Gaffray nebeneinander am Tresen. Und Bryan war neugierig, wieso der Pfannkuchenbäcker den Großunternehmer beim Vornamen nannte, welche Gemeinsamkeit dahinter steckte; aber so wie sich die Begegnung angelassen hatte, konnte man nicht einfach fragen. Bryan spürte, dass auch Mister Gaffray Fragen auf den Lippen hatte, aber auch er zog es vor zu schweigen, und so wurde nichts gesagt, bis die pudergezuckerte Crêpe in Gaffrays Hand wanderte. Er bezahlte und verabschiedete sich; Bryan sah ihn mit schleppenden Schritten auf seine Hallen zugehen.

So ist das: Hat man sich nach durchgemachter Nacht erst mal gestärkt, geht es gleich wieder weiter. Bryan hatte den Wunsch, seinem Inspector von dem Einsatz zu erzählen; auch deshalb, weil die Aktion eigentlich niemand genehmigt hatte. Und weil er vollkommen sicher war, dass Caughan um diese Zeit nicht im Revier war, fuhr er zu dessen Haus.

Dort wurde er wieder überrascht. Vor dem Cottage stand nicht nur Caughans Auto, sondern ein zweiter Wagen: ein teures deutsches Modell, so eins, das auf den holperigen irischen Straßen unpassend aussieht. Als Bryan die Einfahrt hochkam, spähte er durch die getönten Scheiben der Limousine und entdeckte Gartengeräte auf dem Rücksitz und ein Paar blauer Arbeitshandschuhe. In Bryans überdrehtem Zustand war das natürlich genug Anlass für Spekulationen. Während er nachdachte, klingelte er. Aber niemand öffnete, auch auf sein Klopfen nicht; selbst als er ums Haus lief und die Ginsterbüsche teilte, um an die Fenster zu pochen, rührte sich nichts. Die Jalousien waren heruntergelassen, unverrichteter Dinge zog Bryan ab.

Um diese Zeit hätte sein Dienst begonnen, normal und unspektakulär. An den Schreibtisch, Computer anwerfen, den Bericht tippen und sich wie jeden Tag ärgern, dass es in Castlebere bloß das Billiggerät aus Korea gab statt IBM. Aber wenn wir nach dem wirklichen Grund suchen, warum Bryan nicht ins Revier fuhr: Er hatte einfach keine Lust. Schon der Gedanke an O'Sullivans Mehlgesicht ließ die Schokocrêpe hochsteigen. Der wackelige Schreibtisch, der Mäuse-Gardai – nein, so durfte man einen Tag nicht beginnen.

Regen von Osten

Natürlich war es falsch, idiotisch sogar; nicht einen vernünftigen Grund konnte Bryan sich nennen. Aber während er nach einem suchte, war er schon auf halbem Weg nach Alihies. In Uniform jetzt, mit Dienstwagen und ohne Caughans Wissen. Fuhr zum zweiten Mal durch das schmale Tal auf die Ortschaft zu, kam über die Kuppe; und heute: menschenleer. War ja klar, alle bei der Arbeit. Nur ein alter Mann saß auf seinem Schemel vor der Kneipe, eine verblasste Reklame im Rücken. Dort, wo Bryan hielt, kreuzte ein Feldweg die Straße, führte vom Meer in die Berge; niemand, der hier durchwollte, kam ungesehen an ihm vorbei. Er stieg aus, schlenderte auf den Alten zu, setzte sich auf den Stuhl daneben.

«Mary kommt gleich.» Der dürre Kerl zog seine Kappe in die Stirn. Zwei Bienen summten zu Bryans Füßen, sogen den Nektar aus den staubigen Blüten am Straßenrand.

«Wird warm heute.» Bryan streckte die Beine aus.

«Wenn's nicht regnet.» Der Dürre sah ihn nicht an.

«Hat schon zweimal in der Stadt.» Bryan nahm die Mütze ab.

«Hier, wenn's kommt, kommt's von Westen.»

Damit war zunächst alles gesagt. Bryan betrachtete die bauschigen Wolken, die von Osten heranzogen.

«Wie geht's Mary?», fragte er nach einer Weile.

«Ihr Laden läuft nicht besonders.» Der alte Mann zeigte nach drinnen. Da war hinterm Tresen noch ein kleines Lebensmittelgeschäft. Und weil Bryan die Gegend immer noch nicht begriff, fragte er:

«Lässt sie den Laden einfach offen?»

«Ich bin ja da», sagte der Mann. «Gold?»

Bryan begriff, dass der Alte die Krawattennadel mit den geprägten Buchstaben *Garda* meinte. «Glaub ich kaum.» Er rückte sie zurecht. «Messing wahrscheinlich, wenn's nicht Plastik ist.» Der alte Mann nickte, als ob damit etwas Wesentliches geklärt wäre.

Man muss sagen, dass dieses Gespräch noch einundeine halbe Stunde so weiterging. Mary kam weder, um ihr Geschäft zu beaufsichtigen, noch um Bryans Bestellung aufzunehmen, der ziemlich durstig war. Die Sonne rückte voran, erreichte die Füße des alten Mannes, der brachte sie in Sicherheit und schob hin und wieder seine Kappe aus der Stirn. Bryan zählte sechs Autos, was einen Schnitt von einem Auto alle fünfzehn Minuten ergab.

Als das nächste Fahrzeug herankam, hörte er nur das Geräusch; weder aus der Stadt noch vom Meer war etwas zu sehen. Da schoss es plötzlich um die Ecke, kam aus den Bergen, den Feldweg herunter. Vor Marys Kneipe verlangsamte es.

Rot, dachte Bryan, ein roter Mini; und blieb bestimmt noch fünf Sekunden sitzen, bevor er begriff, dass Loretta Dunes soeben vorbeigefahren war. Loretta in Alihies?! Das warf alle Spekulationen Bryans über den Haufen. Bryan, immer höflich, verabschiedete sich von dem Alten, rannte zum Wagen, warf sich förmlich hinein. Bloß ist das beim Toyota so eine Sache mit dem *Hineinwerfen* – der Türrahmen riss Bryan die Mütze vom Kopf. Bücken und aufheben und die Wagentür zuschmeißen und wenden, dann trat Bryan so aufs Pedal, dass der Dienstwagen aufheulte und herausschoss aus der Senke von Alihies.

Hätte man ins Fahrtenbuch geschaut, man hätte begriffen, dass der Toyota in seinem Leben noch zu keiner solchen Verfolgungsjagd aufgebrochen war. Bryan, der Held, rauf auf den Hügel mit Vollgas und schlingernd über die Kuppe, wie in den Filmen, die er mochte. So lebensecht nahm Bryan die Verfolgung auf, dass sein Außenspiegel an den Sträuchern entlangschrammte – wie nahe die Felsen waren! Er raste drei Kilometer, vier, endlich sah man ins Land hinein – er hatte den Mini verloren.

Aber nicht mit Bryan, dem Helden! Da gab es Feldwege, halb versteckt hinter blühendem Ginster. Bryan kombinierte: Dort muss sie sein. Und wieder zurück und dabei die übereinander geworfenen Gedanken: Ambrose hat Recht, der Kastenwagen, die Deutschen, Lizzy und Loretta …

Die erste Abzweigung. Er hielt schlingernd, fand keine Reifenspuren, fuhr bis zum beschilderten Wanderweg, Anrainer zugelassen, Fahrzeuge bis drei Tonnen. Hier muss es sein, hol's der Teufel!

Der Weg war so schmal, so dicht von Steinwällen begrenzt, dass Bryan abbremste, Flieder und Ginster und Krüppeleichen dicht über ihm. Als er über die Kuppe setzte, hingen die Wolken überall.

In diese Wolken fuhr der Mini hinein. Das rote Insekt flitzte die geschlängelte Straße Richtung *Ballydonegan Beach*. Und das wusste Bryan, dass hier Ende war. Nur noch das Hafenhäuschen, der morsche Pier. Vermodernde Boote, die Wiese steil hoch zu den Klippen, dahinter die See, freies Wasser bis Kanada.

Arme Loretta, jetzt hatte sie ihren Fehler bemerkt; der Mini stand, Staubwolke. Sie stieg aus, sah Bryan kommen, sprang wieder hinein, hetzte weiter. Fuchs in der Falle; Bryan nahm den Fuß vom Gas, warum sich abquälen, wenn's auch elegant ging. Der Strand war mit Algen übersät; die hatten noch nicht sauber gemacht für die Sommertouristen. Der Mini schoss die letzten Meter zum Hafenhaus hoch.

Das hatte die Frau, die dort Laken von der Leine nahm, wohl auch nie erlebt, dass eine auf dem Plateau hielt, sich kurz umsah und zu rennen begann; dass gleich dahinter die Polizei ankam und ein Sergeant heraussprang, grüßte und der Jungen mit dem Feuerhaar nachrannte. Die Wäscheklammern im Mund, sah die Frau ihnen hinterher.

Falsche Richtung, frohlockte Bryan im Laufen; nur Bergziegen kamen über die Klippen davon. Oder doch nicht? Nach kurzem begann er zu keuchen. Noch ein paar Schritte, und sein Herz raste so aberwitzig, dass er gleich umfallen musste. Einer Ohnmacht nahe, gestand Bryan sich ein, dass seine sportliche Kondition ein Witz war. Er stolperte nur noch voran, rutschte auf seeglatten Steinen aus; nahm die Hände zu Hilfe, wenn der Boden zu glitschig, die Steigung zu krass war. Noch eine Kuppe, und dahinter schon wieder eine – stieg denn der Berg in den Himmel hinauf? Hoffnungsvoll schaute er auf die sanften Wiesen zur Linken; da war keine Loretta, natürlich nicht, dort hätte sie über zu viele Weidezäune gemusst. Die Verrückte rannte geradewegs zu den Klippen.

Und jetzt war er oben und sah in den Abgrund. Schwarzgrau das nasse Gestein, tief unten die Gischt. Wie sie herankrachte, auf die Felsen einschlug, sich ins Land fraß.

Hier ist Bryans nächster Makel einzugestehen: Große Höhen gingen ihm nahe. Er war kein Schwindelkandidat, doch wenn's tief hinunterging, musste Bryan ans Fliegen denken, und das raubte ihm den Mut zum Klettern.

Dort unten war Loretta, und die hatte ohne Zweifel zu klettern begonnen. Wenn sie die schmale Schneise überwand, würde sie die Steinzunge erreichen, und vom Riff ging's wieder landeinwärts. Zwischen Lorettas Wunschziel und ihrem jetzigen Standpunkt lag ein kahles Stück Fels, glitschig gepeitscht vom Sturm und der See, selbst ein geübter Kletterer hätte dort seine Mühe gehabt.

Zwischen zwei Klüften kletterte Bryan auf eine vorspringende Nase. Sagte sich: Nein, das machst du nicht, kein Fall ist das wert, dort unten zerschmettert zu werden. Aber wenn man so mittendrin steckt wie Bryan, bearbeitet man längst keinen *Fall* mehr, man ist hineingeworfen in eine Geschichte, und die muss weitergehen, denn wer will sich in späteren Jahren sagen müssen: Ich bin damals umgekehrt und zum Auto zurückgelaufen und habe Verstärkung angefordert? So schwierig konnte das wohl nicht sein; schon fassten die Füße Tritt, und wenn man mit dem Bauch zur Wand stand, sah man nicht, wie tief es war.

Vorsichtshalber rief Bryan nach Loretta; die war drei Meter unter ihm und blickte hoch. Statt aufzugeben, tastete sie sich hinaus in das kahle Felsstück und griff in einen Spalt, schob ein Bein vor, suchte Halt auf der schmalen Leiste.

Bryan sah es voraus: Sie rutschte ab. Ihr Schuh schabte hektisch am Stein, da war kein Tritt. Der andere Fuß verlor allmählich die Balance, nur die Hand in der Steinritze hielt sie noch in der Höhe. Sie rief nicht um Hilfe, gab keinen Laut von sich, hing bloß da, versuchte nicht, vorwärts zu kommen, und konnte nicht mehr zurück.

Jetzt aber Bryan, der kletterte los, so schnell er vermochte. Der Stein dort, er zog sich weiter – verdammt locker –, rechtzeitig ließ er ihn los. Ein Blick nach unten, schwankend fand er einen anderen Griff. Und noch einen und wieder, dann hatte er Lorettas Höhe erreicht. Ein Seil wäre nützlich gewesen oder ein Wunder; stattdessen hatte Bryan eine Idee. Stützte sich mit beiden Füßen fest ab, und vorsichtig, Finger für Finger, griff er nach seinem Gürtel – verdammtes Wackeln! –, umfasste die Schnalle, nestelte, der Verschluss gab nach. Bryan ließ das Koppel herausgleiten und nahm, Stückchen für Stückchen, den Gürtel ab. Lorettas Fuß auf dem Felsvorsprung zitterte.

Bryan rief: «Ich schwing ihn dir rüber!»

Mühsam wandte sie den Kopf; wie groß ihre Augen waren, das Haar wehte in die Stirn. Und weil sie sah, dass nichts anderes half, streckte sie die Linke in seine Richtung, jetzt gab ihr Standbein nach, die Gürtelschnalle sauste heran, Loretta griff ins Leere. Ihre Hand in der Felsritze rutschte. Ein zweites Mal schlug der Gürtel daneben. Bryan schob sich so nahe wie möglich heran. Schon sah er Loretta, inmitten von Flammenhaar, die Klippen hinunterstürzen. War doch vermaledeit, sich in diesem Augenblick so etwas vorzustellen! Er schüttelte grimmig den Kopf und stieß die Luft aus.

«Komm schon!» Der Gürtel schlenkerte zu ihm zurück.

Und weil das stimmt, dass eine Sache entweder beim dritten Mal oder gar nicht klappt, fassten ihre Finger diesmal das Eisen und krallten sich fest. Sie wird mich runterziehen, hämmerte etwas in Bryans Kopf; wird sie nicht, dachte er, und als Lorettas Fuß endgültig abrutschte, zog er fest an dem Gürtel und hatte sie.

Mit dem Oberkörper glitt sie die Platte entlang, zog das Bein nach und stand. Loretta Dunes stand schwer atmend neben Bryan, hielt die Schnalle noch fest und fasste den Polizisten um die Hüfte. Und weil die Wolken nicht ewig drohend über der Küste hängen konnten, ging jetzt der Regen nieder.

Jeder mag sich selbst ausmalen, wie der Rückweg der beiden über die nassen Felsen gewesen ist. Bryan zog Loretta mit sich, sie hielt sich fest, gemeinsam schafften sie es irgendwie. Beide waren, als sie das Plateau erreichten, so nass, wie man nur sein kann.

Längst war die Frau mit den Wäscheklammern ins Haus gegangen und sah durch den Regenschleier die verrückte Junge und den verrückten Polizisten eng umschlungen den Berg runtersteigen. Und weil die Frau mit den Wäscheklammern romantisch veranlagt war, dachte sie an verbotene Liebe und wie schön es ist, wenn zwei sich wieder vertragen.

Bryan bedauerte, dass er die hinteren Türen verriegeln musste, aber Verhaftung ist eben Verhaftung, auch wenn die Delinquentin diese besonderen Augen hat.

Er sah es zuerst im Rückspiegel und drehte sich um, kein Zweifel: Ihre Pupillen waren geweitet, der Blick abwesend und glasig. Er hatte sie auf dem schnellsten Weg ins Revier bringen wollen, jetzt zögerte er. Als Loretta sich erschöpft gegen die Lehne fallen ließ, fasste Bryan ihre Hand und schob den

Ärmel hoch. Eigentlich wären die Einstiche kaum zu entdekken gewesen, doch er bemerkte sie gleich.

«Was hast du genommen?»

Sie antwortete nicht.

Keine halbe Stunde später klopfte er an die Tür zu Suzy Moynihans Sprechzimmer.

«Bringst du mir jeden Tag ein neues Opfer?» Die Ärztin half Bryan, die Rothaarige auf den Behandlungstisch zu betten. Jetzt erst fühlte er, wie erfroren er war und dass seine Uniform einem schweren nassen Lappen glich.

So kam es, dass Bryan wenig später in der Kluft eines Krankenpflegers am lachsfarbenen Resopaltisch der Cafeteria saß, den Tee in kleinen Schlucken schlürfte und hoffte, um eine Erkältung herumzukommen. Es war ihr erstes Gespräch, seit er und Suzy sich verabredet hatten; er war nicht so locker, wie er sich gewünscht hätte.

«Hübsch habt ihr's hier.» Er meinte das ironisch. Verstand sie Ironie? Himmelblauer Fliesenboden, lachsfarbene Wände, Kunstlicht.

Sie nahm ihm gegenüber Platz, rührte im Pappbecher.

«Cappuccino in Bantry – die Errungenschaft des Jahrzehnts.» Sie verstand Ironie. «Loretta schläft bis zum Abend.»

«Kannst du sie hier behalten?»

«Wie lange?»

«Bis sie vernehmungsfähig ist.»

«Morgen also.»

«Ginge das?»

Natürlich konnte Suzy das einrichten, und die Stimmung wurde gelöster. Darum holte Bryan sich ein Rosinenbrötchen und bestrich es mit Butter. Und fand es angenehm, wärmend, so mit Suzy zu sitzen, als wäre man alte Vertraute.

Sie sprachen von den Drogen; Kokain wahrscheinlich, die Einstiche an Lorettas Armen wiesen noch auf anderes hin.

Suzy ließ vier Stück Zucker im Cappuccino versinken und sagte: «Weißt du, was in den Discos passiert? Nicht hier – in Dublin und Limerick?»

Sie trank den süßen Sud in einem Zug. «Dort ist *Ecstasy* im Umlauf, weil's billiger ist. Davon kommen die Kids so übel drauf, dass sie von den Dealern mit Heroin wieder runtergeholt werden müssen. Danach sind sie abhängig.»

Drogen hatten für Bryan immer etwas Fremdes gehabt. In Jugendtagen hatte er ein einziges Pfeifchen probiert – um zu imponieren. Als er nicht das Geringste spürte, betrachtete er die Sache als Geldverschwendung. Weggeworfene Spritzen in Unterführungen, verwelkte Gesichter junger Menschen, das war ihm irgendwie unheimlich; darum ging er kaum auf Suzys Drogenszenario ein. Schlürfte den Tee, biss in das zarte Gebäck und berichtete, dass Ambrose den Dealer in Alihies vermutete.

«Glaubst du, dass der Gaffray-Mord mit dem Rauschgift zu tun hat?», fragte Suzy.

«Ambrose glaubt das.»

«Und du?»

«Ich muss den Inspector davon überzeugen, dass wir Leute vom NBCI brauchen. Der Fall wächst uns über den Kopf.»

«Wie findest du Caughan?», fragte Suzy mit Augenaufschlag.

Scheißkerl. Fauler Sack, lässt sich nur blicken, wenn's nicht mehr anders geht. Sturschädel, Chauvinist, huschte es durch Bryans Kopf.

«Ich finde, er hat eine seltsame … Dienstauffassung», sagte er stattdessen.

Da lachte Suzy so laut, dass sich zwei Pathologen am Nebentisch umdrehten. «Wir sind auf dem Land, Bryan! Hier überarbeitet sich keiner. Im Allgemeinen gibt es auch nicht viele Bösewichter bei uns.»

Sie hatte zum ersten Mal *Bryan* gesagt – er mochte das.

«Bleibt es bei heute Abend?» Sie schob den Teller beiseite.

Bryan hätte nicht im Traum daran gedacht, dass an ihrer Verabredung noch gerüttelt werden könnte, darum sah er sie groß an und sagte: «Was hältst du vom *Old Bank Seafood Restaurant?*»

Suzy wiegte beeindruckt den Kopf, denn das *Old Bank Seafood* war die eleganteste Adresse im ganzen Südwesten.

Augenblick für einen Kuss

Nein», sagte der Inspector und sagte es auf eine Weise, dass Bryan dem Chef am liebsten all die Beinamen an den Kopf geworfen hätte, die ihm einfielen; aber er versuchte es lieber mit einem konstruktiven Vorschlag:

«Und wenn man Unterstützung vom NBCI anfordern würde?»

«Kommt nicht in Frage!» Jetzt wurde der Chef sogar laut. «Ich will keine Staatsschnüffler in meinem Distrikt.»

Klein Napoleon, Provinzchauvinist, Schwanzeinzieher; Bryan hätte dem Alten am liebsten den Füller aus der Hand gerissen, mit dem er zu spielen begann.

«Ambrose ist der beste Drogenfahnder, den ich kenne! Wenn er sagt, dass in Alihies …»

Hatte Bryan zu schreien begonnen? Wo er das doch nicht konnte; die Stimme kippte wie immer, er räusperte sich, erwartete die Erwiderung des Chefs. Aber der stand plötzlich auf, lauschte bewegungslos in den Raum, hob den Kopf, sah zur Decke.

«Sean?» Keine Antwort.

«Wenn ich ähm … Loretta verhört habe, wissen wir mehr», versuchte Bryan es noch einmal.

«Hm?» Caughan mit seltsamer Stimme. Er nahm den Hut vom Haken, ging zur Tür und weiter ins Wachzimmer. Dort drückte er den Summer, die Sicherheitssperre entriegelte, und er war draußen.

«Aber …», hörte Bryan sich selbst sagen. Der Mäuse-Gardai hatte die Szene beobachtet, jetzt verschwand sein Kopf wieder hinter dem Korea-Computer.

An dieser Stelle muss erwähnt werden, dass Bryan den richtigen Namen des Gardais längst wusste: Er hieß Frank

Meers, war zweiunddreißig, stammte aus der Gegend, und seine Frau erwartete das fünfte Kind. Er hatte wenig von jenem Humor, den Bryan schätzte, war aber hilfsbereit, nicht so trübe wie O'Sullivan und verstand es, die Balance zu halten zwischen Loyalität zu O'Sullivan und Offenheit gegenüber Bryan. Weil aber frühe Gewohnheiten die hartnäckigsten sind, nannte Bryan ihn heimlich weiter den Mäuse-Gardai.

Bryan stand da, zehn Sekunden werden es wohl gewesen sein, ohne dass ihm irgendwas durch den Kopf ging. Sein Blick fiel auf ein Gruppenfoto an der Wand – Sergeants, Officers, ein Superintendent; gestutzte Bärtchen, Uniformen wie neu. Und Bryan überlegte, ob er auch einmal an so einer Wand hängen und in die Kamera feixen würde. Aber der Mäuse-Gardai verstand Bryans Schweigen so, dass er über den neuesten Stand informiert werden wollte.

Der neue Stand war der alte: Die Deutschen forderten, nach Cork verlegt zu werden, Raoul Marmoulian hatte den DNA-Test staunend, aber widerspruchslos über sich ergehen lassen. Bis die Ergebnisse vorlagen, war er ihr *schwacher* Hauptverdächtiger.

Bryan begriff, dass der Inspector nicht wiederkommen würde; mitten am Tag, mitten in einer Besprechung ging er raus und kam nicht zurück. Das Wort *Aufsichtsbehörde* ging Bryan durch den Kopf; aber nein – Petzer wollte er keiner sein.

Wenn es um Wichtiges ging, kam Bryan immer zu spät. Wichtig war, dass er heute gut aussah. Er wühlte unter den alten Pullovern, den ausgeleierten Hosen; hatte den schwarzen Anzug in der Hand – zur Beerdigung von Waveys Mutter gekauft. *Du kleidest dich wie der letzte Penner,* war Waveys Meinung gewesen. Er hatte nie etwas dagegen unternommen, war daheim Jahr um Jahr im Freizeitanzug rumgelaufen, und die wenigen Male, wo sie ausgingen – Jeans und Pulli; was war dagegen zu sagen? Bryan fand es mühsam, sich in Umkleidekabinen zu quetschen, die Schuhe gebückt aufzuknüpfen, in Hosen zu steigen, Hemden überzuziehen. Das Tweedsakko war nicht umzubringen, und die Cordhose tat's noch für Jahrzehnte.

Aber heute nicht, nicht heute Abend. Zunächst ein frisches Hemd, beschloss er und nahm das blassblaue; die Ärmel waren ausgefranst – er würde sie verstecken. Die dunkle Hose saß gut am Hintern; der leichte Schlag war aus der Mode: Kann sein, dass sie's affig findet, kann aber auch sein, dass sie es mag. Frische Socken mussten sein. Er wechselte auch die Boxershorts – sicher ist sicher. Die Schuhe aber blieben die gleichen. Ich ziehe keine Slipper an wie so ein Playboy; feste Gehschuhe, das bin ich, das gehört zu mir.

Im Erdgeschoss klingelte das Telefon. Nicht für mich, betete Bryan; wenn's der Chef ist, bin ich schon fort.

«Mr. Sheehy!» Das Piepsen von Mrs. Diveney ein Stockwerk tiefer. Er ging zur Tür. «Eine Dame möchte Sie sprechen!»

Das hatte Bryan mehrmals erlebt, dass Frauen fünf vor zwölf absagten. Auch Suzy? Wieso ausgerechnet ihm das immer passierte – war er so uninteressant oder so bedrohlich? Wollte denn keine mit ihm ausgehen? Er nahm drei Stufen auf einmal, griff den Hörer.

«Ja?»

«Hallo, Bryan.»

Ihre Stimme hätte Bryan von allen auf der Welt unterschieden. Weich, kehlig und voll. Waveys Stimme war gar nicht wie Wavey. Gerade und schnell wie ein Pfeil, niemals hintenrum – so war Wavey. Ihre Stimme aber: abgründig, vielschichtig, verlockend. Hätte die Stimme einer Stewardess sein können oder eine dieser Telefonstimmen, die man ausprobiert, wenn man sehr allein ist.

«Hi, Süße!»

Bryan wusste schon: falscher Einstieg.

«Störe ich?»

«Keine Spur.»

«Wollte mal hören, wie du dich eingelebt hast.»

Grauenhaft, ich hasse die Stadt; keiner versteht mich, die Leute sind träge, humorlos; ich vermisse dich, wann kommst du! Wann backst du mir Blaubeermuffins?! So schallte es aus Bryan, aber nichts davon kam über seine Lippen.

«Prima, bestens. Ich hab meinen ersten Mordfall, kompliziert, kann ich dir sagen.»

«Ambrose hat mir davon erzählt.»

Stille. Ambrose *erzählt*? Erzählt Wavey, seit wann? Wieso hat er sie angerufen? Und warum stieg dieses Dunkle aus Bryans Magengegend auf?

«Wann habt ihr gesprochen?» Nur nichts Angestrengtes jetzt in der Stimme; eine Frage unter tausend.

«Er ist doch bei euch da unten?» Waveys brillante Taktik: Du fragst was, sie fragt zurück.

«Jaja, vorgestern angekommen. Hat uns Verdächtige gebracht. Habt ihr euch … gesehen, in letzter Zeit?» Konnte man harmloser fragen?

«Ein paar Mal.» Wieso klang Waveys Stimme auf einmal so vorsichtig?

«Hat er mir gar nicht erzählt.»

«Ist er da?»

Und in diesem Moment machte es Bryan regelrecht Freude, von Ambroses Missgeschick zu erzählen: Läuft in die Falle von Drogendealern, kriegt eine aufs Maul, liegt eingegipst im Spital.

«Nicht gefährlich verletzt», beschwichtigte Bryan mit verhohlener Schadenfreude. «Aber schmerzhaft.»

Schweigen am andern Ende. «Wird er …?»

«Aber klar! Kennst ja Ambrose! Der wird wieder!» Warum schrie er in Mrs. Diveneys Flur denn so aufgeregt herum?

«Und wie geht's dir?»

Hatte sie das nicht schon einmal gefragt? Bryan lachte angestrengt. «Wie immer. Ich ermittle, du weißt.»

«O ja, ich weiß.»

War es möglich, dass Wavey und er sich so wenig zu sagen hatten? Die Herzallerliebste, die hübsche Prinzessin, die All-Einzige. Bryan wechselte das Standbein; vor dem tief hängenden Wandtelefon war ihm der Fuß eingeschlafen.

«Na dann, viel Erfolg und schönen Abend.» Sie hatte den Abschiedston drauf. Jetzt nur nicht winseln, um Gesprächsverlängerung betteln.

«Ja, dir auch. Nett, dass du angerufen hast.»

Als er einhängte, glaubte er, etwas in ihm ginge kaputt. Natürlich musste da einer kommen, eines Tages, ein anderer; einer, mit dem Wavey mehr anfangen konnte als mit ihm. Sie war nicht zum Alleinsein geschaffen. Aber ausgerechnet Ambrose?! War die Frau eines Freundes nicht tabu? Ein für alle Mal?

Nein, du täuschst dich, dachte Bryan; so einer ist Ambrose nicht. Männer sind nicht so, die haben Ehre.

Er fuhr herum, weil er die Vermieterin hinter sich spürte; Neugier, dein Name ist Diveney.

«Sie gehen aus?», fragte sie zuckersüß.

Wer? Er? Ausgehen, nicht die Spur.

Mrs. Diveney musterte Bryans saloppe Aufmachung.

«Ausgehen!» Er hatte Suzy so vollständig vergessen, als wäre sie mit Atlantis versunken. War sie aber nicht; wartete wahrscheinlich ungeduldig im *Old Bank Seafood Restaurant*. Doch wozu ausgehen mit einer fremden Frau? Die, die er wollte, betrog ihn. Konnte man jetzt noch absagen?

«Kennen Sie das *Old Bank Seafood Restaurant*?»

«Seit dem Tod meines Mannes bin ich nicht mehr auswärts essen gegangen.» Mrs. Diveney neigte den Kopf zur Trauerpose. «Hab aber Gutes davon gehört. Der Premierminister soll dort gegessen haben.»

Das war interessant! Verdammt, er würde es Wavey zeigen! Während sie dort oben im verregneten Galway saß, vergnügte er sich in der Welt der Noblen und Reichen.

Es war nicht besonders nobel und schmeckte auch nicht besonders gut; nur teuer war es. Um ein Haar wäre Bryan nicht mal reingekommen, denn Krawatte trug er prinzipiell nur zur Uniform. Aber im *Old Bank Seafood* war Krawatte obligatorisch, wie der Kerl im Pepitaanzug versicherte, und das waren die Momente, wo Bryan normalerweise einen gängigen Fluch ausstieß und auf den Absatz kehrt machte. Aber da erhob sich Suzy Moynihan vom Tisch – sie hatte offensichtlich gewusst, wie man sich fürs *Old Bank Seafood* anzog: das kleine Schwarze, also schon sehr süß.

Bryan ließ sich vom Pepitamann ein dunkles Sakko verpassen und eine dezent gepunktete Krawatte und versuchte, auf den wenigen Metern bis zu Suzy seinen Ärger runterzuschlucken.

Wenigstens hatten sie auf diese Weise gleich was zu bereden: ob Krawatte affig war oder nicht. Suzy war der Ansicht, dass die Welt verrohte, daher seien *Formen* eher zu begrüßen. Und weil Bryan sich keine Blöße geben wollte, stimmte er zu, fand das Sakko aber trotzdem zu eng, und dass auf der Speisekarte keine Preise standen, machte ihn misstrauisch.

Wie erwartet: Sie redeten hauptsächlich über *Fälle*, und das kann uns nicht sonderlich interessieren. Die stärkste Gemeinsamkeit der beiden war, dass sie kein Privatleben hatten. Suzy, weil sie die einzige Gerichtsmedizinerin im Umkreis von fünfzig Meilen war – das hieß rund um die Uhr. Einmal hatte sie ihre Katze beinahe verhungern lassen, und das sagte wohl alles. Sie verschwieg ihre unwichtigen Affären, weil sie vor Bryan nicht zugeben wollte, dass sie sich in der Liebe ungeschickt verhielt. Er verschwieg, dass er mit Wavey alles zurückgelassen hatte, was ihm etwas bedeutete. In diesem Niemandsland versteckter Narben und uneingestandener Makel versuchten sie einander zu gefallen.

Der DNA-Befund wurde für kommenden Abend erwartet. Suzy erklärte anschaulich, auf welche Weise das bei Lizzy gefundene Sperma mit der DNA aller getesteten Castleberianer verglichen worden war. An ihrem Seeteufel schnippelnd, brach Suzy in regelrechte Begeisterung für die Gentechnologie aus. Ungeahnte forensische Möglichkeiten taten sich auf, kein Verbrecher, der auch nur ein Tröpfchen Körperflüssigkeit am Tatort zurückließ, durfte damit rechnen, unentdeckt zu bleiben – die Keule der DNA würde ihn zerschmettern. So sehr kam Suzy ins Schwärmen, dass Gäste des *Old Bank Seafood* von ihren Lobsterhälften aufschauten und durch Blicke zu verstehen gaben, dass sie derlei *Unterleibs*-Gespräche beim Essen eigentlich nicht hören mochten.

Als Bryan die Leute an den Tischen in Augenschein nahm, war er froh, mit dieser geschleckten Gesellschaft nichts zu tun zu haben. Die würdigen Blazerträger, stolz auf das Emblem ihres College, die Blauspülungen der Damen, das Goldgeklunkere an den alten Hälsen. Einen einzigen Jüngeren entdeckte Bryan unter den reichen Senioren: einen sympathisch wirkenden Vierziger mit auffallend hellem Haar und einem lustigen Schnauzer. Der Mann hatte die Krawatte gelockert, riss die Hummerscheren mit den Händen auseinander und lachte laut, während er kaute.

Kurz und gut: So schick das Restaurant auch war – die Fischsuppe schmeckte doch nur nach Fisch, machte warm, und der Weißwein machte lustig. Auch wenn die Gemüse, die Bryan zum Haifischsteak serviert bekam, französische Namen trugen, es waren doch nur Erbsen, Fenchel und Frühlingszwiebeln. Und als er das nächste Mal auf die Uhr sah, war es halb elf.

Mit dem richtigen Gespür für Bryans Brieftasche verzichtete Suzy auf Nachtisch und trank vor der Heimfahrt nur

Kaffee. Bryan musste kräftig dafür bezahlen, im gleichen Lokal wie der Premierminister gegessen zu haben; aber er nahm es wie ein Mann und zahlte wie ein routinierter Kreditkartenbenutzer. Gab Sakko und Krawatte zurück, ohne den Pepitafatzke eines Blickes zu würdigen. Hätte die Jacke aber gleich gerne wiedergehabt, denn draußen war es saukalt geworden.

Sie schlenderten durch die Hardwicke Street Richtung Parkplatz; einmal fasste er Suzys Arm, aber nur, um sie vor dem Hundehaufen zu warnen. Das Schaufenster eines Immobilienmaklers zog sie an – *DeGeter Real Estates* – Suzy träumte von einem Haus für später, das *so* einen Blick hatte und *so* eine Küche und *so* viele Zimmer im Obergeschoss. Bryan nickte geduldig; er fand nichts an Häusern. Man zog doch immer weiter; wer blieb schon? Zwei Zimmer, Küche, Bad, die beste Garantie, dass der Aufbruch leicht fiel. Die Firma *DeGeter* hatte nicht das Richtige für Suzys Träume, also gingen sie weiter.

Noch einen Drink? Aber ja, sie mussten den Nachgeschmack des *Old Bank Seafood* loswerden.

Laut und grölend drang es aus *MacCarthy's Pub*; zwei Frauen schubsten die Schwingtüren auf, bevor sie in der Nacht verschwanden. Bryan und Suzy betraten die Höhle. Die Bar war dicht umdrängt, also setzten sie sich an einen Zweiertisch. An die Säule gelehnt standen zwei Kerle; einer mit *GFC* auf der Brust – *Gaffray's Fishermen's Co-op*. Bryan quetschte sich zum Tresen durch, bestellte Whiskey mit zwei erhobenen Fingern, als ob er's jeden Abend so machte, und nahm in Kauf, dass die Barfrau ihn erst beim dritten Mal bemerkte.

Dafür konnte Bryan, während er auf den Whiskey wartete, ein Gespräch mit anhören:

«Weiß nicht, ob Patrick da drüber wegkommt», sagte der Mann im T-Shirt.

«Kann man nicht. Über so was kommste dein Lebtag nicht

weg.» Jetzt der andere; Bryan hatte ihn bei den Fischern gesehen.

«Und er schon gar nicht.» Der GFC-Mann.

«Wundert's dich? Ich hab selbst 'ne Tochter. Wenn der was passieren würde, ich wüsste nicht ...»

«Selbstredend. Und ausgerechnet der Boss: Der war nie einer von den Fröhlichen.»

«Stimmt», nickte der Fischer. «Gaffray ist so düster wie die Klippen von Cahermore.»

«War auch schon mal fort, um das behandeln zu lassen.»

«Sagt man.» Der Fischer drehte sich eine Zigarette.

«Glaubste's nicht?»

«Wenn jeder das behandeln ließe, dass er mal traurig ist, wäre die ganze Insel auf Kur.» Jetzt lachten sie, und Bryan glaubte, das Thema wäre beendet, aber der GFC-Mann sagte noch: «Wenn Gaffray *diese* Frau nicht hätte.»

Vehementes Nicken. «Ja, Cathy ist ein Engel. So was von einem Schatz.»

«Die zwei wie Pech und Schwefel. Kannste glauben.»

«Schrecklicher Schlag.»

«Ja, ein schrecklicher Schlag.»

Bryan legte den Geldschein hin und nahm den Whiskey.

«Ich dachte, du willst mich verdursten lassen», sagte Suzy, als er die randvollen Gläser vor ihr abstellte. Sie trank in einem Zug, Bryan nippte.

Dann standen sie an Suzys Auto. Und wenn es einen Moment für den Kuss gab, dann jetzt. Aber so war Bryan: Weil beide wussten, dass der Kuss jetzt angesagt wäre, dass es ein *folgerichtiger* Kuss sein würde, wollte Bryan *nicht* küssen. Das Offensichtliche langweilte ihn. Man konnte es als Bryans romantische oder seine trotzige Ader bezeichnen. Obwohl Suzy den Kopf eindeutig so wandte, dass ihm das Küssen leicht gefallen wäre, ließ er den Moment verstreichen. Gab ihr die Hand. Sagte:

«Bis morgen also.»

Und weil Suzy nicht aus Stein war und sich auf den Kuss vielleicht gefreut hatte, stieg sie rascher ein als sonst. Wendete schnittig, sah Bryan in seinem dünnen Hemd noch einmal im Scheinwerferkegel auftauchen und fuhr Richtung Bantry davon.

Bryan war müde und traurig und mochte trotzdem nicht heim in die eiskalte Wohnung; er beschloss, einen Umweg zu machen. Seine Schritte hörten sich hohl an; nach jeder Laterne sprang sein Schatten vor ihm weg, verschwand, lief unterm nächsten Licht wieder voraus.

Und plötzlich bemerkte er, dass er vor dem Polizeirevier stand; alles dunkel, kein Nachtdienst. Bryan fand, dass er trotz seiner Müdigkeit und trotz seiner Traurigkeit viel zu aufgekratzt war, um schlafen zu gehen. Und da er den Schlüssel zum Dienstwagen nicht zurückgegeben und noch in der Tasche hatte, schloss er auf, stieg ein und fuhr los.

Wie viel Spaß die Straße macht, wenn keiner entgegenkommt. Aufpassen: Vor *Ronnie's Pub* ist es glatt. Nach Bantry ist's nur ein Katzensprung, besonders, wenn man eine Flasche Weißwein intus hat.

Was er dort wollte? Ach, verflucht; Suzy besuchen vielleicht. Mit seinem Duselkopf vor ihrer Tür stehen und sie ohne Erklärung umarmen; er wollte wild sein, sobald sie wild geworden war.

Aber was man sich auf einer nächtlichen Fahrt so ausdenkt, wenn das Gaspedal alles mitmacht, das verfliegt, wenn man zum Stillstand kommt. Weil man Schiss hat und nicht stören will, vor allem aber, weil man sich nicht blamieren will. Und während Bryan sich eingestand, dass er trotz Weißwein und Whiskey und nächtlicher Schussfahrt nicht den Mumm hatte, an Suzys Tür zu klopfen, fand er sich vor dem Tor des gerichtsmedizinischen Instituts wieder. Das war wohl die dümmste Idee von allen, um diese Zeit zu Loretta zu gehen!

Die Pförtnerloge schimmerte blaugrün wie im Traum, es war aber bloß der Fernseher. Bryan reichte seinen Ausweis durchs Fenster.

«Ist schon einer von euch da», sagte der Pförtner und betätigte den Mechanismus.

Der Officer, fiel Bryan ein – was sollte er dem erzählen? Dass er fünfzig Kilometer gefahren war, um eine Schlafende zu besuchen? Aber weil schon alles so unsinnig war und er nicht mehr zurückkonnte, redete Bryan sich ein, es sei wichtig, Loretta so rasch wie möglich zu verhören, noch diese Nacht: Ihre Aussage würde Licht in die Ermittlungen bringen. Das hämmerte er sich ein, während er Flure bis an ihr Ende lief, Pfeilen folgte, Treppen hochsetzte und Lorettas Station erreichte.

Ein leerer Stuhl vor ihrer Tür, quer gestellt, der Sitzende hatte wohl das beste Licht zum Lesen gesucht. Die Zeitung lag auf dem Boden. Bryan trat ein.

Und schon wieder so ein *Bild*. Da lag die junge Frau mit geschlossenen Augen, rund um ihren Kopf das offene Haar. Das Fenster war geöffnet, die Gardine bauschte sich zwischen den Flügeln. Und weil Bryan heute Nacht anfällig war für Schönheit, machte er zwei leise Schritte ans Bett, setzte sich an den Rand und betrachtete Lorettas zuckende Lider. Wenn sie schlief, sah man, wie jung sie in Wirklichkeit war. Und Bryan – man wird es ihm nachsehen – ließ seine Hand leicht auf Lorettas Schulter sinken und streichelte sie. Ihr schlanker Arm ragte unter der Decke hervor, daran sickerte Blut entlang.

Bryans Herz schlug auf einmal wild. Der große Fleck auf hellem Kunststoffboden; schwarz tropfte das, schwarz und schwer in den kleinen See, den Lorettas Blut nährte. Bryan kam hoch, taumelte auf den Flur, er zerschlug das Glas über dem Feuermelder; Sirenengeheul im Gebäude. Dann zurück zu Loretta, er legte zwei Finger an ihren Hals; da war Puls, gottlob, schwach und langsam, aber da war Puls! Und Bryan schrie und rief, wieder kippte ihm die Stimme; er hielt Loretta in seinen Armen, aber es dauerte eine Minute, bis ein verdutzter Gardai den Kopf ins Zimmer steckte.

«Was machen Sie hier …»

Bryan schrie etwas von Arzt und Notfall. Er hatte die Stichwunde gefunden, die saß unter der Achsel. Presste die Finger darauf, doch das Bluten war nicht zu stoppen.

Während der Gardai noch stammelte: «Ich war doch nur … Die Schwester und ich …», kam ein junger Arzt in den Raum, begriff und handelte.

Als Loretta schon abtransportiert worden war und das Operationsteam zusammengerufen wurde, ging Bryan zum Fenster, schlug den Vorhang beiseite und sah in den Garten. Ein Sprung von hier war kein Heldenstück; wer immer Loretta besucht hatte, auf diesem Weg war er verschwunden.

Tusche und Gouache

Jetzt war's genug mit der irisch-deutschen Freundschaft und all der Rücksichtnahme, von wegen Jugendkriminalität: Bryan ließ die Deutschen wecken. Frühstück gab es nicht um die Zeit; ohne auf die Proteste der beiden zu achten, führte Gardai Meers sie ins Verhörzimmer, schaltete schlaftrunken das Aufnahmegerät ein, während Bryan ungeduldig auf und ab ging.

«Sie war euer Dealer, ja?» Gleich mit dem schweren Geschütz ins Gefecht. «Ihr habt doch den Stoff von Loretta, stimmt's?»

«Ohne unsern Anwalt ...», begann der Ältere. Aber die Spiele waren ausgespielt. Bryan drehte den jungen Mann samt Stuhl zu sich. «Es geht nicht mehr um ein paar Gramm Koks. Wenn ihr weiter auf stur macht, seid ihr dran wegen Beihilfe zum Mord!»

Unerwiesen, juristisch unhaltbar, seine Attacke stand auf wackeligen Beinen; selbst der Mäuse-Gardai machte ein Gesicht: wenn das mal gut geht.

Aber bei zwei Jungs fern der Heimat, denen der Schlaf in den Augen klebte, hatte Bryan mit dieser Taktik Erfolg. Eine halbe Stunde später konnte er sich die Geschichte zusammensetzen:

In Deutschland hatten sie von dieser *Quelle* gehört, sagenhafter Stoff, und zwar in Castlebere Haven. Fragt im *Hole in the Wall*, hieß es, und das hatten sie auch gemacht. Hatten Loretta kennen gelernt, die sich erst mal dumm stellte, schließlich aber versprach, *was zu besorgen.* Beim ersten Spaziergang gab's was zum Kosten – vom Feinsten; die beiden bestellten, soviel sie zahlen konnten. Übergabe sollte auf dem Fest im Hafen sein. Dann aber Komplikation, weil Lizzy mit diesem Malertypen auftauchte. Der sich bald verabschiedet hatte, doch Lizzy war nicht abzuschütteln. Machte mächtig Stunk: Loretta solle endlich aufhören mit dem Scheißzeug und sich nicht ihr Leben ruinieren, all so was. Loretta aber, cooler Profi, zog den Deal durch, auf dem Achterdeck dann endlich der Verkauf. Zur Feier des Tages wollte man was von der Köstlichkeit konsumieren – nicht mit Lizzy, die war sauer und blieb sauer. Und plötzlich ging das Licht aus. Wie ein riesiger Drache stürzte das Fischernetz über die Jungs und Loretta, rundherum nur noch Maschensalat. Und dann Lizzy: schimpfte von oben auf die Koksbande, bis sie sich genug abreagiert hatte und ein Messer holte. Das Netz ging entzwei, die Mädels gifteten sich an, und die Deutschen suchten mit ihrem Schnee das Weite. Nein, keines der Mädchen wieder gesehen. Nein, keine Ahnung, wohin die beiden gefahren waren.

«Hat Loretta eine Andeutung gemacht, woher das Kokain stammt?» Draußen graute der Morgen, aber Bryan war noch hellwach.

«So blöd ist kein Dealer, seine Quelle preiszugeben.»

«Fiel der Name *Alihies*?»

Stummes Kopfschütteln.

«Habt ihr Loretta nicht doch noch einmal getroffen? Sie ist hübsch. Vielleicht wolltet ihr …»

«Mit 'nem Dealer?!» Da lachten die beiden. Und Bryan dachte an das Blut und die Notoperation und die Fifty-fifty-Überlebenschance.

«Und was war mit Lizzy?»

«Ach, kommen Sie, ihr habt doch längst festgestellt, dass da nichts war!», rief der Ältere. «Wozu habt ihr sonst dieses DNA-Dings gemacht?»

Bryan schaltete das Gerät ab. Die beiden atmeten auf.

«Werden wir jetzt nach Cork gebracht?», fragte der Jüngere.

«Nicht bei der Beweislage.» Bryan knackte mit den Fingerknöcheln.

«Aber das Konsulat hat uns versichert…» Wie weinerlich sich die beiden anhörten.

«Ja, das war gestern. Heute haben wir einen zweiten Mordversuch.»

Und weil Bryan nicht mehr zu bremsen war, fuhr er direkt zum Inspector. Halb sechs Uhr morgens, doch das war ihm völlig egal. Vielleicht hatte der alte Fuchs sogar Recht gehabt mit seinem Satz: Möglicherweise hat Loretta den Mörder gekannt. Jemand hatte Angst bekommen, jemand war losgeschlichen, um Loretta zum Schweigen zu bringen. So oder so, Bryan stand die nächste Überraschung bevor: Caughan war nicht allein.

Als Bryan die Auffahrt hochlief, kam O'Sullivan aus dem Haus. Bryan war so baff, dass er dem Dicken im ersten Moment freundlich zuwinkte.

«Was willst du hier?» An O'Sullivans Ruppigkeit hatte sich nichts geändert.

«Zum Chef.»

«Um die Zeit?»

«Bist ja auch da.»

«Er ist nicht zu sprechen.» O'Sullivan verschränkte die Arme.

«Sagt wer?»

«Ich sag das.»

Und da stand dieses Walross von Sergeant vor der Tür und ließ Bryan nicht durch. Eine Sekunde später sah man zwei Polizisten sich vor dem Haus ihres Chefs kloppen. Und zwar mit Wucht und mit Schlägen, die wehtun sollten; denn das musste endlich mal raus, dieses Ding zwischen Bryan und O'Sullivan, und beide kämpften, als ginge es um Leben und Tod. Keuchten und schlugen und verkrallten sich ineinander, balgten auf dem steinigen Boden. Und wie es eben ist, wenn Jungs streiten, geht der Vater dazwischen; sie hörten eine Stimme von oben, die da rief:

«Seid ihr völlig bescheuert, ihr zwei?!»

Und einer der Jungs will immer der Unschuldige sein; das war Bryan, der sich den Dreck abklopfte und hochrief: «Sir!», und vergaß, dass er seinen Inspector nicht Sir nennen sollte. «Heute Nacht ist Loretta ...!»

«Ich weiß», rief der Vater von oben. «Meers hat angerufen.» Schloss das Dachfenster und holte die Streithähne herein.

Alt sah der Chef aus, grau, im Morgenmantel und den wollenen Socken; wie müde er an seinem Gürtel zupfte, sich im Sofa zurücklehnte. O'Sullivan kam mit drei Tassen Tee aus der Küche. Bei aller Antipathie – praktisch war der Dicke ja.

«Ich fordere Verstärkung aus Bantry an», sagte Caughan.

Wenn Bryan eins gelernt hatte: Die Spezialität dieses Inspectors waren Überraschungen.

«Auf einmal?», rief er. «Du wolltest doch keine fremde Einheit hier.»

«Geht nicht mehr anders.» Caughans Finger und der Stoffgürtel. «Die Verbindung zwischen Drogenfall und Mord ist nicht länger von der Hand zu weisen. Wir brauchen mehr Leute.» Ein Blick zu Bryan, einer zu O'Sullivan. Als ob er den beiden die Aufgabe nicht zutraute, fragte der Chef: «Dieser Detective, äh ... Whitty, dein Freund – können wir auf den zählen?»

«Nicht, wenn's nach den Ärzten geht», sagte Bryan. «Aber so wie ich Ambrose kenne ...»

Sie redeten bis halb acht. Um acht waren sie auf dem Revier, und Bryan sah den Inspector zum ersten Mal in Uniform. Caughan beantragte Verstärkung, telefonierte mit dem Staatsanwalt, dass die Deutschen noch nicht überstellt werden sollten; dann ließ er sich von Bryan eine Zusammenfassung der Drogengeschichte schreiben und schickte sie ans *National Bureau of Criminal Investigation.* So sah der Morgen aus.

Zwei Stunden und drei Kannen Tee später wurde ausgerückt. Auf dem Weg nach Alihies trafen sie sich mit dem Team aus Bantry. Bryan hatte eine Fotografie von Loretta vervielfältigt, die wurde verteilt. Die Truppe aus Bantry nahm sich den Ortskern vor, O'Sullivan und der Mäuse-Gardai fuhren die Küste entlang, Bryan und der Inspector drangen in die Berge vor.

Was ist wichtig? Dass die hellgrünen Wiesen durch Steinwälle dem Morastboden abgerungen worden waren? Dass Ziegen und Schafe frei im Gelände grasten und keine Zäune sie vor dem Absturz über die Felsen schützten? Dass in großer Höhe Wolkenherden dahinstürmten und die Straße erst trocken und grau, im nächsten Moment aber von Tropfen gesprenkelt war? Gesprochen wurde wenig. Caughan hatte die Karte auf dem Schoß, Bryan lenkte.

Da war der Tierarzt, der ihre Fragen höflich und ausdruckslos beantwortete; er zählte mehr Rassehunde zu seinen Patienten als Kühe und Pferde. Bryan und der Inspector waren sich einig darin, dass Irland reich geworden war. Der klapperige Toyota hielt vor Villen, die in nichts an die geduckten Cottages erinnerten, die hier noch vor wenigen Jahren gestanden hatten. Nur die Wohlhabenden konnten sich den Südwesten leisten. In der Mordnacht hatte der Tierarzt ein Kalb entbunden. Als die Polizisten gingen, wurde ein trauriger Stier auf den Hof geführt; er sollte ihn als Ochse wieder verlassen.

Die Frau des Notars sagte, ihr Mann sei in Dublin. Sie lebte die meiste Zeit mit den Kindern allein und sah nicht glücklich aus, fand Bryan.

Die Witwe trafen sie beim Schneiden ihrer Rosen an; dazu trug sie blaue Arbeitshandschuhe. Sie war begierig darauf, Besuch zu kriegen, und brachte Erfrischungen. Erzählte mit ermüdender Ausführlichkeit, wie schlecht sie in der Mordnacht geschlafen hatte. Kalte Hammelkeule und Grießpudding hätte sie anzubieten; nein danke, die Polizisten fuhren weiter.

Caughan kannte die nächste Adresse, einen Immobilienmakler.

«Der Mann ist ein Kunstnarr», sagte der Inspector. Und Bryan erinnerte sich an die vielen Bilder im Hause des Chefs, die Bücher und Bildbände.

«Wie finden Sie eigentlich die Malerei von Peter Dunboy?», fragte er.

«Kitschige Pinselei, blumig und verwaschen.»

Als der Makler ihnen öffnete, brauchte Bryan ein paar Sekunden, um seine Erinnerungen zu sortieren: Es war der Mann, den er im *Old Bank Seafood* gesehen hatte; fröhlich, hellblond mit Schnauzbart. Er hieß Tom DeGeter; sie erwischten ihn, als er gerade mit Kunden zur Hausbesichtigung aufbrach. Der Ton zwischen ihm und dem Inspector war vertraut, aber nicht freundschaftlich.

Und dann dieses Haus! Bryan gingen die Augen über. Weiter Blick über die Hügel bis ans Meer. Die Möbel aus Edelholz, Kunstwerke in Vitrinen, ein Schrank nur mit Gegenständen aus Jade; Bilder, Gemälde, Drucke – Bryan hatte keine Ahnung davon, aber alles sah unglaublich teuer aus. Seine Zweizimmerhöhle fiel ihm ein; so ein Haus und das Gehalt eines irischen Polizisten, das waren zwei Paar Stiefel. Den Inspector interessierten scheinbar nur die Bilder; aufgeregt lief er von einem zum andern.

«Tusche und Gouache, stimmt's?»

«Eine Skizze für eine Skulptur», nickte DeGeter. «Tuschelavierung, um genau zu sein.»

«Ein ziemlich später Miró.»

Bryan sah eine kindlich gezeichnete Figur, von Vögeln umschwirrt. Wovon redeten die beiden? Und weil ihre Adressenliste noch lang war, übernahm er das Fragen – das war rasch getan: Die Nacht zum Sonntag hatte DeGeter im Golfclub verbracht, er nannte die Namen der Clubmitglieder, die das bestätigen konnten. Lange betrachtete er das Foto Lorettas und gab es mit einem Achselzucken zurück; möglicherweise hatte er sie mal in der Gegend gesehen, aber beschwören könne er es nicht. Bryan und der Inspector brachen im klapperigen Toyota auf, der Makler nahm die Kunden in seinem grünen Mercedes mit.

Der feiste Anwalt lebte in einem einsamen Steinhaus am Rande des Moores. Wie in einer Festung, der man sich nur von einer Seite her nähern konnte. Er war Sonnabend auf dem Hafenfest gewesen und kannte die Gaffrays; erinnerte sich auch, Lizzy gesehen zu haben. Sprach ungern über seine Geschäfte – er war Justitiar einer Versicherung, davor hatte er in Übersee gearbeitet. Geschieden, kinderlos.

Und jetzt hatten die beiden Hunger und hatten vergessen, sich etwas mitzunehmen. Man bekam nicht viel in Mary's Laden in Alihies – mit vier Schokoriegeln und zwei Dosen Bier setzten sie sich auf einen Steinwall; schweigend wurde gegessen, schweigend zogen die Wolken vorbei.

«Was wolltest du eigentlich gestern vor meiner Tür?», fragte Caughan.

Gestern? Was? Bryan hatte seinen missglückten Besuch fast vergessen.

«Da war ein Wagen in deiner Auffahrt», sagte er schließlich.

«Ich hatte Besuch.»

Bryan betrachtete das hagere, abgekämpfte Gesicht seines Chefs.

«Auf dem Autositz lagen Arbeitshandschuhe.» Schön, er hatte es gesagt, aber er kam sich idiotisch dabei vor.

Da lachte der Inspector aus vollem Hals. «Interessante Spur!», rief er. «Leider ist mein Besucher ein leidenschaftlicher Hobbygärtner!»

«Wer war das?» Wie hartnäckig Bryan sein konnte.

Caughan blickte hoch, Bryan bemerkte etwas Füchsisches in seinem Blick. «Geht dich nichts an.» Caughan knüllte das Schokopapier zusammen und ging zum Wagen.

Geht mich nichts an. Bryan trank sein Bier aus. Geht mich wirklich nichts an. Wieder einmal kam er sich wie ein Außenseiter vor.

Am frühen Abend trafen sich die Teams in Castlebere, und das Ergebnis war deprimierend. Geschäftsleute, Bauern, Rentner, Golffanatiker, die Kneipen-Mary, mehrere Fischer, ein versponnener Botaniker waren verhört worden – manche mit Alibi für die Mordnacht, andere nicht; manche hatten den roten Mini gesehen, andere nicht; und keiner kannte Loretta persönlich.

Schon ging es weiter mit Tiefschlägen: der DNA-Bericht. Sechzig geschlechtsreife Männer, gestandene Castleberianer – doch keiner hatte mit Lizzy geschlafen. Raoul Marmoulian wurde aus der Haft entlassen, mit den gelbschwarzen Gummistiefeln in der Hand lief er die Straße hinunter und verschwand in seinem Laden. Nahm sich fest vor, nie wieder von jungen Frauen zu träumen und nie wieder nachts in die Bucht zu gehen.

Jetzt gab es auch keinen Grund mehr, die Deutschen in Castlebere festzuhalten. Der Transporter war bereits angefordert, der sie ins Kreisgefängnis nach Cork bringen sollte.

Neun Uhr abends hob Caughan die Sitzung auf, enttäuscht gingen sie auseinander. Bryan war so müde, dass er beinahe mit O'Sullivan und Meers auf ein Bier mitgekommen wäre; aber nein, er wollte nicht quatschen, entschuldigte sich mit einer schlappen Ausrede, erntete den Du-bist-keiner-von-uns-Blick und trottete nach einem Tag, der sechsunddreißig Stunden gedauert hatte, die Lauragh Street hoch.

Eingraben

Wie ist das mit Träumen – erzählen sie uns etwas – erzählen wir es uns selbst – gelangt es durch den Tunnel zu uns zurück?

Schmuck, dachte Bryan, als er aus dem Traum erwachte. Aber *Schmuck* heißt natürlich nichts, besonders nicht kurz nach drei. Wenn er jetzt nicht bald mal wieder durchschlief, würde er ein Wrack werden. Wach ist wach, Bryan schleppte sich zum Herd, machte Tee; zusammengesunken saß er am Küchentisch und starrte in den Dampf der Tasse. Doch wenn die Traumtür zubleibt, hilft alles nichts, darum schlurfte Bryan bald schon ins Bett zurück.

Fuhr um vier wieder hoch, verfluchte die endlose Nacht, guckte aus dem Fenster, ob vielleicht Vollmond war, aber nur das hellblaue GFC über den Fischhallen leuchtete vor dem schwarzen Himmel. Diesmal hatte der Traum mehr preisgegeben, darum stieg Bryan in die Hosen, trank den kalten Tee aus und schlich die Treppe hinunter.

Großartig, wenn eine ganze Stadt schläft: Man kommt sich wie ein Mörder vor – oder wie der Beherrscher von allem. An *Sacred Heart* vorbei trabte Bryan zu Peter Dunboys Atelier. Unausdenkbar, jemand um Viertel nach vier aus dem Schlaf zu klopfen; aber bei Peter, das ist uns schon aufgefallen, kam Bryans sadistische Ader durch – nicht Besorgnis erregend, aber immerhin.

Peter, im langen Hemd, stand mit zerstrubbeltem Haar in der Tür, und wieder dachte Bryan: Gabriel, Michael, Raffael. Bloß schlief dieser Erzengel im Stehen.

«Warum haben Sie Lizzy ausgerechnet *diesen* Ring geschenkt?», fragte Bryan. Der Maler glotzte ihn an, wie das jeder täte, dem im Morgengrauen so eine Frage gestellt wird.

«Weil ich dachte ... weil ich glaubte, dass sie sich freut.» Fuhr sich mit der Hand über die Augen.

«Aber warum dieser Stein? Warum Jade?»

«Was Teureres konnte ich mir nicht leisten.»

«Opale sind auch erschwinglich, Onyxe, Bernstein, Amethyst.» Mit diesen Worten drängte Bryan Peter ins Haus.

Der Engel schüttelte den Kopf. «Die kamen nicht in Frage.»

«Warum nicht?»

«Sind alle nicht grün.»

Grün!, dachte Bryan. Da war es, da war es doch! Und hatte keine Ahnung, was das bedeuten sollte. «Warum musste es *grün* sein?!»

Wenn man Bryan so dastehen sah, den großen Kerl in den ausgebeulten Hosen, dessen Wangen glühten, musste man sich fragen, was, in Gottes Namen, in ihn gefahren war: wegen eines *grünen* Steins so einen Wirbel zu machen.

«Lizzy war versessen auf Grün», sagte Peter und ließ sich in den einzigen Sessel fallen. «Alles musste grün sein. Schuhe, Sonnenbrille, Ohrringe, Kleider. Da wollte ich eben auch ...» Hilflose Geste. «War das falsch?»

«Nein! Goldrichtig!», rief Bryan. «Hat Lizzy auch anderen Jadeschmuck getragen?»

«Anderen ... was meinen Sie?»

«Dinge, die Sie nicht kannten?»

Der Maler legte den Kopf schief. «Weiß nicht. Nein.»

Macht nichts, macht gar nichts, dachte Bryan; so einfach konnte es eben nicht sein. Wenigstens hatte er eine Spur. Und das machte ihn so glücklich wie lange nicht mehr. Ohne mit einer Silbe zu erklären, warum er das Gespräch um halb fünf Uhr morgens führen musste, verließ er den Erzengel, warf beim Hinausgehen einen Blick auf Peters Gemälde und fand, dass die Landschaftspinselei wirklich kitschig war – Caughan hatte Recht.

Kurz vor Mittag rollte Bryan Ambrose zum Ausgang; entgegen ärztlichem Rat. Aber lieber hätte Ambrose sich den Arm ein zweites Mal auskugeln lassen, als an der Lösung des Falls nicht mitzuwirken. Wie ein Ritter im Krankenbett hatte er dagelegen, einer, der vergessen hat, seine Rüstung auszuziehen. Verband um den Kopf, Nähte an Wange und Kinn, um die Brust ein monströses Gestell aus Gips und Schienen. Sie hatten das T-Shirt aufgeschnitten, um den Panzer hineinzuzwängen. Jetzt schob Bryan den Freund ins Freie, Ambrose hievte sich aus dem Rollstuhl, stützte sich mit der Linken auf die Krücke.

«Der Stuhl passt nicht ins Auto», sagte Bryan.

«Wer braucht einen Stuhl?» Ambrose humpelte einmal vor und zurück, deutete ein Tanzschrittchen an und stolperte. Behutsam setzte Bryan ihn in den Toyota.

«Aber es ist doch nur ein dämlicher Traum», sagte er, als sie Bantry hinter sich ließen.

«Klar.» Ambrose grinste herzlich. «Schon in der Grundausbildung bist du auf so intuitives Zeug abgefahren: Bryan, der Geisterseher!» Ambrose lachte und zuckte zusammen; lachen mit gebrochener Rippe ist nicht zu empfehlen. «Traum hin oder her – das Täterprofil könnte stimmen.»

Und weil Bryan kein Drogenspezialist war, ließ er sich das mit dem Täterprofil erklären. Der Immobilienmakler Tom DeGeter war Holländer, vor fünfzehn Jahren nach Irland übergesiedelt und hatte sich als Makler ins Handelsregister eintragen lassen. Sein Geschäft boomte, im Südwesten saß er auf einer Goldader.

«Ein Ausländer», fasste Ambrose zusammen, «der sich vor fünfzehn Jahren an der Küste einnistet, ein *normales* Geschäftsleben führt, einer, bei dem keiner sich wundert, wenn er in Geld schwimmt.» Mit dem Gipsarm stieß Ambrose Bryan an. «Könnte unser Mann sein. Vielleicht einer der Bosse im Südwesten.»

Dann sagte eine Zeit lang keiner was.

«Allerdings –» Wieder Ambrose. «Deine Theorie von *Lizzy mit dem grünen Stein* ist wohl eher Dünnbier.»

Bryan starrte trotzig geradeaus. «Vielleicht. Aber im Haus von DeGeter habe ich eine Vitrine voll Jade gesehen.»

«Und?»

«Begreifst du nicht? Jade! Der Mann sammelt grünen Schmuck.»

Und wieder Stille. Bryan konnte die Skepsis des andern fast greifen. Ging zu schnell in die Kurve, hupte, überholte den Laster.

«Hey, du transportierst einen Schwerverletzten!» Ambrose klammerte sich fest.

«Nur Loretta könnte alle Fragen beantworten», sagte Bryan, als es wieder geradeaus ging. Aber Loretta Dunes lag im Koma, und die Aussage der Ärzte war schwammig, was meistens hieß, dass es nicht gut aussah.

Bryan war traurig; bevor er Ambrose abgeholt hatte, war er an ihrem Bett gesessen. Eingespannt in ein Gewirr von Schläuchen und Apparaten lag sie da; ihr Feuerhaar strähnig und glanzlos, die Haut wächsern, die Katheternadel ragte unter dem Schlüsselbein hervor. Bryan hätte sich gewünscht, ihre Augen zu sehen. Als er das monotone EKG-Piepen nicht mehr aushielt, war er gegangen.

Auf halber Strecke legte Ambrose den Kopf an die Nackenstütze.

«Kleines Nickerchen. Die haben mir hammerharte Sachen gegeben, hab dauernd geschlafen.»

Er schloss die Augen, Sekunden später schnarchte er. Ambrose schnarchte. Schnarchte so laut. Hatte er auch neben Wavey geschnarcht?

Diese dummen Gedanken, die einem beim Autofahren kommen, auch wenn draußen der sonnigste Tag ist und die Schiefer wie gleißende Diamanten aus dem Boden ragen. Ambrose und Wavey im Ehebett, Bryans Ehebett, Ambrose und Wavey am Frühstückstisch, Ambrose in Bryans Bademantel. Ambrose und Wavey …

Bryan riss das Steuer herum, fuhr mit polternden Reifen auf das Felsplateau. Stieg aus, schmiss die Tür zu, stolperte durchs Geröll zum Meer hinunter. Hockte sich hin und warf flache Steine aufs Wasser.

Drei, vier, fünf – Wavey ist *eine* Sache; vier, fünf, sechs – ein Mordfall ist eine andere. Und nachdem er noch einige Steinchen hatte folgen lassen und seinen Rekord von neun Hüpfern nicht einstellen konnte, beruhigte er sich allmählich. Als er hochsah, war Ambrose aus dem Auto geklettert und versuchte umständlich, mit einer Hand seine Hose zu öffnen. «Muss auch mal!», rief er. Tat es auch. Als sie weiterfuhren, bemerkte Bryan die feuchte Stelle auf Ambroses Schoß.

Er war sicher, dass Caughan und alle im Revier die Sache hanebüchen finden würden; todsicher hanebüchen, was sonst? Auslachen würden sie ihn: Lizzy und ihre Vorliebe für Grün/der Jadering von Peter Dunboy/die Jadesammlung von Tom DeGeter! Das sollte eine Theorie sein, Zusammenhänge, Fakten? Fauler Zauber! So wurden keine Fälle gelöst, so wurden Märchenbücher geschrieben. Bryan hatte Schiss, die Wachstube zu betreten.

Aber Bryan kannte den Südwesten nicht. Das war eine Gegend, wo seit siebenhundert Jahren alljährlich zur Mittsommerwende ein Fräulein auf dem Steinkreis von Beara erschien und Irlands zukünftige Glorie besang. Da gab es Landgüter, die den Namen ihres Schlossgespensts trugen; einen Bauern, der Stein und Bein schwor, dass die *Trolle* ihm die Frau abspenstig gemacht hatten (auch wenn die Verschwundene eine Ansichtskarte aus Dublin schickte). Eine uralte Eiche, die einem Schauer über den Rücken sandte, wenn man sich an sie lehnte; Fischerswitwen, denen die toten Männer erschienen (um Liebe zu machen), und natürlich die lahme Maureen, deren faulige Zähne im Dunklen leuchteten. Und in so einer Gegend sollte die Geschichte von *Lizzy und dem grünen Stein* an den Haaren herbeigeholt sein? Phantastisch vielleicht, aber immerhin eine Theorie.

Doch so weit sind wir noch nicht. Bryan hatte zögernd, stockend seine Vermutungen vorgetragen, mit trockenem Mund, Schweiß unter den Achseln. Noch hatte keiner etwas gesagt. O'Sullivan stand mit gesenktem Kopf an der Wand, der Mäuse-Gardai schenkte Tee ein und kippte Käse-Cracker auf einen Teller. Inspector Caughan spielte mit dem Reißverschluss seiner Jacke. Zwischen ihnen Ambrose im Ritterkostüm. Jede Sekunde rechnete Bryan damit, dass alle in schallendes Gelächter ausbrachen.

«Eins muss ich sagen», sagte Caughan. «Dieser DeGeter versteht was von Kunst. Nur ... sein Palast dort oben in der Wildnis ist mir seit langem aufgefallen.»

Das hörte sich ja ... war das etwa eine Bestätigung? Allgemeines Nicken. Hörbar ließ Bryan die Luft ausströmen.

«Aber wie soll das gehen? Observieren vom freien Gelände?», fragte O'Sullivan und nahm einen Cracker. Die andern machten es ihm nach, schon mahlten und knirschten viele Zähne. Bryan brachte nichts hinunter.

«Wenn DeGeter merkt, dass er beschattet wird, setzt er sich sofort ins Ausland ab», sagte Ambrose kauend. «Wie sieht das Gelände aus?»

«Schafweiden», sagte Bryan. «Kein Baum, kein Ginster, kein verfallener Stall.»

Caughan goss sich die zweite Tasse ein. «Das heißt: eingraben.»

«Tja, eingraben», nickte O'Sullivan.

«Eingraben», sagte Meers mit hoher Mäusestimme.

«Mhm, eingraben.» Auch Ambrose.

«Wer gräbt ein?», fragte Bryan.

Und jetzt lachten sie wirklich. «Immer der, der fragt.» Schallend, mit weit aufgerissenen Mündern, dass die Cracker-Krümel nur so durch die Luft stoben. Zum ersten Mal kam Bryan sich nicht mehr ganz so als Außenseiter vor.

«Bin dabei», meldete sich Ambrose.

«In Ihrem Zustand wohl kaum.» Im Vorbeigehen klopfte Caughan gegen den Gips.

«Das ist gar nichts», winkte der Detective ab. «In Dublin musste ich mit durchschnittener Kniekehle Motorrad fahren. Die Kollegen brauchten bloß der Blutspur zu folgen.»

Damit war es beschlossen, und die Gruppe redete von etwas anderem. Für Bryan war noch längst nicht alles klar; bloß die Zuversicht der andern und der Tee gaben ihm Wärme, er redete einfach mit, unbefangen wie selten.

Der Mäuse-Gardai sagte, dass DeGeter in der Mordnacht im Golfclub gewesen sei; vier Leute und der Manager bezeugten das. Doch das beeindruckte keinen der Anwesenden; Alibi oder nicht – wenn die irische Polizei einen ins Fadenkreuz genommen hat, dann gnade ihm Gott.

Im Grunde kam Bryan das Graben gerade recht; er hatte seit jeher eine Leidenschaft dafür. Daher fluchte er zwar, als sie den Berg an der steilsten Stelle hochmussten, fluchte, weil er die Hauptlast ihrer Ausrüstung trug, während Ambrose genug damit zu tun hatte, sich selbst humpelnd übers Hochplateau zu befördern; und Bryan fluchte, weil es so zappenduster war, dass sie sich von Felsplatte zu Steinwall vorantappen mussten, immer gewärtig, in eins der Quellenlöcher zu stolpern. Doch als sie die Stelle erreicht und die Ausrüstung abgelegt hatten, war Schluss mit Fluchen; endlich durfte Bryan graben – in einer Senke zwischen zwei Felsen.

Er steckte den Armeespaten zusammen und tat den ersten Stich. Durchtrennte die Grasnarbe; weich und saftig, die Erde blieb gut auf der Schaufel. Er entfernte die Grashaut auf ein mal zwei Metern, legte die Schollen beiseite, ging tiefer. Drei Fuß, und noch kein Fels. Bryan verschnaufte, in der Ferne bellte ein Hund. Er klappte die Harke auseinander und begann in das freigelegte Viereck zu hacken. Schritte – Ambrose tauchte aus der Dunkelheit auf.

«Geht's noch lauter?!»

Nach einer Stunde stand Bryan bis zur Hüfte im Graben, danach stieß er auf Fels. Kletterte hinaus und begann die Nabenziegel um die vordere Böschung zu legen. Rechts und links schlug er Heringe ein, zog die Plane aus dem Rucksack und spannte sie über Wall und Grube, beschwerte sie an der Hinterseite mit Steinen. Er riss Grasbüschel aus und streute sie über die Plane; ging ein paar Schritte den Hügel hoch und überprüfte, dass die Kuhle wirklich nicht zu sehen war.

Wie kann man Bryans Gefühl beschreiben? Der Erbauer des Suezkanals konnte sich nicht stolzer fühlen, als zum ersten Mal Wasser zwischen Afrika und Arabien hindurchfloss. Und mit dem Wasser hatten sie gleich darauf auch ihre liebe Not. Ambrose zwängte sich als Erster unter die Plane, Bryan hinterher. Er hatte Plastikfolie ausgelegt; eine gute Entscheidung, denn darunter glitschte und schmatzte es, überall drang Feuchtigkeit aus der Erde. Seitlich verrenkt legte Ambrose sich flach, keine Kleinigkeit mit seinem Brustgeschirr, er schob den Feldstecher zwischen Plane und Erdwall.

Bryan fühlte sich frisch und wach und dachte ein bisschen daran, wie er als Zehnjähriger den Bach so fachmännisch aufgestaut hatte, dass die Bauern im Tal kein Wasser mehr bekamen. Die hatten sich beim Vater beschwert, Bryan musste den Damm wieder einreißen.

«Kannst schlafen.» Ambrose hob die Tarnhaut ein wenig an, sie spähten zu dem rosigen Streifen hin, der den Tag ankündigte. Bryan starrte zum Hügel hoch, wo sich DeGeters Haus wie eine Burg erhob. Die Augen wurden ihm schwer, er ließ sich auf die Folie sinken.

Bryans Traum handelte von Frauen und Pferden, und wenn wir uns nicht täuschen, stellte im Traum Cathy Gaffray eine mütterliche Verkörperung Waveys dar. Diese Doppelgestalt kam Bryan – wie es in Träumen problemlos funktioniert – nackt und hoch zu Ross entgegen. Aber Cathy/Wavey ritt nicht den Wallach, sondern *Adelaide*, Bryans Stute. Und Pferd und Frau luden Bryan ein, mitzukommen, und weil auch das im Traum so einfach ist, schwang er sich hinter der Nackten aufs Pferd, und fort ging's über die Heide, direkt bis vor DeGeters Haus. Was dort geschah, blieb Bryan verborgen, da Ambrose ihn weckte.

«Noch nichts», murmelte Ambrose, und das war ein dürftiger Grund, um jemand aus einem Traum zu reißen. Aber Ambrose musste pinkeln, und das war eine umständliche Aktion, in die kleine Plastikflasche Wasser zu lassen. Bryan fror, starrte mit dem Feldstecher zum Haus hoch, zog die Beine an und streckte sie wieder aus; bewegte die Zehen in den Schuhen. Es half nichts, er fror weiter.

Um acht Uhr hielt ein Kleinwagen vor dem Haus: DeGeters Putzfrau aus dem Dorf, jung, kräftig und hässlich. Fenster öffneten sich, Jalousien wurden hochgezogen, der Müll vor die Tür gestellt. Keine Spur von DeGeter. Bryan wälzte sich herum, die Folie verrutschte, Wasser drang ein; Ambrose grunzte unwillig. Bryan überlegte, ob man für so einen Einsatz Rheumazulage verlangen konnte.

Kurz vor zehn telefonierte DeGeter auf der Terrasse. Ging auf und ab; er trug: weiten Pullover, Golfhose, weiße Kappe auf dem Kopf. Durchs Fernglas sah Bryan ihn lachen.

Halb elf fuhr DeGeter im Mercedes los. Bryan angelte das Funkgerät aus dem Rucksack und gab den Kollegen Bescheid, die am Fuße des Hügels warteten. Ambrose ächzte und schob die Beine unter Bryans Kniekehlen durch. Sie aßen Sandwiches und Schokolade, irgendwie schmeckte alles feucht.

Um zwölf Uhr dreißig kam DeGeter zurück, ein zweiter

Wagen folgte; ein junges Paar. Über Funk berichteten die Kollegen, dass sie Häuser besichtigt hatten. Ambrose furzte und machte nicht zum ersten Mal den Witz, dass wohl ein Bär im Graben gebrummt habe. Er hatte Schmerzen, aber ließ sich natürlich nichts anmerken. Idiotisch, diese Tortur auf sich zu nehmen, dachte Bryan; jeder Landgendarm hätte die stumpfsinnige Observierung genauso gut hingekriegt. Ambrose und seine *Mission*. Und dann kam die Frage aus Bryan heraus, die schon die ganze Zeit auf der Lauer gelegen hatte:

«Hast du Wavey in letzter Zeit gesehen?»

«Wavey …?» Stille. «Ja, wieso?»

«Und wie … ich meine, bist du zufällig an unserm Haus vorbeigegangen?»

«Nein, sie hat mich angerufen.» Stille. «Ich war ziemlich überrascht.»

Stille.

«Wieso hat sie dich angerufen?»

«Hat sie nicht gesagt. Rief einfach an.»

Da lag Ambrose als dunkler Klumpen; Licht von draußen färbte eins seiner Haarbüschel golden.

«Und?»

«Nichts. Wir haben geredet. Wie es ihr so geht, seit sie … allein lebt.»

«Und wie geht's ihr?»

«Gut, eigentlich, mhm, gut.»

Bryan legte den Feldstecher beiseite.

«Habt ihr was miteinander?»

Ambrose wälzte sich so heftig herum, dass die Folie verrutschte; sie lagen im Nassen. «Wir haben bloß telefoniert … na ja, uns einmal getroffen. Sie wollte reden!»

«Warum ausgerechnet mit dir?»

«Hör mal, wofür hältst du mich?»

«Für den Hasenschießer von Shannon Airport. So haben dich die Stewardessen genannt.»

«Das ist was anderes. Wavey war dein Mädchen ...»
«Sie ist immer noch mein Mädchen!»
«Aha ... ja eben.»
«Sie hat gestern hier angerufen. Wollte *dich* sprechen.»
«Aha?»
«Woher weiß sie, dass du hier bist?»
«Ich hab mich von ihr verabschiedet.»
«Du verabschiedest dich von *meiner* Wavey?»
«Sie ist nicht mehr *deine* Wavey!»
«Also doch!»

Und während die beiden das Thema weiter erörterten, während sie sich im eiskalten Morast wälzten, während Bryan sich versehentlich auf das letzte Sandwich legte, brach Tom DeGeter mit seinem Mercedes auf, angeblich, um weitere Besichtigungstermine wahrzunehmen.

Das letzte Wort

Als Bryan unter der Dusche stand und betete, das heiße Wasser und der heiße Grog und die warmen Socken möchten die Erkältung, die sich durch eine Nieskaskade angekündigt hatte, zurückdrängen, klopfte Mrs. Diveney. Da niemand antwortete, trat sie ein und stand ihrem nackten Untermieter gegenüber.

«Ein dringendes Telefonat.» Sie sah zur Seite.

Bryan schlang das Handtuch um die Hüften, rannte die Treppe hinunter. «Wir brauchen den zweiten Apparat!», zischte er im Vorbeilaufen.

Die nassen Füße machten dunkle Flecken auf Mrs. Diveneys Läufer. O'Sullivan meldete sich. Loretta lag im Sterben.

Das Blut in der Bauchhöhle war zu spät entdeckt worden, berichtete der nervöse Gardai, mit dem Bryan wenig später den Krankenhausflur entlangeilte.

«Seit wann sind Sie hier?»

«Bin zu Mittag gekommen. Loretta hat noch einmal das Bewusstsein erlangt.»

Der Gardai öffnete die Tür zur Intensivstation. Bryan stand hinter einer Glasscheibe; auf der anderen Seite versuchten drei Ärzte und eine Schwester Lorettas Leben zu retten. Aber Bryan sah es an ihren Blicken, an den hektischen Bewegungen; er meinte es von den Geräten ablesen zu können: Es stand schlecht. Loretta war kaum wieder zu erkennen. Als das Bett in größter Eile hinausgeschoben wurde, winkte Bryan ihr zum Abschied zu.

«Notoperation», sagte die Schwester.

Das Zimmer hinter der Scheibe war leer; immer noch schauten Bryan und der Gardai hinüber.

«Man hat mich kurz an ihr Bett gelassen», räusperte sich

der junge Mann, und Bryan wunderte sich, dass er eine Tageszeitung hervorzog. «Ich hatte, entschuldigen Sie … nichts anderes zu schreiben dabei.» An den seitlichen Zeitungsrand hatte er eine Notiz gemacht. *Bombendrohung in Belfast* las Bryan die Schlagzeile.

«Hat Loretta etwas gesagt?»

«Es war schwer zu verstehen. Sie hat, glaube ich, nur ein Wort wiederholt.»

«Ein Wort?»

«Überall war Schweiß und dieses Keuchen … dann kam das Blut …» Der Gardai senkte den Kopf. «Ich hab so was noch nie …»

«Welches Wort?»

«Ich kann mich täuschen. Aber ich glaube, sie sagte *Liechtenstein*.»

«Liechtenstein?»

«Liechtenstein. Ich bin fast sicher.»

In diesem Moment hatte Bryan keine Lust mehr. Genug von Spurensuche und Puzzles und Hinweisen. Drei Nächte so gut wie nicht geschlafen, Hirngespinste und Träume; er hatte im Dreck gelegen und jemand observiert, der Jade sammelt; blaue Arbeitshandschuhe, zwei Deutsche und Raoul Marmoulian, Speicheltest, Lizzys Verlobungsring, Cathy Gaffray hoch zu Ross und jetzt: *Liechtenstein*! Ihm wurde schwarz vor Augen. Er bemerkte gerade noch, dass der Gardai ihn zu einem der Plastikstühle führte, die fest in der Wand verankert waren.

Bryan fragte sich: Werde ich langsam verrückt? Ist es das Meer, die Landschaft? Macht das diese verwunschene Halbinsel aus einem, wenn man zu lange hier ist? Er hätte sich nichts sehnlicher gewünscht, als ganz woanders zu sein, weg von Castlebere, fort von diesem Fall, am liebsten daheim – aber wo war das?

Und weil Bryan nicht ewig auf dem Plastikstuhl im Krankenhaus sitzen konnte, stand er auf und tat das Naheliegende:

Er erkundigte sich, ob es Nachricht aus dem Operationssaal gab.

Was ist das Zeichen für einen guten Chef? Dass er ruhig wird, je mehr die andern ins Schwitzen kommen. Bryan war ein junger Sergeant, Caughan ein alter Hase; manchmal ist es gut, wenn der Junge sich vom Alten an der Hand nehmen lässt. Loretta war in der Nachmittagsdämmerung gestorben. Caughan reagierte schnell. Als er und Bryan vom Revier aufbrachen, war es noch nicht einmal dunkel.

Bryan verstand es nicht: warum sie noch einmal nach Allihies fuhren. Auch nicht, wieso der Inspector dem Liechtenstein-Hinweis keine Bedeutung schenkte. O'Sullivan hatte bloß das Fürstentum auf der Landkarte gefunden, der Mäuse-Gardai durchsuchte das Melderegister nach Personen namens *Liechtenstein*. Keiner in Cork, keiner in Galway, in Dublin gab es ein Bestattungsinstitut, das so hieß.

Caughan nahm den Hut vom Haken und warf Bryan die Autoschlüssel zu. Während der ganzen Fahrt sagte er nur einen einzigen Satz: «Wer immer für Lorettas Tod verantwortlich ist, jetzt fühlt er sich wieder sicher.»

Tom DeGeter stand in der Tür. Sein helles Haar war verschwitzt, er trug eine dieser hautengen Stretchhosen, die Bryan an Männern affig fand. Blütenweißes Handtuch über der Schulter, Schweißperlen im Schnauzer.

«Verzeihen Sie, ich weiß, wie spät es ist», sagte Caughan.

Bryan staunte: Das Gesicht des Inspectors war zuckersüß; so freundlich erlebte er ihn zum ersten Mal.

DeGeter stemmte die Hände in die Hüften. «Wenn Sie allein wären, würde ich sagen: Kommen Sie rein und schauen sich die Bilder an. Aber» – er warf einen Blick auf Bryan – «das sieht mir wohl eher dienstlich aus.»

«Dauert nur eine Minute, entschuldigen Sie vielmals, Sir.»

Caughan setzte eine bekümmerte Miene auf. «Wenn Sie wüssten, wie kompliziert dieser Fall ist.»

Nicht im Traum hätte Bryan angenommen, dass sein Chef schauspielerisches Talent besaß. Wie unterwürfig er tat, wie harmlos und gleichzeitig gestresst; das klassische Bild des überforderten Provinzpolizisten.

DeGeter bat sie herein, sie durchquerten den Salon. Als sie an der Jadevitrine vorbeikamen, machte Bryan Caughan Zeichen; der zuckte mit keiner Wimper.

«Stört es Sie, wenn ich mein Training fortsetze?», fragte DeGeter.

«Nein, machen Sie nur.» Verbindliche Geste des Inspectors. «Meine Fragen sind wirklich ... geht ganz schnell.»

Der Keller war ein großer weißer Raum voll chromblitzender Geräte. DeGeter setzte sich auf eine Bank, schob die Waden unter zwei gepolsterte Wippen und begann, die Beine rhythmisch zu heben und zu senken. Hinter ihm bewegten sich Metallgewichte auf und ab.

«Ich dachte, ich hätte alles gesagt.» Er sah Caughan offen an.

«Also, so was täte mir auch mal gut!» Voll Bewunderung nahm der Inspector eine Hantel aus dem Ständer und versuchte sie zu stemmen. Er zuckte zusammen und hätte das schwere Metallding wohl fallen gelassen, wäre Bryan nicht beigesprungen.

«Arthritis», sagte Caughan bekümmert. «Das Alter, die Feuchtigkeit.»

«Kommen Sie, Inspector, Sie sind bloß ein paar Jährchen älter als ich.» DeGeters Beine bewegten sich auf und nieder; sein Atem ging vollkommen ruhig.

«Es ist leider so, Sir ...» Caughan massierte sich die schmerzende Schulter. «Einige Leute haben Loretta Dunes in der Umgebung gesehen.»

«Hier in der Nähe?»

Caughan nickte. «Sie war doch ziemlich auffallend; attraktive Rothaarige in einem roten Mini.» Der Inspector lächelte – wie ein Mann eben lächelt, wenn er von Rothaarigen spricht; aber er lächelte auch entschuldigend, als sei es ihm peinlich, dem Makler ein zweites Mal auf die Nerven zu fallen.

«Darf ich das Foto noch einmal sehen?» DeGeter schüttelte die Beine aus. «Vielleicht habe ich mich ja getäuscht. Ich habe mit so vielen Leuten zu tun …»

«Natürlich, natürlich, das dachte ich auch», sagte der Inspector und zog Lorettas Bild aus der Manteltasche. Der andere beugte sich vor. «Möglich», nickte er nach einer Weile.

«Sie fuhr einen roten Mini», sagte Caughan zum dritten Mal.

«Roter Mini, mhm … Vielleicht, wie gesagt, vielleicht ist sie mir mal begegnet. Sie war ja ziemlich hübsch.»

«War?» Caughan nahm das Bild entgegen.

«Wie bitte?» DeGeter justierte die Maschine neu.

«Sie haben *war* gesagt: Loretta *war* ziemlich hübsch?»

«Habe ich?» Die Gewichte hinter DeGeter hoben sich. «Ich dachte, da diese Loretta offenbar nicht mehr in der Gegend ist …»

«Jaja, klar, so hab ich's auch verstanden.»

Bryan begann das ölige Grinsen des Chefs auf die Nerven zu gehen. Warum hakte er nicht nach, nagelte den Mann auf seiner Aussage fest?

«Wieso ist das alles so wichtig?» DeGeter senkte die Beine zum letzten Mal.

«Mühsam, alles mühsam.» Caughan hob die Schultern. «Wir haben ein paar Hinweise, Spuren, nichts Richtiges … ein unvollständiges Puzzle.»

«Sie sind nicht zu beneiden.» DeGeter stieg von der Trainingsbank. «Wenn sonst nichts mehr ist, möchte ich jetzt gerne duschen.»

Gemeinsam gingen sie die Treppe hoch.

«Darf ich vielleicht nochmal …» Bittend zeigte Caughan zur Gemäldewand. «Ich weiß, ich bin eine Nervensäge.»

«Ich will Ihren Kunsteifer nicht bremsen.» Der Hausherr machte eine gönnerhafte Geste. Caughan stellte sich staunend vor die Bilder.

«Der Miró hat's Ihnen angetan, ja?», lächelte DeGeter.

«Nicht nur.» Der Inspector ging von Bild zu Bild. «Ist das etwa …?» Er schlug die Hände zusammen.

Und jetzt verstand Bryan gar nichts mehr; was dort hing, war doch bloß ein gerahmter Comic, ziemlich groß: Eine Frau im Vordergrund, Tränen in den Augen, und die Sprechblase sagte: *Oh Henry!* Und ein Mann im Hintergrund schaute zum Fenster hinaus. Simpler ging's ja wohl nicht mehr. Aber Caughan stand mit einer Begeisterung davor, als hinge da die Mona Lisa. «Ja!», rief er. «Das ist der Original-Siebdruck von …»

«Ein Sonderdruck.» DeGeter ging näher. «Davon gibt es nur zwölf Exemplare auf der Welt.»

«Zwölf!» Der Inspector trat noch dichter davor. «Ist bestimmt das einzige in Irland.»

«In ganz Westeuropa, soweit ich weiß.»

Warum wirkte DeGeter auf einmal nervös? Warum versuchte er, sich zwischen den Inspector und das Bild zu drängen? Und warum beugte Caughan sich immer weiter vor und berührte den Bilderrahmen, schob ihn regelrecht beiseite? Bryan stand und staunte.

«Was machen Sie denn?!» Der Ton des Maklers war zu laut und zu aufgeregt – bloß weil jemand einen Comicstrip vom Platz rückte. Aber als Bryan genau hinsah, erkannte er, dort an der Wand war noch etwas anderes.

Der Inspector sah es, und DeGeter sah es auch. Und jetzt sprang er hin, packte den Inspector bei den Schultern und riss ihn zurück. Der Chef taumelte ein paar Schritte, Bryan wollte ihm zu Hilfe eilen, da hielt Caughan plötzlich eine Achtunddreißiger in der Hand. Bryan traute seinen Augen nicht mehr, als der alte Caughan auf den sprachlosen Makler zielte.

«Heben Sie die Hände über den Kopf, Sir», sagte er. Mit der freien Hand nestelte er an den Handschellen an seinem Gürtel. «Ich muss Sie festnehmen, wegen des Verdachts …»

Aber das wartete DeGeter nicht ab, sondern rannte zur Tür. Bryan sprang hin, erwischte DeGeter am Arm, der schüttelte ihn ab und lief weiter. Und dann war der Schuss so laut, dass Bryan eine ganze Weile nichts hörte. DeGeter aber fiel, als hätte man ihm die Beine weggerissen; er landete auf der Schwelle und schrie. Ein dunkler Fleck breitete sich auf seiner Hose aus. Rasch war Bryan mit den eigenen Handschellen über ihm und ließ die Metallspangen einrasten. Der Inspector trat hinzu. Er hätte die Pistole jetzt eigentlich wegstecken können – aber irgendwie gefiel es dem Alten, so dazustehen, die Waffe im Anschlag, unter ihm der Mann, der sich vor Schmerzen krümmte.

«Ruf den Krankenwagen und die Spurensicherung», sagte Caughan. «Sie sollen jemand schicken, der sich mit Safes auskennt.»

Während wenig später rings im Haus Spezialisten am Werk waren und Tom DeGeter ins Krankenhaus gebracht wurde, saßen Bryan und der Inspector in DeGeters Küche und tranken Tee.

«Wieso hast du … eine Achtunddreißiger mitgenommen?»

Caughan nahm einen Schluck. «Wenn ich nicht in Uniform bin, darf ich.»

«Warum hast du sie überhaupt eingesteckt?»

«Ich gehe doch nicht ohne Knarre zu einem mutmaßlichen Drogenboss.»

«Du wusstest … *wusstest* also?!»

«Ich hatte einen Tipp von einem Freund beim NBCI. Die wittern hier schon lange ein Nest.»

«Das sagt Ambrose auch!», rief Bryan. «Wieso hast du ihm nichts davon …?»

«Ach, weißt du –» Caughan rührte im Tee. «Diese schnellen Jungs aus der Stadt machen oft mehr kaputt als nötig.»

Und das beschrieb Ambrose ziemlich genau, fand Bryan. Er deutete Richtung Bildergalerie. «Und woher wusstest du, dass der Safe ausgerechnet hinter *dem* Bild ist?»

Jetzt schmunzelte der Inspector. «Hatte bloß so eine Idee.»

Wie genüsslich sich Caughan alles aus der Nase ziehen ließ.

«Was für eine Idee?»

«Welches Wort hat Loretta gesagt?»

«Liechtenstein. Und?»

«Dieser Siebdruck ist mir beim ersten Mal schon aufgefallen. Ich mag Roy Lichtenstein. Hab ein paar schöne Bildbände von ihm.» Er seufzte. «So ein Original könnte ich mir natürlich nie leisten.»

Wie beschreibt man *Bewunderung*? In diesem Augenblick hätte man sie an Bryans Gesicht ablesen können. Einer von der Spurensicherung kam um die Ecke.

«Inspector?»

Zu dritt gingen sie nach nebenan, wo der Spezialist eben den Safe aufgekriegt hatte. Caughan entrollte ein Fax, das O'Sullivan gebracht hatte; der Inspector zeigte es in die Runde.

«Ich habe hier eine Vollmacht des Staatsanwalts für den Distrikt Bantry, die mir erlaubt, den Privatsafe von Mister Tom DeGeter zu durchsuchen. Irgendwelche Einwände?»

Prinzessin

Anwesend waren: Sean Caughan, Inspector, Ronald O'Sullivan, Sergeant, Ambrose Whitty, Detective Sergeant, Bryan Sheehy, Sergeant: volles Haus. DeGeters Hose war hochgerollt, ein hellblauer Verband um seine Wade. Er sah gut aus, ein bisschen blass vielleicht. Bryan wunderte es, wie jemand in dieser Situation kurz vor Mitternacht so entspannt wirken konnte. Es begann mit den Fragen zu den Personalien, DeGeter beantwortete sie anstandslos. Dann wurde das Aufnahmegerät eingeschaltet – von nun an sagte DeGeter nichts mehr.

Nichts zum Kokainfund in seinem Safe; keine besonders große Menge, aber von außergewöhnlicher Qualität, portioniert in kleinen Plastikbeuteln. Sie konfrontierten ihn mit dem Tod Lorettas und damit, dass diese im Auftrag eines in Alihies ansässigen Drogenhändlers gedealt hatte. DeGeter schwieg. Die Polizisten spielten ihre Trümpfe aus, die Aussagen der Deutschen wurden verlesen, das Kokain vorgelegt, das die beiden bei Loretta gekauft hatten – DeGeter blieb unbeeindruckt. Caughan kündigte an, man werde den Stoff mit den Beständen aus DeGeters Safe vergleichen – DeGeter zuckte die Achseln. Ambrose befragte ihn zu seiner *Organisation* – kein Wort DeGeters zu dem Mann aus dem Hafen, zum weißen Kastenwagen, kein Wort, nichts. Das Tonband nahm das Schweigen DeGeters auf.

Sie versuchten es anders; kamen auf die Morde an Lizzy und Loretta zu sprechen. DeGeter wiederholte gelassen seine Aussage: In der Mordnacht war er im Golfclub gewesen und an dem Abend, als Loretta tödlich verletzt wurde – ausgerechnet Bryan konnte das bestätigen! –, hatte DeGeter im *Old Bank Seafood* mit Freunden zu Abend gegessen.

Wasserdicht, doppelt und dreifach genäht – eine Schande war das!

Aber die Polizisten machten weiter; die späte Nachtstunde, die immer gleichen Fragen, irgendwann musste er ja weich werden. Caughan und Ambrose wechselten sich ab, Bryan griff nur manchmal ein. Mit jeder Stunde wurden sie müder, angespannter, die Hemden waren verschwitzt, die Kragen kratzten, das Deckenlicht kam ihnen blendend weiß vor. Sie tranken Tee, später Kaffee, trotzdem wurden sie immer müder.

Und dann passierte das Seltsame, banal und scheinbar harmlos: Suzy Moynihan kam. Sie war aus dem Bett geklingelt worden, hatte ihr Test-Köfferchen dabei und wollte bei DeGeter den DNA-Abstrich machen. Ein wenig Speichel, gleich vorüber. DeGeter bat um ein Glas Wasser, leerte es. Unter seiner Gesichtsbräune wirkte er jetzt blass, presste die Kiefer aufeinander. Suzy nahm das Stäbchen und forderte ihn auf, den Mund zu öffnen. DeGeter reagierte nicht, auch nicht bei der zweiten und dritten Aufforderung. O'Sullivan trat mit seinem ‹Soll-ich-mal-nachhelfen-Gesicht› näher; er hätte schon Lust gehabt, dem Arrestanten die Kinnladen auseinander zu zwängen.

DeGeter sah zu Boden und verlangte, eine Aussage zu machen. Bat, rauchen zu dürfen. Erst nachdem er eine Kippe im Aschenbecher ausgedrückt hatte, begann er zu sprechen. Die Spannung im muffigen Verhörraum war enorm.

«An einem Abend vor vier Monaten kam Loretta zu mir.»

«Zu Ihnen ins Haus?»

DeGeter nickte.

«Wozu?»

Pause.

«Wir waren befreundet.»

«Sie wollte Stoff abholen.»

«Nein. Sie kam zu Besuch.»

Und die Polizisten wieder von vorne: Loretta hat gedealt, Sie haben sie mit Stoff versorgt. Nein. Loretta war rauschgiftsüchtig, durch Ihre Schuld. Nein.

Schließlich fragte DeGeter: «Wollen Sie die Wahrheit hören oder nicht?»

Die Ermittler kuschten wie Kinder, denen man androhte, die Gutenachtgeschichte nicht vorzulesen. Der Holländer griff zu den Zigaretten, legte sie wieder weg. Wie er so dasaß, mit eisblauen Augen in die Runde blickte, erinnerte er Bryan an ein gefährliches Reptil.

«Loretta und ich hatten zu Abend gegessen, als draußen ein Motorroller hielt. Es war ihre Cousine.»

«Lizzy Gaffray.»

DeGeter nickte. «Sie war Loretta gefolgt, in der Gegend herumgeirrt, bis sie den roten Mini entdeckte. Ich bat sie natürlich herein.»

«Warum *natürlich*?» Ambrose jetzt. «Hatten Sie keine Angst, dass Ihr Inkognito auffliegt?»

«Ich bin Immobilienmakler. Ich habe eine Lizenz.»

«Auch für den Handel mit Rauschgift?!»

Ambrose auf Drogen-Kreuzzug. Jetzt nicht!, bedeutete ihm Bryan. «Erzählen Sie von Lizzy», sagte er.

«Lizzy war ... das Bezauberndste, das mir jemals begegnet ist.»

Jetzt war es still; man hätte die Sekunden zählen können.

Bryan sah zum Inspector, zu Ambrose; der ließ den Gipsarm auf den Tisch sinken.

«Lizzy blieb zum Essen. Wir waren uns sympathisch, von Anfang an. Und haben uns wieder getroffen; ohne Loretta.»

Es war Caughan, der die Frage stellte, die alle interessierte: «Was heißt *wieder getroffen*?»

«Geredet, Wein getrunken. Sie war ... erstaunlich. Sehr intelligent für ihr Alter, offen und neugierig.»

«Neugierig auch auf Ihre Geschäfte?!»

Wieder Ambrose, und Bryan fand, er sollte jetzt mal die Klappe halten.

«Sie wusste, was ich mache. Ich verkaufe Grundstücke und Häuser.»

Ambrose ließ nicht locker. «Wir wissen aber, dass Lizzy ihrer Cousine Vorwürfe machte – wegen der Dealerei! Wer sagt uns, dass Lizzy durch Sie nicht auch abhängig wurde?»

«Lizzy?» Ein Blick wie ein Blitz. «Lizzy kam mit dem Zeug nicht in Berührung.»

«Wieso sollen wir Ihnen das glauben, Mister DeGeter?»

«Weil Sie es bereits wissen. Sie haben bestimmt eine Blutanalyse gemacht.»

Und das stimmte, aber Ambrose war wie ein Hund, der sich in etwas verbeißt: «Warum sollen wir annehmen, dass ein siebzehnjähriges Mädchen die Freundschaft mit jemandem sucht, von dem sie *weiß*, dass er Rauschgifthändler ist?!»

«Es war keine Freundschaft», sagte DeGeter.

«Sondern?»

«Es war Liebe.»

Wieder die Stille. Wie laut kommt einem da das Schaben des Aufnahmegerätes vor.

«Ich habe Lizzy geliebt. Und sie … liebte mich. Trotz des Altersunterschieds.»

O'Sullivan trampelte hinein wie ein Ochse: «Sie hatten also ein Verhältnis mit ihr!»

Er erntete einen *Blick* vom Inspector. Bryan legte die Hand vor die Augen.

«Wenn Sie es Verhältnis nennen wollen.» DeGeter zündete sich die nächste Zigarette an. Er wirkte, als ob eine Last von ihm abgefallen wäre.

«Wie lange ging das?», fragte Caughan.

«Drei Monate … etwas länger.»

«Wollen Sie behaupten, in all den Monaten hat das niemand bemerkt?»

«Wir waren vorsichtig.»

«Warum?»

DeGeter sah den Inspector überrascht an. «Ich bin dreiundvierzig, Inspector, Lizzy war siebzehn. Sie war die Tochter von Patrick Gaffray. Fragen Sie ernsthaft, warum wir es geheim halten mussten?»

«Kennen Sie die Gaffrays?»

«Natürlich.» Das verblüffte die Polizisten. «Die beiden essen häufig im Golfclub. Wir kamen manchmal ins Gespräch.»

Jetzt Bryan: «Sie sind Lizzys Eltern begegnet, auch nachdem Sie und Lizzy schon …?»

Ein Anflug von Lächeln. «Ja, das war seltsam», nickte DeGeter. «Mit diesen Leuten Whiskey zu trinken und über Pferde zu reden.» Er wurde ernst. «Wenn Gaffray es gewusst hätte, der wäre imstande gewesen, mich umzubringen.»

Keiner fragte, DeGeter sprach weiter.

«Einmal kam die Sprache auf Lizzy; da leuchteten Gaffrays Augen: *seine* Lizzy, *seine* Prinzessin. Er hat sie … über alle Maßen geliebt.»

«Was dachten Sie, wie es zwischen Lizzy und Ihnen weitergehen sollte?»

«Keine Ahnung. Wir mussten uns sehen. *Mussten.* Ganz einfach.»

«Was hat Lizzy zu Hause erzählt?»

«Na was schon?» DeGeter lächelte. «Dass sie mit Loretta unterwegs war.»

Bryan fielen Cathys Sätze ein. Der *schlechte Umgang,* von dem sie gesprochen hatte. Hatte Cathy selbst eine Ahnung gehabt – oder Patrick? Der Streit zwischen ihm und Loretta am Tag nach dem Mord – spürte Patrick, dass Lizzy nicht mehr sein kleines Mädchen war?

Doch Spekulieren lenkt ab, darum hatte Bryan den Anfang von Ambroses Attacke verpasst; der war aufgestanden.

«Wissen Sie, was ich glaube, Mister DeGeter? Ich glaube,

dass Sie und niemand anders Lizzy umbringen ließen. Und warum? Weil sie gedroht hat, Sie auffliegen zu lassen. Lizzy wollte Loretta von den Drogen wegbringen. Und Sie bekamen es mit der Angst! Dieselbe Angst, derentwegen Loretta getötet wurde: heimtückisch und in Ihrem Auftrag!»

Auch wenn Bryan zugeben musste, dass das keine schlechte Schlussfolgerung war, wusste er, dass einem Mann wie DeGeter mit Hauruck nicht beizukommen war. Unbeeindruckt musterte er Ambrose. Das Feuerzeug flammte auf, beleuchtete seine Augen.

«Ich hätte Lizzy nie etwas antun können», sagte er ohne Pathos. «Sie war eine Blüte.»

«Wie wollen Sie das beweisen?» Ambrose stand hinter ihm.

«Wie wollen Sie die Liebe beweisen?»

Der Inspector fand, dass in der Vernehmung eines Rauschgifthändlers nun lange genug von *Liebe* die Rede war; weil er Fakten wollte, fragte er: «Haben Sie Lizzy Geschenke gemacht?»

«Nein.»

«Jadeschmuck vielleicht?»

«Ach das.» DeGeter lächelte versonnen. «Ja, ich habe ihr einmal eine Jadespange gezeigt, ihr die Arbeit des Künstlers erklärt. Sie wollte sie unbedingt behalten.»

Einen stolzen Augenblick lang dachte Bryan, dass er die Idee mit der Jade gehabt hatte.

«Was geschah Samstagabend, bevor Lizzy ermordet wurde?», fragte Caughan.

«Sie hat mich besucht.»

«War sie nicht mit Peter Dunboy verabredet?»

«Doch. Aber davor kam sie zu mir. Ich hatte gekocht. Nach dem Essen haben wir miteinander geschlafen.»

«Wusste der Maler von Lizzys Verhältnis mit Ihnen?»

«Natürlich nicht.» DeGeter sah den Inspector überrascht an.

«Wieso nicht? Die beiden waren fast verlobt.»

«Verlobt?» Ein wenig Asche fiel auf den Blechtisch. DeGeter befeuchtete einen Finger, hob sie hoch und stippte sie in den Aschenbecher. «Sie wissen so gut wie ich, dass Dunboy schwul ist.»

Ob man's glaubt oder nicht, das war den Polizisten neu. Darum staunten sie nicht wenig, durften es aber nicht zeigen; und weil ein schwuler Maler an der Bantry Bay immer noch etwas Außergewöhnliches ist, fiel dem guten O'Sullivan regelrecht die Kinnlade herunter. Und Bryan hatte eine Erklärung dafür, wieso er in Gegenwart von Peter Dunboy an Erzengel denken musste.

«Danach habe ich sie zum Stadtrand gebracht», sagte DeGeter. «Wir haben uns geküsst. Es war das letzte Mal, dass ich sie sah.»

Er scharrte mit dem Schuh über den Boden, schloss kurz die Augen. Die Kassette im Aufnahmegerät stoppte. O'Sullivan drehte sie um und schaltete wieder ein.

Stürmische Begegnung

Bryan war ausgeruht, hatte geschlafen, geduscht und sogar ein wenig gefrühstückt; kurz, Bryan war in Ordnung. Trotzdem sah er während der ganzen Fahrt nach Cahermore die toten Mädchen vor sich. Lizzy mit dem lockigen Haar und dem vollen Gesicht, Loretta blass und aufregend. Durch die Windschutzscheibe betrachteten sie ihn, während er sich bemühte, die engen Kurven zu steuern. Ein Laster kam entgegen; Zentimeter um Zentimeter schoben die Fahrzeuge sich aneinander vorbei. Zwei Mädchen und der Holländer in Allihies. Der von seiner Affäre so locker erzählte, als sei's in einer Golfrunde bei Zigarre und Cognac.

So durfte man das nicht stehen lassen!

Bryan hatte nicht vor, es so stehen zu lassen; der Inspector hatte ihm freie Hand gegeben. Darum fuhr Bryan zum dritten Mal zum Anwesen der Gaffrays.

Diesmal baten sie ihn nicht hinein, sondern forderten ihn auf, ihnen zur Veranda zu folgen. Nicht wie man einen lieben Freund an einem sonnigen Tag im Freien bewirtet, nein – als ob sie nicht wollten, dass Bryan ihre Privatsphäre betrat. Die Heckenrosen trugen erste Knospen, auf der Weide graste der Wallach, hinter dem Zaun begannen die Klippen. War es erstaunlich, dass Bryan sich wünschte, hier als willkommener Gast herzukommen? Ohne schlechte Nachrichten bringen, ohne intime Fragen stellen zu müssen. Ein Glas Cider angeboten zu kriegen, über den kühlen Frühling zu plaudern.

Nichts davon. Eine Stimmung, als ob er immer nur Übles brachte. Auch wenn man scheinbar gesellig um den Tisch saß, herrschten Argwohn und Distanz. Vergessen die Begegnung am Stadtrand, als Bryan und Cathy über Pferde gesprochen hatten. Patrick wirkte fleischlos und grau, der Bart spross wild nach allen Seiten. Als er mit Cathy auf die Veranda getreten war, hatte Bryan den Eindruck, sie musste ihn stützen. Auch Cathy sah verhärmt aus, das Leuchten, dieses eigenartige Lächeln waren verschwunden. Beide trugen Schwarz; sie saßen Bryan abwartend gegenüber.

Sag zwei Eltern, dass die erste Liebe ihrer Tochter ein Rauschgifthändler gewesen ist. Sag ihnen, dass Lizzy wenige Stunden vor ihrem Tod mit diesem Mann geschlafen hat. Erzähl ihnen, dass die Cousinen Lizzy und Loretta oft und freiwillig im Haus dieses Mannes waren; sprich vom Golfclub, frag nach den Begegnungen mit DeGeter, öffne ihnen die Augen über das Versteckspiel, das mit ihnen getrieben worden war.

Bryan spürte das Kratzen im Hals, der Kragen wurde ihm eng. Wäre es nicht wunderbar, wenn das Ganze bloß ein Jungmädchenabenteuer geblieben wäre; eine kurze Affäre, bald vergessen. Aber Lizzy war tot, die einzige Tochter, und Bryan war immer noch nicht imstande, den Eltern zu sagen, wer der Täter war. Bloß ein paar hässliche neue Einzelheiten konnte er auftischen. Dabei wollte er ihnen versichern, dass seine Gedanken praktisch nur noch um diesen Fall kreisten und wie sehr er spürte, dass die Summe der Möglichkeiten sich allmählich einengte. Aber es fehlte noch etwas, all diese Fakten waren wie ein Gestrüpp, das den Blick auf das Wahre verstellte: Die Jade, DeGeter, die unmögliche Liebesgeschichte – die letzte Verbindung fehlte.

Er saß diesen Eltern gegenüber; wie konnte er ausdrücken, was er dachte? Hier der Vater mit seiner übergroßen Liebe, die ruhige attraktive Mutter, Lizzy, das einzige Kind, das reiche Kind, befreundet mit Peter, dem Erzengel, der nie mehr als Freundschaft von ihr gewollt hatte. Lizzy und ihr Liebhaber.

Ihr Liebhaber.

Lizzys Liebhaber.

Bryan dachte *Liebhaber* und saß Patrick gegenüber. Er

mochte den Gedanken nicht denken und dachte ihn: *der Liebhaber seiner Tochter*. Hatte sich der Vater unbewusst so gesehen? Hatte Cathy das erkannt und die Augen davor verschlossen? Hatte sie versucht, es vor der Welt zu verheimlichen? War Patrick insgeheim auch die Geliebte gestorben?

«Haben Sie von der Affäre Ihrer Tochter tatsächlich nichts bemerkt, Sir?»

Es war die gleiche Frage, nur anders gestellt.

Schweigen als Vorwurf, dann ein Blick Gaffrays zu seiner Frau, geballte Fäuste auf seinen Knien.

«Nein», sagte er. «Wir haben Lizzy vertraut, Lizzy *und* Loretta.»

Jetzt musst du weiter auf diesem Weg, Bryan – auch wenn der Zustand des Mannes dein Mitleid erregt.

«Weswegen haben Sie Loretta Vorwürfe gemacht, Sir – an dem Morgen nach Lizzys Tod?»

«Vorwürfe?» Überrumpelt sah Gaffray zu Cathy. «Weil ... weil sie mit Lizzy zusammen auf dem Fest war und ... Loretta hätte auf Lizzy besser aufpassen sollen.»

Bryan gab sich damit nicht zufrieden.

«Das verstehe ich nicht, Mister Gaffray. Loretta hat Lizzy lange vor Mitternacht nach Hause gebracht. Lizzy hat gebadet und ging ins Bett. Erst einige Zeit später wurde sie ermordet. Man kann Loretta keinen Vorwurf machen – außer ...» Sollte er es sagen? Durfte er? Verdammt, heraus damit. «Außer Sie wussten, dass die beiden Mädchen bei DeGeter waren.»

Gaffrays Schultern spannten sich. «Nichts hab ich gewusst!» Und dann kam ein Satz, den Bryan schon kannte; dieser verzweifelte Wunsch, Lizzy möge ewig ein Kind bleiben.

«Sie war siebzehn, Sergeant! Sie hat an solche Dinge noch gar nicht gedacht!»

Cathy legte die Hand auf Patricks Ellbogen. «Das sind doch alles nur Hypothesen, Patrick. Du antwortest einfach nicht mehr darauf.»

Antwortest nicht? Bryan war überrascht. Nicht mehr hilfsbereit, nicht freundlich zu dem Polizisten, der auch ein Pferd besaß; Cathy mauerte. Warum? Was durfte nicht gesagt werden? Ein Satz DeGeters schoss Bryan durch den Kopf: *Der Vater wäre imstande gewesen, mich umzubringen.* Was war mit diesem großen traurigen Mann und seiner Prinzessin tatsächlich geschehen?

Bryan wirkte vielleicht wie eine Taube in Uniform, aber er konnte ein Habicht sein. «Warum sind Sie in der Mordnacht nach Kilkatherine Point gefahren, Sir?»

«Was hat das damit …» Gaffray haspelte.

«Für uns war es keine *Mordnacht,* Sergeant Sheehy», ging Cathy dazwischen. «Es war ein gewöhnlicher Abend. Warum sollte mein Mann nicht ins Strandhaus fahren?»

«Ich möchte nur wissen, was der *Grund* dafür war – so spätnachts, nach einem Fest, den weiten Weg nach Kilkatherine Point zu machen.»

«Brauche ich denn einen *Grund*?!» Patrick presste die schweren Hände ineinander. «Ich habe eine Rinne ausgehoben, wenn Sie's genau wissen wollen – um das Sturzwasser vom Norden abzufangen.»

«Mitten in der Nacht?» Es war Polizistenfindigkeit, das wusste Bryan.

«Natürlich nicht!» Bleich war Gaffray. «Am nächsten Morgen! Ich wollte früh aufstehen, die Arbeit machen und mittags in die Hallen fahren.»

«Und haben Sie die Rinne ausgehoben?»

«Nein!»

«Warum nicht?»

«Weil meine Frau mich anrief und mir mitteilte, dass unsere Tochter ermordet wurde!»

Irgendjemand hätte Bryan jetzt bremsen sollen; aber es gibt diese dumme Verhörregel, dass du nachhaken musst, wenn ein Befragter emotional reagiert.

«Sagten Sie wirklich *ermordet* zu Ihrem Mann, Mrs. Gaffray? Ich habe Ihnen am Sonntagmorgen nur mitgeteilt, dass Lizzy tot aufgefunden wurde.»

Wie ein Turm stand Patrick plötzlich über Bryan. «Ermordet, tot – was wollen Sie! Was wollen Sie denn von uns?!»

Das war keine Drohgebärde mehr; nichts hielt ihn. Er riss Bryan an der Schulter vom Sitz und stieß ihn gegen das Verandageländer. Bryan hatte ein gutes Reaktionsvermögen, man brachte ihn nicht leicht zu Fall; aber da stand der Betonfuß des Sonnenschirms – über den stolperte er, taumelte rückwärts und schlug mit dem Kopf gegen das Geländer. Er spürte, dass etwas platzte, es wurde warm an seiner Schläfe.

Das Erste, was Bryan dachte, war, dass Gaffray wegen so eines dummen Unfalls Schwierigkeiten kriegen konnte. Einen Polizisten während des Verhörs zu attackieren war übel. Bryan spürte, wie das Blut seine Wange entlanglief. In Cathys Gesicht lag Besorgnis; sie begriff, was passiert war. Wie würde Bryan reagieren?

«Halb so schlimm», sagte er. «Haben Sie vielleicht ein Heftpflaster?» Nein, diese Art von Komplikation wollte Bryan nicht.

Und Cathy, erleichtert und praktisch, sagte: «Unser Hausarzt wohnt nur ein paar Häuser weiter.»

Aber Bryan: «Wird nicht nötig sein. Wenn ich nur etwas gegen die Blutung …»

Cathy brachte Eis, schlug es in ein Handtuch ein; und während des ganzen Vorgangs stand Patrick daneben, stammelte Worte, ein schwankender Turm, so stand er, bis Bryan sich verabschiedete, das kühlende Handtuch an die Schläfe gepresst. Cathy brachte ihn zum Auto.

Werden Sie?, fragte ihr Blick. Ich werde nicht, sagte der seine. Dann stieg er ein. Lenkte die scharfen Kurven mit einer Hand, fuhr meistens im zweiten Gang, denn Schalten war ziemlich unmöglich.

Es war nur Zufall, dass Doktor Moynihan in Castlebere war; sie sah sich Bryans Wunde an und sagte, er solle sich nicht so haben. Klammerte den Riss, und schon war es erledigt.

Suzy und Bryan allein in seinem Büro. Der Mäuse-Gardai saß draußen am Telefon, O'Sullivan holte Frühstück, der Inspector hatte sich noch nicht blicken lassen. Draußen regnete es in Strömen, Bryan roch die Feuchtigkeit auf Suzys Schultern; sie nahm das Heftpflaster aus der Tasche. Kein Geräusch im Zimmer, nur das Rascheln von Suzys Mantel.

Diesmal war nichts *vorherberechnet* und *absehbar*; sie beugte sich mit dem Heftpflaster zu ihm, und als sie es aufkleben wollte, zog er sie zu sich und küsste sie. Und während er küsste, freute er sich, dass er's so gemacht hatte und nicht anders.

Weil das so ein Tag ohne rechten Anfang und ohne richtigen Dienstplan war, ging Bryan noch weiter und nahm Suzy in die Wachstube mit und sagte dem Mäuse-Gardai, er habe mit Doktor Moynihan etwas zu besprechen. Gardai Meers war keiner von den Argwöhnischen und hing auch gerade am Telefon, also nickte er nur; und Bryan zog Suzy mit sich und lief mit ihr die Lauragh Street hoch. Sie versuchte sich bei ihm unterzuhaken, aber der Rhythmus ihrer Schritte passte nicht zusammen. Bryan mit seinen langen Stelzen. Also ließ sie es wieder und nahm nur seine Hand.

Es gab einige, die zur Messe gingen und sich staunend umdrehten, als sie den langen Polizisten und die junge Frau die Straße hochrennen sahen.

Bryan war so nervös, dass er vor der Tür den Schlüssel fallen ließ. Als er endlich aufgesperrt hatte, stand Mrs. Diveney im Flur. Sie trug ihr Kirchgangkostüm und schaute überrascht drein. Bryan behielt die Nerven und stellte Suzy vor: «Das ist Doktor Moynihan, unsere Gerichtsmedizinerin.»

«Aha», machte Mrs. Diveney. Mehr nicht.

Jetzt war Bryan am Ende mit seinem Latein, daher sprang

Suzy bei: «Wir holen Proben ab, für die Untersuchung», sagte sie mit ihrem ärztlichsten Ärztegesicht.

«*Proben* in meinem Haus?», fragte Mrs. Diveney und war zu Recht skeptisch.

«Es sind *Plasmodia falcipara.*»

Und da Mrs. Diveney, wie wir alle, keine Ahnung hatte, was *Plasmodia falcipara* sind, sagte sie: «So … na dann.» Unten läutete schon die Glocke, sie hatte es eilig und ließ die beiden stehen, die in der nächsten Sekunde die Treppe hochliefen.

«Was sind *Plasmodia falcipara*?», fragte Bryan, während er Suzy aus der Jacke half.

«Malariafliegen. Absolut tödlich», sagte sie. Er lächelte und wusste nicht, wie man unauffällig aus den Schuhen kam, ohne sie auffällig auszuziehen. Also bückte er sich und zog sie aus. Und als er sich aufrichtete, hatte Suzy schon eine ganze Menge mehr ausgezogen. Er schaffte es nicht, sie ins Schlafzimmer zu kriegen. Bis zum Sofa, weiter kamen sie nicht. Bryan mochte, wie der schmale gespannte Körper sich anfühlte, und Suzy griff in sein Borstenhaar. Er dachte nicht an Wavey, sondern nur, dass im Zimmer gerade ein sehr schönes Licht herrschte.

Alles in Schwarz

Einmal in so einem Fall braucht man Glück. Die Polizisten hatten es eine Woche später.

Das Tagesgeschäft war wieder eingekehrt; es gab noch andere Fälle. Bryan tippte gerade den Bericht über eine versuchte Vergewaltigung in das Korea-Ding. Das war wirklich zum Lachen: Ausgerechnet dem alten Simson Dignam war die *Natur* durchgegangen; mit entblößtem Glied hatte er einer Bäuerin über den Kartoffelacker nachgesetzt – und erwischte sie auch, doch die Frau war kräftiger und hatte den Spinner verdroschen. Aussage gegen Aussage.

Das Telefon klingelte, die Polizei wurde zu einem Unfall gerufen. Mit Blaulicht und Martinshorn fuhr Bryan hin: Da war ein Laster gegen einen blauen Kastenwagen geprallt.

Kastenwagen?, dachte Bryan; etwas klickte bei ihm. In dem Auto saß, verletzt, aber außer Lebensgefahr, ein Mann namens Rush. Die Feuerwehr schnitt ihn aus seinem Fahrzeug, er stöhnte, gleichzeitig sahen seine kleinen flinken Augen sich aufgeregt um. Als er Bryan hinter der Funken sprühenden Stahlsäge sah, standen die Augen still.

Bryan wartete erstaunlich geduldig. Durch den Zusammenprall war Farbe vom Kühler des Kastenwagens geplatzt; unter der dunklen Lackierung schimmerte es weiß. Und das ist klar: Den Fahrer eines *weißen* Kastenwagens wollte Bryan unbedingt unter die Lupe nehmen.

Das Haus von Mister Rush lag nicht weit vom Unfallort – ein Cottage mit halb eingesunkenem Dach. Und dort machte Bryan einen beachtlichen Fund. Handfeuerwaffen und Kokain, anderthalb Kilo vom Feinsten, in kleinen Plastikbeuteln.

Es war nicht weiter schwer nachzuweisen, dass dieser Stoff aus der gleichen Quelle stammte wie das Rauschgift aus De-

Geters Safe; aber es wog ziemlich schwer, denn nun brach DeGeters Aussage zusammen.

Ambrose identifizierte Mister Rush einwandfrei: Schütteres Haar, wettergegerbt, das war der Mann, der im Hafen mit Stoff gedealt hatte. Inspector Caughan konnte den Staatsanwalt überzeugen, Anklage gegen DeGeter zu erheben. Ob man sie auf Anstiftung zum Mord ausweiten würde, sollte das Verhör mit Rush ergeben. Doch weil der nicht gleich vernehmungsfähig war, vergingen ein paar Tage. Und in diesen Tagen standen zwei Dinge an: zum einen Lizzys Begräbnis.

Es hatte Bryan erstaunt, dass die menschenscheuen Gaffrays ein Leichenbegängnis im großen Stil zuließen. Die Kirche nannte sich *Bernadette's Chapel,* glich aber eher einer Kathedrale. Ein Trauergottesdienst wurde angesetzt, der Knabenchor aus Bantry sollte kommen, sämtliche Honoratioren der Stadt in strenger Sitzordnung. Das war der Grund, warum die Polizisten von Castlebere in schwarzen Anzügen zum Verhör von Mister Rush auf der Wachstube erschienen.

Zum anderen der Abschied von Ambrose Whitty, der bei diesem Verhör nicht mehr dabei sein sollte. Seine Dienststelle hatte ihn nach Shannon zurückbeordert; das Drogendezernat Cork übernahm den Fall. Ambrose war stinksauer. Das Gleiche war ihm schon mal passiert, als er den Hehlerring in Dublin hatte auffliegen lassen. Als die Drecksarbeit gemacht war, übernahmen die Dubliner Kollegen – und ein anderer wurde befördert!

Um ehrlich zu sein, Bryan fühlte sich erleichtert, als Ambrose fuhr. Es war nicht mehr das Gleiche zwischen ihnen. Bryan war froh, seine Wohnung, klein und vermufft, wie sie war, wieder für sich zu haben. Das *süße Geheimnis* mit Suzy Moynihan war in Gang gekommen; und wenn einer ein süßes Geheimnis hat, stören die andern.

Wie immer stand Bryan morgens um sieben Uhr auf; doch manchmal beobachtete ihn jetzt Miss Moynihan dabei, wie er den Lappen über die linke Hand stülpte, die Achseln schrubbte, mit dem Kamm durchs Haar kratzte. Und da die Haare an Stellen hochstanden, die Bryan im Spiegel nicht sah, fand auch Suzy Moynihan, dass er aussah wie ein Junge. Er goss Tee auf, sie setzte sich zu ihm und wusste, er wollte so früh noch nicht reden und lieber im Unterhemd dasitzen und ins Blau seiner Lieblingskanne starren. Wenn Bryan bei Suzy in Bantry übernachtete, freute es ihn insgeheim, dass sie keine war, die aus ihrem Heim ein *Schmuckstück* machte. Da lagen leere Joghurtbecher neben Joggingklamotten, und die Speisereste in der Spüle konnte man am Geruch auseinander halten – undenkbar bei Wavey!

Mit Suzy war Bryan an eine geraten, die *ähnlich* war; das kannte er nicht. Aber er nahm es hin – und genoss es. So sehr, dass er eine kleine Speckrolle in der Hüftgegend wachsen spürte, das Bäuchlein quoll über den Hosenrand, und wäre Bryan nicht so groß gewesen und hätte er nicht so lange Beine gehabt, bald hätte er zu den verfetteten Landpolizisten gehört. Suzys Vorliebe für Cremeschnitten mit Mokkaschaum war beachtlich. Bryan bemerkte, wie sehr ihm das gefehlt hatte – jemanden beschenken zu dürfen. Endlich wusste er, wohin mit seinem Gehalt: So viele Cremeschnitten und Champagner und Blumen und Kinkerlitzchen hatte Suzy in ihrem Leben noch nicht bekommen.

Ambrose und Bryan verabschiedeten sich an einem nebeligen Morgen. Es hatte geregnet, weißer Hauch stand über der Stadt. Da war wenig zu sagen, und auch wenn Bryan den Impuls hatte, noch einmal von Wavey anzufangen – er ließ es. Gratulierte Ambrose zu seinem Riecher in der Drogensache; ohne ihn hätte man nie in Alihies geforscht. Ambrose genoss das, dass einer sagte: Gut gemacht. Der Gips war einem Stützverband gewichen, sonst nur noch zwei Pflaster an Stirn und Kinn. Die letzten Minuten am Bahnhof schwiegen sie; zum Zug ging Ambrose allein.

Es war der Tag, wo der Verdächtige, Mister Rush, aus der Klinik aufs Polizeirevier gebracht wurde und vier Polizisten in schwarzen Anzügen ihn in Empfang nahmen. Der Tag, an dem sie feststellen wollten, ob er derjenige war, der Loretta den tödlichen Stich versetzt hatte. Es war auch der Tag, an dem der Knabenchor im Bus von Bantry nach Castlebere gekarrt wurde und zwanzig Jungs auf der Fahrt *Ombra mai fu* von Händel übten. (Bei all den schlingernden Kurven klappte das nicht besonders.) Es war der Morgen, an dem Cathy Gaffray ihrem Mann die Beruhigungstabletten gab, damit er die Aufregungen besser überstand. Der Tag, an dem Gardai Meers, der Mäuse-Gardai, zum fünften Mal Vater wurde, doch das wusste er noch nicht, da seine Frau erst in den Nachmittagsstunden niederkam. Und es war der Tag, an dem das Verhör von Mister Rush nicht stattfand.

Alles begann ordnungsgemäß. Rush nahm am Verhörtisch Platz, Gardai Meers schaltete das Aufnahmegerät ein und stellte sich an die Tür, O'Sullivan und Bryan auf der einen Seite des Blechtisches, der Inspector am Kopfende. Wie immer zuerst die Fragen zu den Personalien. Der Inspector stellte sie, Mister Rush antwortete.

Aber plötzlich, ohne Vorwarnung, schmatzte der Inspector, und zwar so laut, dass Bryan vor Überraschung auflachte. Mit einem Seufzer lehnte der Chef sich zurück.

O'Sullivan reagierte so schnell, wie Bryan den Dicken noch nie erlebt hatte. Als Erstes ließ er Mister Rush in seine Zelle bringen. Währenddessen hatte der Inspector begonnen, die Augen nach oben zu verdrehen, dass man nur noch das Weiße sah; er murmelte unverständliche Wortfetzen, seine Finger spielten mit der Krawatte. O'Sullivan riss seinen Chef unter den Achseln vom Stuhl und zerrte den Mann mit unglaublicher Kraft aus dem Raum. Schleppte ihn bis in Caughans Büro; dort legte er ihn mit dem Rücken auf den Schreibtisch. Die Glieder des Chefs wirkten steif wie die einer Kaufhauspuppe. O'Sullivan öffnete Weste und Hemd, nahm die Krawatte ab; jetzt spielten die Finger des Inspectors mit einer Krawatte, die nicht mehr da war. Er lallte und murmelte, und plötzlich rutschte seine Zunge nach oben. Er kriegte keine Luft mehr. O'Sullivan riss die Schublade auf, holte ein graues, zerkautes Holz hervor; das schob er Caughan zwischen die Kiefer.

Bryan konnte nichts tun als an der Tür stehen und schauen – direkt in die weit aufgerissenen Augen seines Chefs, der durch Bryan hindurchzustarren schien.

Zehn Minuten später schwenkte eine deutsche Limousine auf den Parkplatz. Ein grauhaariger Mann betrat die Wachstube; ohne nach dem Weg zu fragen, ging er in Caughans Büro. Die Tür wurde vor Bryan geschlossen.

Als O'Sullivan wieder herauskam, waren seine Ärmel hochgekrempelt, er hatte Schweißperlen auf der Glatze. Wortlos ging er zum Aktenschrank, langte hinter die Ordner und holte eine Flasche Whiskey hervor. Er sah Bryan kurz an, beschloss, nicht allein zu trinken, und spülte zwei Teetassen aus.

«Da hast du deine Antwort», knurrte er und hielt Bryan eine Tasse hin, randvoll mit Whiskey. «Zufrieden?»

Bryan hatte keine Ahnung, womit er zufrieden sein sollte. Er nippte an dem Sechsundvierzigprozentigen; das Bild des paralysierten Chefs ging ihm nicht aus dem Kopf. Warum der Dicke Bryan einweihte, bleibt Spekulation; sicher ist, dass Bryan, als O'Sullivan endete, vier volle Tassen besten irischen Whiskeys getrunken hatte – erstaunlicher Rekord für einen Mann, der sonst nach drei Pints das Handtuch wirft.

O'Sullivan begann damit, dass Inspector Caughan vor drei Jahren zu einer Schlägerei in *MacCarthy's Pub* gerufen worden war. Wie das mit Schlägereien so ist, irgendwann weiß keiner mehr, wer ist Freund und wer Feind – jedenfalls wurde auf dem Schädel des Inspectors eine Flasche zertrümmert.

«Aber du kennst ja Sean», sagte O'Sullivan und meinte

damit, dass Caughan die Gehirnerschütterung nicht ernst nahm. Schon am nächsten Morgen tauchte er wieder im Revier auf und ließ sich von Gardai Meers Aspirin besorgen. Tatsächlich sah es so aus, als ob die Sache glimpflich abgegangen wäre.

O'Sullivan räusperte sich, spuckte in die Spüle und ließ Wasser nach. Ein Jahr später fand der Sergeant den Chef morgens in seinem Bürosessel, wie er leise vor sich hin murmelte. Natürlich nahm O'Sullivan an, der Chef spreche mit ihm, darum ging er näher, und weil Caughan sehr leise sprach, senkte er das Ohr vor dessen Mund. Aber kein einziges Wort war zu verstehen. Das Gemurmel dauerte eine halbe Stunde, O'Sullivan wusste nicht, was er tun sollte: Sein Chef saß da und brabbelte und war blass wie die Wand. Schließlich wurde Caughan müde und schlief ein. Das war das erste Mal gewesen, dass O'Sullivan seinen Inspector hochheben und auf das Klappbett legen musste, das im Hinterzimmer stand.

«Vier Stunden hat er durchgeschlafen.» Der Dicke rieb sich mit beiden Händen über die Glatze. Bryan schenkte sich wortlos nach und leerte die Tasse zur Hälfte. Draußen polterte ein Laster vorbei.

«Das nächste Mal passierte es im Auto. Der Inspector fuhr.»

Weil O'Sullivan mit leerer Tasse nicht gut erzählte, angelte auch er sich die Flasche heran. Dass er dem Chef ins Lenkrad hatte greifen müssen, sagte er, haarscharf schrammten sie an einem Unfall vorbei – Unfall mit Polizeiwagen! Danach fuhr er den Inspector aufs Revier zurück. Das Gespenstische war, dass Caughan keinerlei Erinnerung an seine Aussetzer hatte. Er hörte sich O'Sullivans Schilderung an, als ginge es um jemand vollkommen Fremden. Darum suchte Caughan schließlich den Arzt auf, einen, der sein Freund war: Doktor Groom. Ein Mann, der seine Honorare in teure Autos steckte: Ja, Dr. Groom war der Besitzer der Limousine. Als er ein paar Tests mit Caughan gemacht hatte, wollte er ihn sofort ins Spital überweisen, es war ernst.

«Temporallappenepilepsie», brachte O'Sullivan nicht ohne Mühe heraus. «Aber nicht mit dem Chef! Epilepsie hin oder her, er ging nicht ins Krankenhaus. *Wenn das herauskommt, bin ich geliefert,* sagte er zu mir.» Das sagte er auch zu Dr. Groom und ließ sich Medikamente verschreiben. Und so ging es von da an weiter.

«Ein epileptischer Inspector?» Bryan bemerkte, dass der Whiskey seiner Stimme einen komischen Klang gab.

O'Sullivan nickte. «Wenn du wüsstest. Ich war ständig auf dem Sprung. Erwischt's ihn heute, oder geht es vorbei?»

An dieser Stelle ist einzufügen, dass bei einer Temporallappenepilepsie die Gehirnzellen nicht wie gewohnt arbeiten, also Synapse für Synapse – nein, sie feuern ihre Energie alle gleichzeitig ab. Ungeordnet, durch kein Kontrollorgan gehemmt. Das hält ein Organismus nicht lange durch und geht in die Paralyse.

O'Sullivan erzählte, dass sich die Anfälle kurz vorher ankündigten; manchmal habe Caughan Zeit, sich zurückzuziehen, das waren die guten Tage. Manchmal erwischte es ihn voll in der Öffentlichkeit. Plötzlich ein unverständliches Wort, gleich darauf begann er mit irgendetwas herumzuspielen. Es passierte auf der Straße, im Klo, bei Sitzungen, überall. Deshalb kam O'Sullivan sich nicht selten wie ein Kindermädchen vor: aufpassen, dass dem Chef nichts passierte und dass die Stadt nicht Wind davon bekam.

Als O'Sullivan das sagte, öffnete sich die Tür im Flur, und Dr. Groom führte den Inspector vorbei. Grau wirkte er und erschöpft. Ohne sich umzublicken, ging er zum Ausgang und setzte sich auf den Rücksitz der Limousine. Gleich darauf hatte der Wagen das Revier verlassen.

«Wieso hat Caughan sich nicht krankschreiben lassen?», fragte Bryan in die Stille hinein.

Jetzt aber O'Sullivan: «*Krankschreiben* – ist das alles, was dir dazu einfällt!» Und weil auch O'Sullivan den Whiskey spürte, setzte er ätzend hinzu: «Kommt so ein Streber aus Shannon und glaubt, wir sind die doofen Landpolizisten!»

«Das hab ich doch nie ...» Mit der Tasse machte Bryan eine abwehrende Geste, der gute Whiskey schwappte über.

«Sean Caughan ist der beste Polizeichef, den Castlebere je hatte!», polterte O'Sullivan. «Der beste! Weißt du, was passiert, wenn rauskommt, dass wir einen epileptischen Inspector haben? Sie schicken ihn in den Ruhestand!»

Der Dicke kam hoch, sein Bauch schwappte nach vorn.

«Aber kann er denn so weitermachen?» Bryan lehnte sich ein wenig zurück.

«Er kann, und er wird! Ich schaff das.» Der Sergeant fing einen leichten Taumler mit Ausfallschritt ab. «Manchmal muss er heimgebracht werden. Von Zeit zu Zeit kommt er eben später zum Dienst. Muss viel baden, verstehst du – ist gut fürs Gehirn. Aber er ist der Chef, und diese Tempol...epilepsie ändert gar nichts daran!»

«Na, also weißt du –» Bryan goss sich nach. «Ich habe einen Inspector erlebt, der nie da war, der Verhöre vergessen hat und nicht zu Besprechungen kam. Was, zum Teufel, sollte ich denn glauben?»

Jetzt entstand eine Pause, wo die beiden sich ansahen wie zwei gereizte Büffel.

«Bis zur Rente hat er noch drei Jahre», sagte O'Sullivan. «Wenigstens so lange wollte ich ... Na, jetzt ist es wohl egal.»

«Was ist egal?»

«Du wirst's ja doch ausposaunen!», giftete der Sergeant.

«Verdammt, wieso glaubst du das?!»

«Weil du 'n verdammter Streber bist!»

«Nur weil du's sagst, bin ich's noch lange nicht!»

«Und warum gehst du dann nie einen trinken mit mir?!»

«Das ist was anderes!»

«Ist es nicht!»

«Doch!»

«Ich könnte dir echt eine reinhauen!»

«Warum tust du's nicht?»

«Ich könnt's!»

«Du fetter Bullterrier!»

Sie standen schweigend und schnaufend; und jeder hätte dem andern wirklich gerne eine gescheuert. Aber so viel Whiskey hatten sie doch noch nicht intus, und außerdem die feinen schwarzen Anzüge. Beide hatten vollkommen vergessen, dass Mister Rush in der Ausnüchterungszelle saß und auf sein Verhör wartete. In die Stille hinein sprang der Kühlschrank an; irgendetwas klirrte in seinem Inneren.

Schließlich setzten die Glocken von *Bernadette's Chapel* dem Streit ein Ende. Denn die Glocken sagten, dass Lizzy zu Grabe getragen wurde. Und draußen im Wachzimmer stand der Gardai vor dem Spiegel und rückte die Krawatte zurecht. O'Sullivan und Bryan kamen mit roten Wangen, aber gesittet aus dem Verhörraum; der dicke Sergeant kämmte vier Haare auf seiner Glatze von rechts nach links, Bryan erkannte im selben Spiegel, dass der schwarze Anzug, den er für das Begräbnis von Waveys Mutter gekauft hatte, zu eng geworden war. Er nahm sich ernsthaft vor abzuspecken. Dann kam Suzy Moynihan aufs Revier, und Bryan fand, dass sie sexy aussah in diesem schwarzen Kostüm; außerdem trug sie einen schwarzen Hut. Bryan hatte Hüte an Frauen immer geschätzt; zu schade, dass die Mode vorbei war.

Nach vier Tassen Whiskey hatte es Bryan nicht mehr so sehr mit der Distanz, und anstatt Suzy ein Kompliment zu ihrem Hut zu machen, ging er einfach hin und berührte die Krempe. Dabei lächelte er auf eine Art, die ein Uneingeweihter für dämlich gehalten hätte.

Es war eine komische Situation: Suzy und Bryan, das heimliche Turtelpaar, mit ihrer Unsicherheit, ob sie nun verliebt waren oder nicht; gleichzeitig ängstlich bemüht, niemanden von ihrem scheuen Anfang etwas merken zu lassen. Und Bryan, whiskeyselig, sehnte sich danach, Suzy in die Arme zu nehmen, aber ein Stirnrunzeln von ihr konnte ihn bremsen. Dann gingen Bryan und Suzy die Hardwicke Street zwar nebeneinander hinunter, taten aber so, als wären sie am anderen ganz desinteressiert. Suzy und Bryan, der an der frischen Luft tatsächlich schwankte, flankiert von O'Sullivan und dem Gardai, die vier in Schwarz, auf dem Weg zur *Bernadette's Chapel* – das war ein prächtiges Bild.

Als ob ein Ehrenbürger zu Grabe getragen würde. Festbeleuchtung, Lampen wie hängende Schalen, die jeden in gleißendes Licht tauchten. Auf der Orgelempore drängten sich die Knaben aus Bantry, trugen bereits ihre Chorhemden, bloß mit der Feierlichkeit haperte es noch. Ein Gekicher und Gezischle unter dem Freskengewölbe, bis der Chorleiter, Baronet Ethelred de Winter, schweigend, doch mit aufgerissenen Augen Ruhe erzwang. Zu ebener Erde waren alle Reihen des dunklen Gestühls dicht besetzt; wer saß, war von Bedeutung in Castlebere. Doch auch die Stehenden – und das waren Hunderte – fühlten, heute musste man dabei sein, es galt Abschied zu nehmen. Nicht viele hatten Lizzy persönlich gekannt, aber man konnte den Eindruck gewinnen, die ganze Stadt wollte ihr das letzte Geleit geben. Ein Platz in der dritten Reihe blieb leer – der von Inspector Caughan.

Father Flannigan war sich des besonderen Auftritts bewusst. Das weiße Haar, frisch geföhnt, lohte über dem massigen Schädel; er hatte nicht die einfache Robe der Eucharistie angelegt, sondern den schweren Ornatsmantel, das höchste Trauergewand. Violett und Scharlach, verbrämt mit goldenen Kordeln. Wie eine leuchtende Fregatte glitt er zum Hauptaltar, stellte sich unter dem gemalten Firmament in Positur und gab dem Vikar das Zeichen.

Der war nun das genaue Gegenbild des Oberhirten, schmal und unscheinbar, von einem Buckel gekrümmt, mit pechschwarz anliegendem Haar. Er sollte den ersten Bibelausschnitt lesen. Doch wie es bei Zeremonien eben ist, die nicht geprobt wurden – Baronet Ethelred auf der Orgelempore bezog das Zeichen des Priesters auf sich, hob den Taktstock, und schon brandete das *Kyrie* aus der Brucknermesse auf; zwanzig ungebrochene Knabenstimmen schallten zu den verhimmlischten Fresken empor, wurden zurückgeworfen zu den Trauernden auf ebener Erde – es war eine alles überschwemmende Stimmung, die keinen kalt ließ. Man fühlte sich erhoben, mehr miteinander als sonst und näher bei Gott.

Father Flannigan begriff, dass sein Fehler ein Segen war, denn wenn es um theatralische Effekte ging, hatte er ein untrügliches Gespür. Er bedauerte, dass nun der Vikar zu lesen begann; dessen krähenhafte Stimme, verstärkt durch eine veraltete Tonanlage, bildete einen traurigen Kontrast zum inbrünstigen Knabengesang.

Gott, es sind Heiden in dein Erbe gefallen, jammerte der Vikar.

Flannigan beruhigte sich damit, dass diese Kostprobe aus der Heiligen Schrift das Publikum nur auf sein eigenes wohlausgefeiltes Flammenwort einstimmen sollte. Der Vikar hatte die Bibel noch nicht aufs Stehpult gelegt, als Flannigan zur Rampe vorstürmte. So mächtig und rau, so bacchantisch kraftvoll war seine whiskeygeölte Stimme, dass er das armselige Mikrofon verächtlich beiseite schob. Wenn er sprach, hörten es alle, und alle waren der Meinung, dass diese Stimme zu Gott empordringen musste.

«Was tut der Teufel, um den Menschen zu prüfen?!»

Vor allem die Männer wussten zu schätzen, wie er dastand, breitbeinig wie ein Seemann im Sturm. «Was stellt der Teufel in die Regale Gottes, um *Sein* Werk zum Einsturz zu bringen?!»

So war das mit Father Flannigan: Er begnügte sich nicht mit den unzähligen Bildern, die die Bibel dem Prediger bietet, um Gut und Böse, Verheißung und Verdammnis anschaulich zu machen; der Oberhirte von Castlebere erfand seine eigene Bildwelt und setzte die Gläubigen in Erstaunen.

Wie hatte man sich *die Regale Gottes* vorzustellen, überlegte Bryan; gewaltige, bis in den Himmel reichende Regale, in denen alles Platz fand, was zur Schöpfung zählte? Bryan dachte, dass, so wie eine ganze Welt von Gedanken in einem Bücherregal aufbewahrt werden kann, Gott wohl in der Lage sein musste, das Schöpfungswerk zu sortieren und auf Stellagen zu schichten; und weil dieser Gedanke ihm gefiel und der Whiskey ihm eine seltene Ruhe verlieh, drückte Bryan Suzys Hand.

Father Flannigan, rhetorisch gewieft, wartete einige Sekunden, ehe er weitersprach; sein wässerig blaues Augenpaar strich über die Reihen der Lauschenden.

«Eifersucht, Stolz, Lüge und Angst!», lautete die richtige Antwort. Elegant und furios zugleich hatte er auf sein eigentliches Thema übergeleitet.

«Das sind die Finsternisse, die der Teufel in Gottes Regale stellt!» Er faltete seine Hände vor der scharlachroten Brust.

«Angst ist in jedem von uns! Die banale Angst um eine unbezahlte Rechnung, Angst vor den Gefahren, die im Straßenverkehr lauern. Und Angst um ein unschuldiges Kind, das in dieser Stadt nicht mehr sorglos umherlaufen kann!»

Hier richtete der Vater seinen Blick auf die Reihe, wo er den Polizeichef erwartete, doch an dessen Stelle saß mittlerweile Charlotte MacLir, die Tourismusexpertin, der O'Sullivan galant den Platz des Inspectors zugeschanzt hatte.

Bryan, der absichtlich etwas außerhalb stand, ertappte sich bei dem Gedanken, dass Lizzy kein Kind mehr gewesen war, unschuldig wohl auch nicht; dass sie sich möglicherweise sehenden Auges in die Gefahr begeben hatte. Doch die Worte und das Brimborium des Priesters nahmen ihn in diesen Minuten nicht so gefangen wie der Anblick von Cathy Gaffray.

Gerade jetzt fand Bryan sie unendlich schön. Aufrecht und ernst saß sie da, ihre Stirn von einem schwarzen Schleier bedeckt; eine Hand ruhte in ihrem Schoß, die andere umfasste Patricks Arm. In der ersten Reihe des zierlichen Kirchengestühls wirkte Gaffray riesenhaft, sein Kopf hing auf die Brust, die Kinnladen schienen zu mahlen.

Suzy spürte, dass der Druck von Bryans Hand sich lockerte; darum drängte sie näher heran und presste ihr Knie gegen seine Wade. Cathy Gaffray, dachte Bryan – sie war das eigentliche Rückgrat ihres Mannes. Sie hatte ihm eine Tochter geschenkt, die er über alles geliebt hatte, und selbst jetzt, da die Tochter ihnen geraubt worden war und sie Abschied nehmen mussten, gab sie Patrick Kraft, war in seiner Nähe, liebevoll und stark. So eine Frau war etwas Unglaubliches, dachte Bryan; tiefer, echter und treuer … und damit war es heraus: als Wavey je sein konnte. Eine Frau, die bedingungslos liebte. Die Erfahrung hatte Bryan gelehrt, dass es so etwas nicht gab – angesichts dieser Mutter und Ehefrau hoffte er, sich getäuscht zu haben.

Er und Suzy standen neben dem kerzenschimmernden Seitenaltar, überblickten Trauergemeinde und Sarg. Die dunklen Bänke, die kräftigen Männerkörper, Schultern und Bäuche spannten unter den Jacken; dazwischen die Frauen in Schwarz, beinahe zerbrechlich. Am Weihwasserbecken der alte Simson (ein blauer Anzug war alles, was er an Trauerkleidung besaß), daneben Alfred, der einarmige Tankstellenbesitzer. Die beiden tuschelten, aber immer wenn von der Gemeinde ein *Amen* erwartet wurde, unterbrachen sie ihr Gespräch und stimmten mit ein. Während die Knaben sich oben unter Baronet de Winters ermunternden Blicken für das *Agnus Dei* bereitmachten, erhoben sich unten alle von ihren Plätzen und sprachen voll Inbrunst: «Ich glaube an Gott, den Vater, den Allmächtigen, Schöpfer des Himmels und der Erde.» Und plötzlich empfand Bryan ein Gefühl von Gemeinschaft unter diesen Menschen und wurde sich bewusst, dass ein Gott sie nahe der Irischen See versammelt hatte, um Abschied zu nehmen, und dass es der Tod war, der die Leute von Castlebere das Leben feiern ließ.

Während auch Bryan die Formel (seit Jahren zum ersten Mal) mitsprach, schaute er ins verschwimmende Licht der Kerzen. Hinter dem Sarg hatten sie ein großes Bild Lizzys auf eine Staffelei gestellt. Auf dem Foto trug sie jenes hellgrüne Kleid, in dem man sie, kalt, bleich und beschmutzt, gefunden hatte. Wie fröhlich dieses Gesicht war: das dunkle lockige Haar, die ausdrucksvollen Lippen. In dieses Lächeln musste Tom DeGeter sich verliebt haben.

Das Gebet war zu Ende, man setzte sich. Einer, den Bryan nicht kannte, ging zwischen den Reihen durch, kam nach vorne und trat neben den Sarg. Lizzys Lehrer hielt die Trauerrede. War Father Flannigans Predigt voll vom Feuer der Apokalypse gewesen, so gelang es dem stillen Lehrer, in einfachen Worten an den Menschen Lizzy zu erinnern. Bryan spürte, wie sich die Reihen entspannten, die Menschen hörten einfach zu: über Lizzy, die so gut in Sprachen war und Chemie mochte; die damals bei dem Ausflug die *Torraine-Schlucht* als Einzige mit dem Rad bezwang. Dem Lehrer gelang es, Lizzy in diesen Minuten wiedererstehen zu lassen; vom Bürgermeister bis zum Feuerwehrhauptmann, von den Arbeitern der *Fishermen's Co-op* bis zu Mrs. Diveney, die ihre Bibel zugeklappt in Händen hielt, entdeckte jeder in seiner Erinnerung eine Begebenheit, die ihn mit Lizzy verband. Bryan sah Peter Dunboy; mit gefalteten Händen lehnte er da, sein abwesender Blick zum Kirchenfenster gerichtet, wo die roten und blauen Scheiben das Tageslicht dämpften. Hinter Peter kam jemand aus dem Schatten der Säule, trat genau unter eine der leuchtenden Schalen; weißes Licht fiel auf Sile O'Shea.

Es ist nicht anders zu beschreiben, als dass Bryan den Moment tatsächlich wie eine Erscheinung empfand. Da stand Sile, der unbeschwerte Crêpebäcker, Sile mit dem runden Gesicht, den vollen, kräftigen Lippen – das Haar umrahmte sein Haupt wie ein Heiligenschein. Und wenn die Jungfrau Maria persönlich dort unter der Hängeleuchte aufgetaucht wäre, hätte Bryan, der Sergeant, diesen Augenblick nicht atemberaubender, erleuchtender empfinden können als das Erscheinen Sile O'Sheas.

Langsam wanderte Bryans Blick zurück zum Altar, über den Lehrer, der Lizzys Tierliebe schilderte, hinweg – auf das Bild der Toten. Lizzy Gaffray mit den anmutsvollen Lippen, dem hübschen runden Gesicht, den dunklen Locken bis auf die Schultern. Die reizende Lizzy – Bryans Kopf wischte zurück an die Säule – und der Mann aus der Crêpebude, Lizzy und Sile – es war unglaublich, wie sehr sie einander ähnelten.

Vielleicht mag es Wissenschaftlern, wenn sie jahrelang auf tausend Umwegen nach einem Ergebnis forschen, so ergehen: Im Augenblick, wo die Lösung da ist, begreifen sie es nicht, meinen, sich wie so oft getäuscht zu haben.

Darum schenkte Bryan seiner *Erscheinung* zunächst keine Bedeutung, erwiderte den Druck von Suzys Knie, erfuhr, dass Lizzy nächstes Jahr eine Amerikareise antreten wollte. Währenddessen aber begannen die beiden Bilder in seiner Vorstellung zu verschmelzen, Lizzy und Sile: Allmählich wurde aus den zwei Menschen, dem Mann und der jungen Frau – *ein* Gesicht. Als nach der Gedenkrede das *Agnus Dei* von der Empore erscholl, blieb Bryan dieses Doppelbild noch immer erhalten; es stand auch noch vor ihm, während Flannigan das *Vaterunser* sprach, die Gemeinde niederkniete und den Segen empfing.

Doch als sich die Zeremonie ihrem Ende näherte und die Träger an den Sarg traten, wartete Bryan nicht länger: Bevor sich die Trauernden in Bewegung setzten, schlüpfte er zwischen ihnen hindurch und eilte, so rasch es der Anlass erlaubte, zum Ausgang, nahm sogar in Kauf, dass Suzy ihm verständnislos nachblickte. Sile O'Shea aber schloss sich, seinem Seitenplatz entsprechend, dem Leichenzug als einer der Letzten an.

So kam es, dass Bryan, als der Sarg ins Mittelschiff getragen wurde, bereits im Freien war.

Die Gymnasiasten, den Ulmensarg auf den Schultern, setzten würdige Gesichter auf; der Wind fuhr in ihr Haar, sie hatten Pickel und aufgeriebene Hälse von den Feiertagshemden. Father Flannigan hob die Rechte, senkte sie wieder, schloss Sarg, Trauergesellschaft und Erdkreis in seinen Segen mit ein. Bryan beobachtete die Szene ganz nüchtern und klar.

Seitlich vom Kirchenportal hatte Bryan sich aufgestellt. Die Frauen tauchten ohne Ausnahme ihre Finger ins Weihwasserbecken, viele Männer übersahen es erhobenen Hauptes. Am Priester vorbei schritten erst die Familienmitglieder, dann die Honoratioren, schließlich die Besucher Richtung Friedhof.

Nicht alle schlossen sich an. Einige fanden, sie hätten Lizzy nun ausreichend Lebewohl gesagt, und zweigten auf den Weg zur Stadt ab; unter ihnen auch Sile. Mit kleinen, flinken Schritten lief er, die Hände in beiden Taschen, bergab. Bryan warf einen letzten Blick auf die Menschenschlange, die hinter dem Sarg das Friedhofsportal erreichte. Patrick Gaffray drehte sich um und zwang die Nachfolgenden zum Stehenbleiben; sein Blick schweifte über die Menge – eine unbegreifliche Not lag darin. Er wollte etwas sagen, da ergriff Cathy seinen Arm und zog ihn sanft weiter. Father Flannigan gab den Trägern ein Zeichen, ihren Weg fortzusetzen. Weit hinten im Erlenhain zog der Messdiener das Glöckchen – es läutete. Und läutete immer noch, als Bryan hinter Sile O'Shea den Fuß des Hügels erreichte.

Wenn Bryan jedoch glaubte, Sile kehre zu seinen Crêpeplatten zurück, täuschte er sich: O'Shea wollte an diesem Tag keine Pfannkuchen backen, er schlenderte an seiner geschlossenen Bude vorbei und fiel ein paar Häuser weiter in *MacCarthy's Pub* ein.

Auch wenn das für jeden anderen eine gute Gelegenheit gewesen wäre, mit Sile ins Gespräch zu kommen, für Bryan war es die schwierigste. *MacCarthy's Pub* stand heute im Zeichen der Trauerfeier. So viele schwarze Anzüge hatte man hier seit dem Tod des alten Bürgermeisters nicht mehr gesehen. Die meisten standen am Tresen und hatten das erste Bier in Arbeit. Schon begannen für Bryan die Probleme: Am hellen Mittag trank er kein Bier. Also antwortete er auf Mirandas «Was darfs'n sein, mein Junge?» leise: «Einen kleinen Cider bitte.»

Als Miranda das leere Glas für Bryan unter den Ciderhahn stellte, schob sie gleichzeitig O'Shea sein volles Pint hin; Sile machte den ersten durstigen Schluck. Stellte sich zu den Quatschköpfen an die Säule – Metzger McDermott, dem einarmigen Alfred und Charlotte MacLir. Die schwatzten und widersprachen und stimmten zu, und Charlottes gnadenlose Sägestimme über alle drüber. Bryan wusste, er konnte nicht lange warten, durfte sich nicht erst einen kleinen Cidermut antrinken, er musste sofort loslegen. Charlotte war die Freundin von O'Sullivan, und der Dicke würde bald hier auftauchen.

Bryan nahm den Cider in Empfang und versuchte sich unauffällig zur Gruppe zu stellen. Aber kaum war ein Polizist in der Nähe, ging das Gespräch ein wie eine Primel im Frühfrost. Im Hinterzimmer wurde eins der schönen keltischen Lieder gesungen, überall redeten und lachten sie, im Bewusstsein, einen letzten Schluck auf Lizzy Gaffray zu trinken, die jetzt schon sechs Fuß unter der Erde lag. Schön, dachte Bryan, wenn ich der Außenseiter bin, dann benehme ich mich auch wie der Außenseiter. Direkt vor Sile pflanzte er sich auf und sagte:

«Schöne Feier.»

Und weil dagegen nicht viel einzuwenden ist, nickten Sile

und auch die andern, und McDermott, der fast aus der Anzugjacke platzte, sagte:

«Flannigan spricht mit der Stimme Gottes.»

Es war ein Anfang. Danach lauschten sie den Klängen des Akkordeons, bis Bryan zu Sile sagte: «Sind Sie mit den Gaffrays verwandt?»

Gerade wollte Sile sein Pint austrinken, da stockte er mitten im Schluck und sah Bryan an wie ein Tier, das es nicht gibt.

«Wieso?»

«Nur so», versuchte Bryan es auf die lächelnde Tour. «Viele Leute in der Stadt sind miteinander verwandt.» Er sah in die Runde, traf auf ausdruckslose Gesichter. Bryan machte weiter. «Könnte doch sein, dass eine Großmutter von Ihnen mit einem Großonkel der Gaffrays …»

Alle glotzten sie jetzt, als wäre Bryan nicht nur ein unbekanntes, sondern auch ein unerwünschtes Tier.

«Ich war auf dem Begräbnis, weil ich Lizzy mochte», antwortete Sile. «Wir alle.»

Schweigen. Nicken.

«Hat Lizzy Sie oft an Ihrer Bude besucht?» Vor Nervosität hielt Bryan sich wie ein Trinker am Ciderglas fest.

«Klar», sagte Sile. «Hat ihr geschmeckt bei mir.»

«An ihrem letzten Abend auch, oder?» Und da Sile nicht reagierte, setzte Bryan nach: «Da hat's Lizzy auch bei Ihnen geschmeckt.»

Jetzt waren die Blicke der vier an der Säule so, als wollten sie sagen: Verschwinde, du Eiterbeule, bevor wir unsern Humor verlieren. Bryan aber, Augen zu und durch, sagte die nächste Unmöglichkeit:

«An dem Samstagabend haben Sie alle Gaffrays bedient, stimmt's, Sile? Die ganze glückliche Familie.»

Weil Sile nicht blöd war und allmählich spürte, dass der lange Schlaks von Sergeant etwas im Schilde führte, beschloss er, *korrekt* zu antworten.

«Bei den Straßenfesten mache ich so viel Geschäft wie sonst im ganzen Monat nicht. An so einem Abend kommt jeder irgendwann bei mir vorbei.»

«Die Gaffrays kamen gleichzeitig, stimmt's?»

«Kann schon sein», nickte Sile.

Und Charlotte MacLir, die nicht ertrug, länger zu schweigen, sagte:

«Klar – ich hab sie alle bei dir gesehen.»

Genau darauf hatte Bryan gewartet: dass mehrere Leute Aussagen machten – denn die stimmten nie überein. Er wandte sich an Charlotte: «Wann war das?»

«Himmel, ich und Zeiten!», zwitscherte sie. «Kann acht gewesen sein, vielleicht auch später. Jedenfalls war zuerst Patrick Gaffray da und dann Cathy.»

«Paddy hatte *Pur* mit Puderzucker», sagte Sile, der merkte, dass man mit Fakten am besten fuhr. «Cathy nahm Apfelmus, hat aber nicht aufgegessen.»

«Hinterher kam Lizzy», ging Charlotte dazwischen; sie ließ sich ungern unterbrechen. «Sie war mit Peter unterwegs.»

«Sauerkirsch», nickte Sile. «Und Peter hat gar nichts gegessen.» Jetzt fuchtelte Sile mit dem Finger in Richtung Charlotte: «Da war's genau acht, denn Patrick kam direkt aus'm Büro.»

«Wie wollen Sie das so genau wissen?»

«Weil er's oft so macht. Kommt aus den Hallen und isst was bei mir. An guten Tagen Schinken-Käse.»

«Gute Tage?», fragte Bryan. «Heißt das, wenn's Wetter schön ist?»

Alle schüttelten die Köpfe. Sie wussten, was jeder hier wusste, bloß Bryan nicht.

«Nöööh. Gute Tage sind, wenn Patrick nicht traurig ist.»

«Traurig?» Schon als er fragte, klingelte etwas bei Bryan.

«Was heißt *traurig*?», fragte er in die Runde.

«Nicht so gut drauf», sagte Sile.

«Trübsinnig eben.» Alfred von der Tankstelle.

«Kennt doch jeder.» Der Metzger jetzt.

«Aber bei Gaffray, da ist es fast der Normalzustand», spielte Charlotte ihren Trumpf aus. «Er war schon mal fort, vor zwei Jahren …»

An den Blicken der andern merkte sie, dass sie zu weit gegangen war. Und rettete sich in einen Redegalopp:

«Das war damals, als Cathy die Firma leitete; hätte ihr keiner zugetraut, sie hat's aber erstklassig hingekriegt, alle Fischer waren zufrieden, und die Lkw-Fahrer haben ihr förmlich aus der Hand gefressen, waren alle 'n bisschen traurig, als Patrick wiederkam.»

Bryan kam sich vor wie der Wolf mit den sieben Geißlein. Spitzte die wissbegierigen Ohren, und die Geißlein plapperten um ihr Leben.

«Wo ist er denn gewesen?»

Auf diese Frage blieben sie still; Alfred, McDermott und Sile schauten in ihr Glas, Charlotte wandte den Kopf zum Akkordeonspieler.

«Wo ist er gewesen?», wiederholte der Wolf.

«Zur *Erholung* … hat's geheißen», murmelte McDermott.

«Die hat er auch gebraucht, nach dem Unfall.» Das fiel dem Geißlein Charlotte aus dem Mund.

Wolf hin oder her, Bryan war schlau genug, irgendwann von seiner Beute abzulassen; er winkte Miranda mit seinem leeren Glas und sagte: «Cathy kam also *nach* ihrem Mann an den Crêpestand?»

«Mhm», machte Sile. «Sie wollte gleich mit Paddy weiter, aber da tauchten Lizzy und Peter auf, und sie blieben noch 'n bisschen. Cathy hatte es eilig; die wollte, glaub ich, woandershin.»

Und jetzt eine Standardfrage, die Bryan nur selten zum Einsatz brachte, aber in dem Fall passte sie: «Würden Sie sagen, die Gaffrays führen eine glückliche Ehe?»

«Klingt ganz nach 'nem Verhör, was Sie da machen.» Unwillig richtete Sile sich auf, war trotzdem immer noch einen Kopf kleiner als Bryan.

Jetzt McDermott: «Dieser Immobilienmakler, den ihr geschnappt habt … das war wohl gar nicht der Mörder?»

«Wie kommen Sie darauf?» Der Wolf hatte die Geißlein im Griff.

Wieder Sile: «Na ja, wie's scheint, seid ihr noch auf der Suche?»

Und Alfred von der Tankstelle, von dem viele sagten, er sei noch blöder als sein verblödeter Sohn, sagte zu Sile: «Dann bist *du* jetzt wahrscheinlich der Hauptverdächtige!» Und lachte. Und die andern lachten ein bisschen. Nur Sile lachte überhaupt nicht.

«Klar.» Auf den Spaß ließ sich Bryan ein. «Ich will Sile verhaften; hab bloß meine Handschellen vergessen.»

Und da lachten sie noch einmal – die Handschellen vergessen! –, aber so recht von Herzen kam es nicht.

«Ich hab den ganzen Samstag Crêpes verkauft», sagte Sile ins Gemecker hinein. «Das weiß jeder.»

«Und hinterher?»

Sile bekam einen gehässigen Zug um den Mund. «Hinterher war ich hier, bis Miranda dichtgemacht hat; da war 's mindestens eins. Das hab ich O'Sullivan doch schon alles erzählt!»

«Was erzählt?», ertönte die breite Stimme des Sergeants. O'Sullivan arbeitete sich zur Säule durch, und Bryan ahnte, sein Verhör war zu Ende. Aber eins musste er noch wissen:

«Wie lange kennen Sie die Gaffrays, Sile?»

«Mein Leben lang.» Hier lächelte O'Shea, das war eine einfache Frage. «Hab früher bei Paddy in der Firma gearbeitet», sagte er. «War dann nicht leicht, sich in 'ner Stadt wie Castlebere mit französischer Küche selbständig zu machen.»

Während Bryan über die *Haute Cuisine* des Pfannkuchenbäckers grinste, spürte er O'Sullivans Hand am Ärmel.

«*Du* hier, mit 'nem Glas in der Hand?», brummte der Sergeant. «Hätt ich nicht erwartet.»

Als der Dicke neben ihn trat, war es das erste Mal, dass Bryan sich über sein Auftauchen freute. O'Sullivan war milde gestimmt, weil Charlotte schon ein Pint für ihn in Auftrag gegeben hatte und sich liebevoll bei ihrem Ronnie unterhakte. In diesem Moment fiel Bryan ein, dass er Suzy auf dem Begräbnis einfach stehen gelassen hatte.

Außerdem ist noch zu berichten, dass im Verlauf dieses Nachmittags Gardai Meers, der Mäuse-Gardai, Vater einer siebeneinhalb Pfund schweren Mary wurde. Nachdem er seine Tochter ausgiebig willkommen geheißen und sich von seiner erschöpften Frau verabschiedet hatte, feierte er das Ereignis in *MacCarthy's Pub* bis in die Nacht hinein; und Bryan Sheehy soll ziemlich lange dabei gewesen sein.

Gewagter Sprung

Die Sache ist so: Bryan sagte zu Suzy, sie solle alles noch einmal durchgehen. Was durchgehen?, fragte Suzy am Telefon. Und weil Bryan immer noch nicht genau definieren konnte, was genau er eigentlich suchte, sagte er: «Alles.» Aber so durfte man Suzy nicht kommen, die Expertin zählte ihm die Möglichkeiten auf: Gewebespuren, Mageninhalt, das Salzwasser in Lizzys Lungen, die Gen-Analysen.

«Ja, genau», sagte Bryan ins Telefon, «prüf alles. Auch die Gen-Tests.» Das sagte er leiser, weil er im Hintergrund Mrs. Diveney rumschleichen hörte.

«Wozu denn?» Suzy jetzt. «Die Analyse ergibt eindeutig, dass DeGeter der Mann ist, mit dem Lizzy Sex hatte.»

«Weiß ich, weiß ich.» Bryan ließ es in seinem Kopf sausen: Was war das *Wesentliche* – das alles verbindende Glied? Der Mord an einer Siebzehnjährigen. Warum brachte man eine junge hübsche Frau um? Eifersucht/Raserei/weil sie etwas wusste, das nicht bekannt werden durfte/oder: weil sie etwas *WAR*, das nicht bekannt werden durfte. So ungefähr spukte das Gesause in Bryans Kopf, darum sagte er:

«Prüf die DNA eines Mannes namens Sile O'Shea.»

«Der Crêpebäcker?», fragte Suzy überrascht.

«Der Crêpebäcker?», piepste Mrs. Diveney.

«Den kennt wohl jeder.» Bryan nickte der Vermieterin, die mit einem Handfeger vorbeihuschte, unfreundlich zu.

«Kann schon sein. Er macht die einzigen Crêpes im Umkreis von hundert Meilen», sagte Suzy.

Dann weihte Bryan sie stockend in seine Überlegungen ein. Stockend, weil das schon wieder so eine Sache war mit dieser Theorie. Und Suzy fand, was sie hörte, ziemlich haarsträubend, aber – so war Suzy – sie wollte mitkommen.

Wohin mitkommen?, fragen wir und sind schon auf halbem Weg.

Bryan legte den Dienstwagen hart in die Kurve; das machen Männer, um Frauen zu imponieren. Suzy musste sich festhalten, ihr Rock rutschte ein wenig hoch, und das gefiel Bryan. Sie fragte, woher Bryan die genaue Adresse hatte; und er sagte: Aus der Akte. Gardai Meers, der das Archiv beaufsichtigte, war nicht da, weil er im Krankenhaus mit seiner Tochter spielen wollte (auch wenn sie praktisch den ganzen Tag schlief). So hatte Bryan die Adresse heraussuchen können, ohne dass die anderen etwas merkten.

«Links», sagte Suzy; sie hatte die Karte auf den Knien. «Du musst durch Eyeries durch.»

«Kennst du Kilkatherine Point?», fragte Bryan.

«Jedes Kind kennt Kilkatherine Point. Westlichster Punkt der Halbinsel. Gibt auch ein Fischereimuseum dort.»

«Fischerei», murmelte Bryan.

«Was?»

«*Lesen, Denken und Angeln.*» Er sah Suzy an. «Das hat Cathy Gaffray gesagt.»

«Lesen und Angeln, hä?»

«Darum fährt ihr Mann immer dorthin.» Bryan fegte in die nächste Kurve.

«Ja, es ist schön, wenn man was Eigenes hat.» Suzy klammerte sich am Haltegriff fest.

Bevor Suzy noch mehr ins Schwärmen geriet fürs *Eigenheim auf dem Land,* sagte Bryan, dass es doch seltsam war, wenn einer, der den ganzen Tag beruflich mit Fisch zu tun hatte, am Wochenende auch noch zum Angeln fuhr. Aber das fand Suzy nicht absonderlich, sondern verständlich.

«Was Eigenes», sagte sie. «Ein Ort, wo ich die Tür hinter mir zumachen kann, und keiner darf mich stören.»

«Und danach?» Bryan fuhr langsamer; die Straße war ein einziges Schlagloch.

«Hm?»

«Was machst du, nachdem du die Tür zugemacht hast?»

«Alles Mögliche.»

«Nein. Nachdem man die Tür hinter sich zugemacht hat, ist da doch nur die Einsamkeit.»

Da hatte Bryan aus dem Herzen gesprochen, und Suzy sah ihn lange von der Seite an; denn jetzt begriff sie, dass er nicht vorhatte – in welchem Haus auch immer – mit ihr gemeinsam eine Tür hinter sich zuzumachen. Und da war die Einsamkeit wirklich für ein paar Minuten greifbar im alten Toyota.

Es war keine reiche Gegend, durch die sie fuhren, aber wie man so sagt: *wildromantisch*. Zuerst dachten sie, sie würden es nicht finden, und Suzy schlug vor zu fragen; aber Bryan wollte, dass so wenig Leute wie möglich von der Aktion erfuhren. Sie suchten weiter, holperten schlecht geteerte Anhöhen hinauf und Sandpisten zum Meer wieder hinunter, gerieten auf Sträßchen, die anmutig in die Landschaft führten und im Morast endeten. Häufig, wenn es nicht weiterging, standen sie vor einem Weidezaun. Nur Schafe als Zeugen.

«Das ist Blödsinn», sagte Suzy, nachdem sie eine weitere Sackgasse erwischt hatten. «Willst du nicht doch lieber den offiziellen Weg gehen?»

Stur legte Bryan den Rückwärtsgang ein.

«Da müsste ich zunächst Caughan davon überzeugen. Dann der Papierkrieg. Und was glaubst du, wie lange es dauert, den Staatsanwalt dazu zu kriegen, das Haus des einflussreichsten Steuerzahlers im Südwesten zu durchsuchen?»

«Wochen», gab Suzy zu und widmete sich wieder der Karte.

Sie entdeckten, dass sie an dem Haus schon zweimal vorbeigefahren waren; es lag hinter einer Kehre. Sie ließen das Auto stehen und gingen auf den einstöckigen Bau zu.

«Gelb?» Suzy stirnrunzelnd. «Nie würde ich ein Haus gelb streichen.»

Aber weil ihm die Farbgebung egal war, begann Bryan, ums Haus zu schleichen. Er hatte auf ein offenes Fenster gehofft, eine Kellerluke mit eingeschlagenem Glas, irgendeinen hilfreichen Umstand, der das Unterfangen nicht ganz so gesetzeswidrig machte. Aber alles war fest verschlossen, im Erdgeschoss sogar vergittert, ein eiserner Balken mit Vorhängeschloss quer über der Eingangstür.

Bryan blickte an dem Nadelbaum hoch, eine Zeder. Bis zum Wipfel, dann ein wenig zur Seite hängen, dachte er und sah sich gleichzeitig um, ob Suzy hinter ihm war.

«Dann wollen wir mal», sagte er, als sie um die Ecke kam.

«Du wirst doch da nicht hoch...»

Und das war 's genau, worauf Bryan gehofft hatte: ein wenig Bewunderung. Wenn er sich schon die gute Uniform mit Zedernharz eindreckte, sollte es wenigstens unter Suzys staunenden Blicken sein.

«Bringt doch nichts», stutzte sie ihm die Flügel. Aber Bryan hatte den Stamm schon ergriffen, quetschte sich zwischen den eng stehenden Ästen empor, setzte Fuß und Hand (fluchte leise, er hatte in einen Harzbatzen gegriffen); je höher er kam, desto dünner wurden die Zweige. Bryan war immer noch recht schlank, aber ein Fliegengewicht war er auch nicht. Also brach einer, und einen gefährlichen Moment lang hing er in der Luft.

«Diese Unvernunft!», hörte er von unten, und das war es nicht, was er als Ermunterung verstand. Doch nun war er oben und bog sich mitsamt der Baumkrone zu Gaffrays Haus hinüber. Es war natürlich weiter, als es von unten ausgesehen hatte; nur sein rechter Fuß erreichte die Balustrade des kleinen Balkons. Und das war die Situation: Bryan hing halb in der Zeder und stand halb auf der Brüstung, und loslassen war unmöglich.

«Nun mach, woran liegt's denn?», kam es verständnislos von unten. Und weil Bryan jetzt wirklich wütend wurde und seinen Händen langsam die Kraft ausging, gab er sich Schwung, krachte mit Armen und Oberkörper auf das Balkongeländer, klammerte sich fest, die Füße schabten an der Fassade. Wie ein Klammeräffchen kam er sich vor, und wie er so da hing, sah er tatsächlich so aus. Und nur weil die Frau, der er imponieren wollte, unter ihm stand, hatte er die verzweifelte Kraft, sich hochzuziehen und über die Brüstung zu winden. Da lag er auf Patrick Gaffrays Balkon.

«Was ist dort?» Die Stimme von unten. Bryan wartete erst, bis sich sein Atem beruhigte. Dann stand er auf, fand die Balkontür verschlossen, und weil ihn das Ganze immer wütender machte, gab er der zierlichen Tür einen Tritt. Verfehlte das Holz und traf die Scheibe, die ging zu Bruch, er griff hinein und öffnete das Schloss.

«Einbruch und Hausfriedensbruch», hörte er Suzy von unten.

Sollte sie doch reden – er war drin und schlich durch den ersten Stock. Dass das eine Männerhütte war, erkannte Bryan sofort. Alte Seefahrerkarten an den Wänden, historische Harpunen; über der Tür ein ausgestopfter Fisch – ob Gaffray den selbst gefangen hatte? Bryan schlich ins Erdgeschoss: Küchenzeile, schwarzer Eisenofen, Sofa. Zeitungen, nach Datum sortiert. Hier unten fand er Bilder, an der Wand und in silbernen Stehrahmen auf der Kommode, Fotografien von Cathy und Lizzy. Bryan zog Schubladen auf – alte Kalender, Taschenlampe, ein Buch übers Angeln: *Der Köder und die Leine.* Und auch wenn es eigentlich nichts zu berichten gab, stieß er einen Fensterladen auf und rief Suzy. Den Hügel hinunter lag das Meer. Draußen neben der Hauswand war etwas aufgegraben worden, ein Schacht oder so. Da waren Schubkarre, Harke, Schaufel, und dort stand Suzy und zeigte auf … Bryan entfuhr ein Schrei; denn Suzy, die Gerichtsmedizinerin aus Bantry, die blaue Gewebefasern unter Lizzys Fingernägeln entdeckt hatte, zeigte auf ein Paar blauer Arbeitshandschuhe, säuberlich über den Schaft der Schaufel gestülpt. Durch das Gitter waren die Handschuhe unerreichbar für Bryan – er glotzte hinaus; und Suzy guckte triumphierend nach drinnen.

Und jetzt Bryan: Hastete die Treppe hoch, raus auf den Balkon, schloss die Tür, so gut es ging, stieg über die Balustrade, hing einen verzweifelten Moment über dem Abgrund und ließ sich fallen. Landung auf Gras, ein kurzer Schmerz, aber mit dem Schrecken davongekommen. Er humpelte ums Haus.

«Nichts anfassen!», rief er, doch Suzy war nicht von gestern, also hatte sie schon die Polaroid-Kamera aus dem Auto geholt. Fotografierte die Handschuhe, die Schaufel, die ganze Szenerie. Aber weil Bryan der ermittelnde Sergeant war, überließ Suzy ihm die Ehre, die Handschuhe vorsichtig vom Stiel zu schälen, in eine Plastiktüte zu tun und den Fund zu versiegeln. Wenn das die richtigen Handschuhe waren, hatten sie ein derart belastendes Indiz in Händen, dass beide auf der Rückfahrt einigermaßen verwirrt waren und eine ganze Strecke lang nichts sagten. Bryan fuhr nicht nach Castlebere Haven, sondern auf direktem Weg nach Bantry, ins Labor der Spurensicherung.

Ein offizielles Verhör Patrick Gaffrays, des Besitzers der *Gaffray's Fishermen's Co-op* und wichtigsten Arbeitgebers der Region, gleichzeitig Vater der ermordeten Lizzy Gaffray, kam einem Donnerschlag gleich. Da die Indizienlage ein Verhör aber unumgänglich machte, hatte Inspector Caughan einen Weg gefunden, die Sache abzumildern, und das geschah folgendermaßen:

«Das ist Mister Therloyn, Rechtsbeistand der Polizeibehörde Bantry», sagte er, nachdem Patrick Gaffray, groß und dunkel, den Verhörraum betreten hatte. Caughan stellte einen rotbackigen Mann vor, der unauffällig in der Ecke saß, kurz aufstand, wieder niedersank. «Er ist zu unser beider Unterstützung hier.»

«Unterstützung?», fragte Gaffray in leisem Bass.

«Er kann un» – Caughan zögerte – «in Verfahrensfragen behilflich sein.»

«Stellen Sie sich einfach vor, ich wäre nicht da, Sir», sagte der Anwalt. «Ich werde in keiner Weise in das Verhör eingreifen.»

«Also doch ein Verhör!»

«Bitte setz dich, Patrick.» Caughan schob dem großen Mann einen Stuhl hin.

«Sean, was soll das Ganze?» Gaffray machte keine Anstalten, sich zu setzen. «Ihr habt Fragen an mich. Ich beantworte sie, so gut ich kann. Ich will helfen, den Mörder meines Kindes zu finden.»

Das klang ehrlich; und Sean Caughan sah man an, dass er alles andere als erfreut war, diesem schwer angeschlagenen Mann solche Fragen stellen zu müssen. «Natürlich, Patrick. Wir alle wollen das», sagte er. «Die Sergeants Sheehy und O'Sullivan kennst du bereits. Das ist Doktor Moynihan, unsere Gerichtsmedizinerin.»

Suzy grüßte durch ein Nicken. Bryan fiel auf, dass sie, umgeben von lauter älteren Männern, verflucht jung aussah. Er ging an Gaffray vorbei und setzte sich neben Suzy. O'Sullivan blieb wie gewohnt an der Wand stehen.

«Er soll dort weggehen», sagte Patrick Gaffray. «Ich mag es nicht, wenn man in meinem Rücken steht.» Ohne das Zeichen des Inspectors abzuwarten, ging O'Sullivan auf die andere Seite.

Jetzt erst, ganz langsam, ließ Gaffray sich nieder. «Warum darf meine Frau nicht dabei sein?»

«Das hat mit dem ... Charakter unserer Fragen zu tun.» Caughan setzte sich ebenfalls und nickte Bryan zu. Die ganze Zeit schon staunte Bryan, wie frisch und dynamisch sein Inspector heute wirkte; nichts schien von dem Anfall zurückgeblieben zu sein – auch keine Erinnerung.

Natürlich ging es zuerst um die Handschuhe; Bryan holte sie aus dem Plastikbeutel und fragte, ob sie Gaffray bekannt vorkämen. Reichte sie über den Tisch, Patrick wendete sie hin und her:

«Sieht so aus, als wären das meine. Wo habt ihr die her?»

Und der Inspector, so freundlich wie möglich: «Diese Handschuhe wurden vor deinem Haus gefunden, Patrick.»

Aber doch nicht freundlich genug, denn Gaffray wurde laut: «Was habt ihr in Kilkatherine Point zu suchen?!»

«Dient alles der Aufklärung, Sir.» Bryan fand, dass man mit den Streicheleinheiten nicht weiterkam. «Wir stellen also fest, dass Sie die Handschuhe als Ihr Eigentum identifiziert haben.»

Traurige Augen, auf Bryan geheftet: «Habe ich Ihnen nicht erzählt, Sergeant, dass ich eine Wasserrinne graben wollte – vor meinem Haus?»

«Sie haben die Arbeit also doch durchgeführt, Sir?»

«Mittwoch. Ich musste mich ... etwas tun – mich ablenken.» Sein Ton wurde offener. «Ich bin rausgefahren und habe gegraben. Mehrere Stunden lang.»

«Waren die Handschuhe da schon im Haus?»

«Nein. Ich habe sie von daheim mitgenommen.»

Bryan und Suzy, Bryan und der Inspector wechselten unauffällige Blicke. «Was hat das alles mit dem Mord zu tun?» Gaffray hatte die Augenspiele bemerkt.

Der Inspector: «Lass uns zuvor noch eine Sache klären, Patrick.»

«Mister Gaffray, wie lange sind Sie verheiratet?», fragte Bryan und hoffte, man konnte seinen Gesichtsausdruck für undurchschaubar halten.

«Seit ... was soll das ... einundzwanzig Jahren.»

«Sie sind ... neunundvierzig Jahre alt, Sir?» Bryan tat, als würde er in der Akte nachlesen. «Das heißt, Sie waren achtundzwanzig, als Sie geheiratet haben – und Ihre Frau zwanzig.» Gaffray schwieg. «Vier Jahre nach der Hochzeit kam Lizzy zur Welt.»

Gaffray nickte.

«Warum so spät?»

Gaffrays Kopf fuhr herum. «Wie meinen Sie das?»

«Sie waren damals schon wohlhabend; materiell gab es keinen Grund, nicht gleich ein Kind zu bekommen. Wieso haben Sie vier Jahre damit gewartet?»

«Ich ...» Gaffray wandte sich an den Inspector. «Cathy wollte es nicht ... sofort. Sie hat überlegt, einen Beruf zu ergreifen.»

«Aber Ihre Frau hat nie gearbeitet?» Bryan wollte sich das Ruder nicht aus der Hand nehmen lassen.

«Doch, sie gibt manchmal Reitunterricht.»

«Das meine ich nicht.» Mit Mühe gelang es Bryan, seiner Stimme einen ruhigen Klang zu geben. «Hat Ihre Frau nicht vor zwei Jahren interimistisch die Leitung der Firma übernommen?»

«Leitung –!» Ein herablassendes Lachen. «Nein. Mein Chefbuchhalter hat die Arbeit gemacht. Cathy war bloß eine ... Galionsfigur.» Gaffray überlegte den nächsten Satz genau. «Mein ... Erholungsurlaub hat ja auch nicht besonders lange gedauert.»

«Vier Monate, Sir. Das scheint mir ein ziemlich ausgedehnter Urlaub zu sein.»

«Was hat das mit Lizzys Tod zu tun?!», brach Gaffray aus.

«Lizzy kam vor siebzehn Jahren zur Welt.» Bryan ließ sich nicht irritieren. «War sie ein Wunschkind?»

«Natürlich.»

Oh, er war raffiniert, dieser Bryan: «Gab es bei der Geburt irgendwelche ... Komplikationen?»

«Nein. Lizzy wurde zwei Wochen zu früh geboren, sonst nichts. Sie war kerngesund; und Cathy kam tags darauf schon wieder nach Hause.»

Bryan stand jetzt an der äußersten Spitze der Klippe; es gab nur Rückzug oder Sprung. Er sah den Inspector an, Caughan nickte. Bryan sprang.

«Mister Gaffray, sind Sie davon überzeugt, der leibliche Vater Lizzys zu sein?»

Als ob ein Licht ausginge; Patrick Gaffrays Augen verschwanden in den Höhlen, seine Stimme zerbrach.

«Natürlich bin ich das.»

Dann dauerte das Schweigen mehrere Sekunden. Suzy, die mit Bryans Quälerei wenig anfangen konnte, fragte so sanft wie möglich:

«Warum haben Ihre Frau und Sie nicht noch weitere Kinder bekommen?»

«Es gab Probleme.» Hilfe suchend wandte Gaffray sich an die Ärztin.

«*Konnte* Ihre Frau keine Kinder mehr kriegen?»

«Nein, an ihr lag es nicht», antwortete er rasch. «Es hat sich herausgestellt» – der große Mann legte beide Hände auf die Schenkel, blickte auf sie nieder –, «dass ich kein weiteres Kind zeugen konnte.»

Bryan holte Luft, um nachzuhaken, aber die Reihe war an Suzy.

«Mister Gaffray, ich habe mit dem Primarius von Kilearny gesprochen. Wollen Sie uns aus Ihrer Sicht etwas über die Erkrankung vor zwei Jahren erzählen? Was war die Ursache?»

«Ihr habt Erkundigungen über mich eingezogen?!» Gaffray zum Inspector: «Sean, das hast du mir nicht gesagt!»

Der Inspector griff nach seinem Rettungsanker und wandte sich an den Anwalt. «Würden Sie Mister Gaffray raten, die Befragung abzubrechen?»

«Dazu sehe ich keine Veranlassung», sagte der Anwalt. «Es ist allerdings wichtig, dass er den Hintergrund der Frage versteht.»

Caughan stand auf, ging quer durch den Raum. Er kannte

Patrick seit dreißig Jahren – das Unangenehme musste er ihm selbst sagen.

«Vor zwei Jahren, Patrick, nach deinem versuchten ...»

«Es war ein Unfall!», warf Gaffray brüsk ein.

Caughan nickte beruhigend. «Jedenfalls nach diesem *Ereignis* wurdest du in die Nervenheilanstalt von Kilearny eingeliefert. Und zwar wegen ...» Er drehte sich zu Suzy.

«Mister Gaffray wurde wegen rezidivierender depressiver Störung behandelt.» Ernst und sachlich, Doktor Moynihan.

Caughan dankte; der Ausdruck hätte ihm zu schaffen gemacht. Dann stellte er die Frage, derentwegen eigentlich alle im Raum waren.

«Könnte der Auslöser dafür gewesen sein, dass du erfahren hast, dass Lizzy nicht deine Tochter ist?»

Wie reagiert man auf diese Frage? Man kann langsam den Kopf heben und lauschen; so als ob nichts gesagt und keine Frage gestellt worden wäre. Man kann ins Deckenlicht starren, mit weit aufgerissenen Augen, als wollte man langsam erblinden. Man öffnet den Mund, nichts kommt heraus. Patrick Gaffrays Gesicht war weiß.

«Nicht – wahr.» Seine einzigen Worte.

«Was ist nicht wahr?», fragte Caughan leise; ein Kloß saß ihm im Hals.

«Lizzy *ist* meine Tochter.»

«Das heißt: Du hast es *nicht* gewusst.»

Caughan trat vor Patrick. Der kam langsam hoch, überragte den Inspector um Hauptеslänge.

«Was ... bedeutet das alles?» Wieder die zerbrochene Stimme, wie von tief drinnen.

Suzy musste sich an den Fakten festhalten, um weiterzumachen. «Sir, es besteht kein Zweifel an der Richtigkeit unserer DNA-Analyse.» Sie schaute auf das Aktenblatt. «Wir haben eine klare Übereinstimmung der Erbinformation Ihrer Tochter mit ... einer anderen männlichen Person festgestellt.»

Blickte hoch. «Das bedeutet, dass es *keine* Übereinstimmung mit Ihrer Erbinformation gibt.»

Es war gesagt; es konnte nicht mehr zurückgenommen werden.

«Warum bin ich hier?» Hohl und leise, schwankend.

«Tja, Patrick», begann der Inspector. «Wir brauchen einen Beweis dafür, dass du in der Tatnacht zwischen Mitternacht und zwei Uhr früh in Kilkatherine Point gewesen bist.» Stille.

«Und wenn ich das nicht beweisen kann?»

«Dann ...» Hier verstummte der Inspector.

«Dann müsste ich Ihnen dringend raten, Rechtsbeistand einzuholen», sagte der Anwalt von der Hinterbank.

Der Inspector: «Du *warst* doch oben im Haus.» Eindringlich, fast hoffnungsvoll.

«Das Fest», antwortete der große Mann. «Ich war mit Cathy auf dem Fest.» Nachdenklich kamen seine Worte jetzt, als müsste er sich den Abend erst in Erinnerung rufen. «Wir haben was getrunken. Cathy war ein bisschen beschwipst. Wir wollten was Süßes ... das heißt, ich wollte. Bei Sile.» Er schaute kurz um sich. «Ich habe Apfel-Zimt gegessen. Und dann kam Lizzy mit Peter; sie hatte Sauerkirsch und ... Schlagsahne.»

Wir sehen ihn an, diesen zwei Meter großen Mann, wie er im Licht steht und von Dingen redet, die scheinbar nebensächlich sind, wie er fast zusammenbricht und fällt, aber weiterspricht, wie seine Worte immer langsamer werden; wir sehen die Polizisten, die Ärztin, wie sie zuhören und wie sie erwarten, die *eine* Antwort zu bekommen.

«Lizzy trug ihr hellgrünes Kleid; sie hat es sich voriges Jahr zum Geburtstag gekauft. Ich wollte sie und Peter einladen; aber Cathy hat es plötzlich so eilig gehabt, wollte gehen. Wir haben uns alle verabschiedet und sind zum Auto ... Und das ... war das letzte Mal, dass ich Lizzy lebend sah.»

«Wohin sind Sie danach gefahren?»

«Nach Hause.» Mit gesenktem Kopf sprach Gaffray weiter. «Ich habe Cathy abgesetzt und bin weiter zum Cottage gefahren.»

Bryan wollte das Dickicht jetzt endlich zerhauen. «Wieso dieser rasche Aufbruch? Gab es Streit zwischen Ihnen und Ihrer Frau?»

«Streit?» Nur Staunen in Gaffrays Augen.

«Vielleicht, weil Ihnen an diesem Abend, an Sile O'Sheas Bude, zu Bewusstsein gekommen ist, was Sie schon die ganze Zeit ahnten.» Bryan stand auf.

«Moment, so geht das nicht», mischte sich der Anwalt ein. Aber Bryan war nicht mehr zu halten.

«Vielleicht haben Sie den Zustand nicht länger ertragen, dass Lizzy, dass diese junge Frau, die unter Ihrem Dach lebte – nicht Ihr Kind war. Vielleicht sind Sie Samstagnacht gar nicht nach Kilkatherine Point rausgefahren. Und Ihre Frau hat gelogen, als sie sagte, Lizzy kam nach Hause, nahm ein Bad und ging ins Bett! Vielleicht haben Sie Ihrer Tochter beim Heimkommen einen … ich weiß nicht: Spaziergang vorgeschlagen? Oder eine Bootsfahrt? Und haben Lizzy dabei ins Gesicht gesehen. Das schöne Gesicht mit den vollen Lippen und den dunklen Locken. Dann hat Sie vielleicht die Wut übermannt. Sie haben das Mädchen ins Meer gestoßen und so lange unter Wasser gedrückt, bis es sich nicht mehr bewegte. Und erst danach, Mister Gaffray, danach erst sind Sie nach Kilkatherine Point gefahren!»

Das war Bryans Ansprache; und sie war unmissverständlich. Aber Sean Caughan, der Inspector, der die ganze Zeit in Patricks Gesicht geschaut hatte, fand, dass das so nicht ging. Darum sagte er:

«Bryan.»

Und Bryan verstand. Stumm ging er zu seinem Platz zurück.

Jetzt hatten sie eine Situation, in der vieles möglich war:

Zusammenbruch, Geständnis, Schweigen. Doch in diesem Moment griff unglücklicherweise der Anwalt ein.

«Ich möchte betonen», meldete er sich von seinem Platz aus, «dass Sergeant Sheehy lediglich eine Vermutung angestellt hat. Ein Gedankenspiel, das nicht zwangsläufig mit der offiziellen Ansicht der Polizeibehörde …»

«Ist es so gewesen, Patrick?», unterbrach der Inspector.

Der bleiche Mann antwortete nicht, sondern sagte: «Ich werde jetzt gehen. Ich werde mich mit meinem Anwalt beraten.»

Patrick Gaffray wartete nicht ab, ob ihm gestattet wurde, den Verhörraum zu verlassen, er öffnete einfach die Tür und ging mit langen Schritten durch den Flur. O'Sullivan schaute zum Inspector, ob er folgen sollte – Caughan schüttelte den Kopf. Da hörten sie draußen den Summer und wussten, Gardai Meers hatte Patrick Gaffray nach draußen gelassen.

Mon cher papa

In dieser Nacht schliefen Bryan und Suzy miteinander; haltlos und ausgiebig. Er blieb bei ihr in Bantry. Nach der Liebe auf dem Sofa versuchten sie Tiefkühllasagne in der Pfanne aufzutauen – Suzy hatte kein Backrohr. Während die gefrorene Lasagne brutzelte, liebten sie sich in der winzigen Küche, und Bryan fand seine Technik beachtlich. Nachdem sie festgestellt hatten, dass man Lasagne, die außen verkohlt und innen steinhart ist, nicht essen sollte, gingen sie ins Bett und bestellten telefonisch beim Takeaway. Im Fernsehen lief Bryans Lieblingssendung: Pool Billard – für ihn Spannung pur.

Die Tagesdecke um die Hüften, ging er zur Tür und öffnete, nahm dem schlecht gelaunten Inder die Pappschachteln ab, gab zu wenig Trinkgeld; gleich darauf saßen sie aneinander gekuschelt bei Tandoori und Lammcurry, hatten jeder ihren Pool-Billard-Favoriten und feuerten ihn an.

Es wurde spät für zwei Leute, die um sieben Uhr rausmussten, Bryan noch früher, weil er erst nach Castlebere wollte, sich umziehen. Als *Pool Billard* aus war, wischten sie die leeren Kartons vom Bett und liebten sich noch einmal und ganz zärtlich. Währenddessen begann im Mitternachtsprogramm *Menschen im Hotel*; diesen Klassiker durfte man nicht verpassen, und Bryan und Suzy stritten darüber, wer denn nun John Barrymore und wer Lionel Barrymore war. Aber beide fanden die Garbo von unvergleichlicher Traurigkeit; und als der unscheinbare Mister Kringelein zum guten Schluss sein ‹Flämmchen› kriegte, saß Bryan genauso ein Kloß im Hals wie Suzy. Sie weinte, er verkniff es sich, und beide waren zufrieden mit der Vorstellung, dass das Glück im Unscheinbaren dem glamourösen Glück überlegen war. Und schliefen umarmt ein. Nicht lange, muss gesagt werden, denn Bryans linker Arm drohte abzusterben; er löste sich vorsichtig von Suzy und rollte in seine gewohnte Schlafstellung.

Und während die beiden die wenigen Stunden bis zum nächsten Arbeitstag nebeneinander verbrachten, passierte etwa sechzig Kilometer entfernt das, was Bryan um alles in der Welt hätte verhindern wollen. Es war nicht seine Schuld, doch das ist kein Trost. Suzy und Bryan blieb noch die Frist des unfriedlichen Erwachens, denn der Ton von Suzys Wecker strapazierte die Nerven; ihnen blieb die Frist des ‹Gehst-du-zuerst-unter-die-Dusche?› und des gemeinsamen In-den-Dampf-des-Teewassers-Starrens. Doch dann ging Suzy ihrer Gewohnheit nach, fuhr den Heimcomputer hoch und fragte ihre E-Mails ab. Sie, die Apothekerstochter aus Dublin, hatte sich einige Menschen daheim bewahrt, mit denen sie auf diese Art kommunizierte.

Tatsächlich waren drei Mails angekommen, Freundinnen, die uns nicht interessieren. Was Suzy aufmerken ließ, war die Mail aus dem Labor. Kam nicht oft vor, dass berufliche Nachrichten ihr nachgeschickt wurden. Suzy öffnete den Link und las. Und weil Bryan schon an der Tür war, rief sie: «Bleib!», und weil Bryan hörte, dass es nicht bloß so ein: ‹Gib-mir-noch-'nen-letzten-Kuß›-Bleib! gewesen war, kam er näher und ließ sich von Suzy erklären, was da in Fachsprache stand.

«Das sind die Analysen, die ich angefordert habe», sagte sie. «Lizzys Darm- und Mageninhalt, Blutbild …» Sie las leise weiter. «Alles beim Alten, mhm, das kennen wir schon. Aber hier –» Sie zeigte auf eine Zeile. «Hier steht etwas über den Lungeninhalt.»

«Aha?»

«In der Lunge war Salzwasser.»

«Wissen wir doch.»

Wenn Bryan nicht gleich losfuhr, kam er zu spät.

«Bloß dieses Salzwasser …»

«Ja?»

«Das stammt nicht von hier.»

«Was? Stammt nicht … Versteh ich nicht.»

«Es ist Meerwasser», sagte Suzy. «Aber da steht: *Das Meersalz stammt voraussichtlich aus dem Toten Meer.*»

Bryan hatte sich auf den Schreibtisch gestützt. Jetzt presste er die Knöchel so hart auf die Kunststoffoberfläche, dass es knackte. Denn wenn es einen Moment gab, wo ihm der: *Es-war-die-ganze-Zeit-da-aber-du-hast-es-nicht-gesehen*-Satz durch den Kopf ging, dann jetzt.

Ein Dankeschön an Suzy, für mehr war keine Zeit. Sie rief ihm etwas nach, er riss schon die Mütze vom Haken, raste die Treppe nach unten. Rannte mit lauten Schritten zum Toyota, sodass im Stockwerk darunter ein Fenster aufging und ein verschlafener Mieter sich wunderte, warum dieser Polizist ausgerechnet auf ihrem Parkplatz eine Einsatzübung machte.

Genauso fuhr Bryan los: zu einem Noteinsatz. Suchte hektisch die Schalter für Blaulicht und Martinshorn; fegte durch den Frühverkehr von Bantry, schoss Richtung Westen aus der Stadt, missachtete alle inneren Warnsignale vor Haarnadelkurven und tangüberspülten Brücken, fuhr, raste, und der Ton der Sirene flog ihm voraus.

Er umging Castlebere über die Nordumfahrung und erreichte die Senke von Cahermore, als gerade die Sonne aufging. Er schlingerte die Auffahrt der Gaffrays hoch, sprang aus dem Wagen (der Türrahmen riss ihm die Mütze vom Kopf), klingelte mehrmals, klopfte, hämmerte. Niemand kam. Bryan warf einen Blick in die Garage; beide Autos standen da.

Der Stall verbarg sich hinter einer jungen Eichenschonung. Bryan stand vor dem groben Brettertor, hob den Riegel und zog das Türblatt nach außen. Die Strahlen der tief stehenden Sonne huschten bis in den hintersten Winkel der Stallung. Er vernahm das Scharren der Hufe, ein Schnauben; der Braune warf die Mähne hoch. Als Bryan eintrat, wandten die Pferde gleichzeitig die Köpfe; nur der Rappe ließ sich beim Fressen nicht stören.

Cathy Gaffray stand in der letzten Box und striegelte ihren Wallach. Mit so manchem hatte Bryan gerechnet – mit dieser Ruhe nicht. Cathy strich über die Flanke, der Wallach trat mit den Vorderhufen auf der Stelle.

«Warum haben Sie nicht zuerst mit mir gesprochen?», fragte Cathy.

«Mrs. Gaffray, wo ist Ihr Mann?»

«Patrick?» Fragend sah sie ihn an. «Unten, im Boot.» Sie machte weiter. Der Staub aus dem Fell des Pferdes hatte das schwarze T-Shirt grau gefärbt. Bryan ging nicht näher als bis ans Gatter. Sie wechselte vom Striegel zur weichen Bürste; begann am Hals und arbeitete sich langsam voran.

«Patrick wusste nichts.» Sie schaute hoch. «Er ist der unschuldigste Mensch, den es gibt. War Ihnen das nicht klar?»

«Was wusste er nicht?», fragte Bryan. «Dass Lizzy nicht sein Kind ist?»

Sie antwortete nicht gleich; schüttelte den Kopf, bürstete weiter.

«Mehr als alles hat Patrick sich Kinder gewünscht. Die Ärzte haben ihm Hoffnung gemacht. – Ich wusste es, habe es immer gespürt: Wir konnten keine bekommen.»

Sie strählte die Bürste mit dem Striegel, ließ Staub und Haare zu Boden fallen.

«Ich liebe ihn.» Das ruhige schabende Geräusch. «Liebe ihn so sehr, so über alle Maßen ...» Sie sah hoch. Da war das Strahlen wieder, dieses besondere Leuchten; dass ein ganzer Mensch strahlen kann, dachte Bryan, hell und weich.

«Ich wollte ihm das schenken, was er am meisten liebte, Sergeant Sheehy. Ich wollte ihn glücklich machen.»

Und all die Bilder und Fragen, die Bryan durch den Kopf gingen, die Verletzungen, die sich öffneten, all die verschütteten Hoffnungen. Doch er gestattete sich nicht, an Wavey zu denken. Er hätte Cathy jetzt befragen müssen, *vernehmen* – aber Bryan stand nur am Gatter, die Arme über die Brüstung gelegt, und sah zu, wie Cathy ihr Pferd bürstete.

«Sile und ich …» Über die Brust des Wallachs gebeugt hielt sie inne. «Das bedeutete nichts. Ich wollte es bei dem einen Mal bewenden lassen. Aber Sile hat sich Hoffnungen gemacht. Wir trafen uns noch ein paar Mal; ich wollte sichergehen. Aber … Es war nichts. Wirklich. – Und dann war ich schwanger.»

Bryan sah in das schöne Gesicht.

«Lizzy war alles für ihn; selbst ich hatte mit so einer überschwänglichen Liebe nicht gerechnet. Seine Tochter, sein Glücksbringer, seine kleine Göttin. Jede Minute, die er nicht in den Hallen war, hat er mit ihr verbracht. Sie hat ihn völlig beherrscht.»

Cathy bückte sich unter dem Hals des Pferdes durch und machte auf der anderen Seite weiter.

«Lizzy hat es gespürt. Kinder testen ihre Umgebung», sagte sie, ohne aufzuschauen. «Sie wusste, bei Patrick konnte sie ins Uferlose gehen. Er hätte ihr nichts abgeschlagen, niemals.»

«Und deshalb …?» Es war dumm von Bryan, zu sprechen; er bereute es gleich.

Cathys Blick. «Nein, wir reden nicht über meine *Eifersucht,* Sergeant. So einfach ist es nicht. Die ersten Jahre nach der Geburt waren wunderbar, Patrick wie ausgewechselt. All das Bittere und Vergrübelte war verschwunden; er und sein kleines Mädchen.» Nachdenklich säuberte sie die Bürste ein zweites Mal. «Aber Lizzy wurde größer. Und sah ihrem echten Vater immer ähnlicher.» Cathy sah Bryan an. «Ein guter Geist hat mich geschützt, und mein Geheimnis. Denn Lizzy hatte immerhin meine Augen, meine Nase.»

Bryan empfand plötzlich ein beklemmendes Gefühl. «Mrs. Gaffray, ich möchte jetzt Ihren Mann sprechen.»

«Ich sagte schon – er ist unten im Boot.» Mit aller Kraft setzte sie die Arbeit fort.

«Warum gehen wir dann nicht hinunter und besprechen alles gemeinsam?» Bryan trat vom Gatter zurück und machte einen Schritt zum Ausgang.

Sie kam hoch. «Es war ein dummer Zufall!»

Hielt sich mit beiden Händen an den Latten fest.

«Ich wollte Patrick an der Crêpebude vorbeiziehen! Aber er und sein Appetit auf Apfel-Zimt! *Komm, nur eine,* hat er gesagt. Dann standen wir da, und Patrick aß. Und als ob ich es geahnt hätte, kamen ausgerechnet jetzt Lizzy und Peter vorbei!» Cathy stöhnte auf.

«Sie standen einander genau gegenüber: Sile, der seine Witze machte, Sile, der nichts wusste und dem die Dummheit ins Gesicht geschrieben steht. Vor ihm Lizzy.»

Cathy wich langsam ins Innere der Box zurück.

«Sie hat ihm so ähnlich gesehen, so unglaublich ähnlich, dass ich beinahe aufgeschrien hätte. *Jeder* muss das sehen, dachte ich; alle sehen es, sie wissen es – seit langem. Ich habe versucht, Patrick abzulenken. Aber er hat Lizzy angesehen, dann Sile und dann wieder *seine* Tochter.»

Cathy war fast verschwunden; nur die hellen Reithandschuhe bewegten sich im dämmerigen Hintergrund. «Ich weiß nicht, ob er es in diesem Moment geahnt hat. Er hat sich zu mir gewandt und gesagt, er möchte jetzt nach Kilkatherine Point. Was … sollte ich glauben? Wir haben uns von Lizzy verabschiedet und gingen zum Auto.»

Eine Stille, in der Bryan das Summen der Insekten hörte.

Ganz leise jetzt Cathy: «Niemand darf das zerstören, was zwischen Patrick und mir ist. Auch Lizzy nicht. Nur wir beide, sonst niemand.»

Plötzlich kam sie nach vorn und umarmte den Wallach, strich die Mähne aus seiner Stirn. «Es war nicht geplant, Sergeant. Glauben Sie mir das?»

Als sie ihn jetzt ansah, hätte er ihr gerne alles geglaubt.

«Wann kam Lizzy nach Hause?»

«Gegen elf. Loretta hat sie gebracht. Lizzy hatte Fieber und eine Rotznase; hatte zu lange im Freien gesessen. Sie fragte: *Wo ist mon cher papa?* So nannte sie ihn, wenn sie was von ihm wollte. Mir war schwarz zumute und hoffnungslos. Ich hatte ... ich glaube drei oder vier Whiskeys getrunken. War nicht aufgelegt für ihre Prinzessinnenspäße. Lizzy wollte baden; wollte, dass *cher papa* am Wannenrand saß und sie bedauerte. Ich habe gesagt, dass er nach Kilkatherine gefahren ist. Da wurde sie sauer: Er muss her! Ihr Papa musste her. Irgendwas ist an dem Abend wohl schief gelaufen.»

Bryan dachte an die Sache mit dem Netz.

«Warum haben Sie Meersalz ins Badewasser getan?», fragte er.

«Weil es bei Verkühlungen hilft. *Totes-Meer-Salz* – Kennen Sie das nicht?» Überrascht öffnete Cathy das Gatter. «Ich habe eine ganze Menge davon verwendet.»

«Damit haben Sie uns die ganze Zeit verwirrt.»

Sie trat aus der Box. «Das war nicht meine Absicht.»

«Und dann – stieg Lizzy dann in die Wanne?» Bryan bemerkte, wie nahe sie vor ihm stand; sie wischte sich den Staub von der Brust.

«Ich ging hinaus. Sah, dass Patrick seine Arbeitshandschuhe vergessen hatte; sie lagen auf der Kommode im Flur. Darüber hing sein Bild an der Wand.» Sie sprach noch leiser. «Patrick, der liebste Mensch von der Welt. Und der traurigste. Von seinen Geistern gequält. In diesem Moment wusste ich, dass Patrick die Wahrheit nicht ertragen würde.» Sie schaute zu Bryan auf. «Ihr wisst ja inzwischen, dass er vor zwei Jahren versucht hat ...»

«Ja, wir haben ...»

Aber Cathy wollte darüber nicht sprechen. «Ich liebe meinen Mann.»

Wieder bemerkte Bryan die zwei verschiedenen Blautöne in ihrer Iris.

«Ich nahm die Handschuhe und ging ins Bad zurück. Lizzy hatte die Haare gewaschen und tauchte gerade unter. Ich zog die Handschuhe an.»

Der Wallach schnaubte; Cathy blieb hart mit Bryan im Blick.

«Ich drückte mit beiden Händen. Wollte ihre Augen nicht sehen. Sie war überrascht, sie bäumte sich auf. Ich drückte mit meinem ganzen Gewicht. Es ging schnell. Ich habe ihr ein Kleid angezogen und sie zum Boot gebracht.»

Cathy wandte sich ab, und es war Bryan, als ob sie ihn während der ganzen Zeit festgehalten hätte. Sie schüttete Hafer in die Futterrinne und schloss das Gatter. Der Wallach fraß. Plötzlich spürte Bryan, wie eisig seine Hände waren, er fühlte den kalten Stoff der Uniform an der Innenseite der Hosenbeine.

«Warum erzählen Sie mir das, Mrs. Gaffray?»

«Können Sie es nicht erraten?»

«Ich möchte jetzt Ihren Mann sprechen.»

«Ja, gehen wir zu ihm.» Sie wischte über die Augen; Bryan konnte keine Träne entdecken. Als sie losgingen, wieherte der Wallach.

«Werden Sie Ihr Pferd hierher holen?», fragte Cathy.

«*Adelaide?* Ich glaube nicht. Sie hat es in Galway besser.»

«Ein Pferd hat es am besten bei dem Menschen, zu dem es gehört.»

Draußen begann ein strahlender Tag.

«Ich habe zu wenig Zeit für sie.» Bryan folgte Cathy über den Pfad, der zu den Klippen führte. Zwischen den Felsen wanden sich Holztreppen im Zickzack hinunter zum Strand.

«Ich wüsste einen guten Stall, wo Sie *Adelaide* einstellen könnten.» Im Gehen drehte Cathy sich um. «Dort kümmert man sich um sie.»

«Ich weiß nicht …» Bryan musste aufpassen, um nicht zu stolpern. «Ich bin nicht sicher, ob ich etwas hierher holen möchte, das mich an das Alte erinnert.»

An dem verrotteten Steg bemerkte er ein Ruderboot.

Cathy erreichte das Wasser. «Ein Pferd ist kein Etwas.»

Wie Fäuste ragten Felsüberhänge aufs Meer hinaus. Vorsichtig betrat Bryan die vom Wasser geschwärzten Planken; Tang glitzerte auf dem Steg. Er konnte Patrick nirgends entdecken. Eine graue Plane hing seitlich am Boot.

Cathy zog sie hoch und beugte sich darüber. «Ich habe ihn aus der Bucht gezogen», sagte sie leise. «Er war schon tot. Ich konnte ihn … Er war zu schwer für mich. Konnte ihn nicht ins Boot ziehen; also habe ich ihn am Rand festgebunden.» Sie holte tief Luft. «Ich glaube, er wäre am liebsten draußen geblieben. Aber ich will ihn bei mir haben, in meiner Nähe. Sehen Sie nur, Bryan, was das Meer mit ihm gemacht hat; ganz zerschlagen hat es ihn. Die Klippen …»

Sie ließ sich auf den Bootsrand sinken und streichelte das bleiche Gesicht. Tang hing in seinem Bart; er trug den Anzug, den er bei Lizzys Begräbnis angehabt hatte. Cathys Weinen vermischte sich mit dem Schreien der Möwen. Sie stürzten von den Felsen herab und flogen weit übers Wasser.

«Ich werde die Kollegen verständigen», sagte Bryan. «Und den Leichenwagen.»

«Kann ich hier unten warten?» Sie bewegte sich nicht.

«Nein.» Er berührte sie an der Schulter. «Sie müssen jetzt mitkommen.»

«Ja, natürlich.» Sie stand auf und deckte den Leichnam zu. «Das Telefon ist oben.»

Er kam nach Hause, zog die Schuhe aus, setzte sich an den Tisch. Er wusste nichts und hörte nichts und dachte nicht weiter. Sein Blick fiel auf die Plastikschüssel unter der Spüle; Mrs. Diveney erwartete, dass ihre Mieter den Kunststoffboden feucht wischten – einmal die Woche. Wie es sich anfühlen würde, die Beine in warmes Wasser zu tauchen? Dazusitzen und die Zehen zu bewegen? Er beugte sich langsam vor, zog einen Socken aus, dann den anderen. Verschwitzt waren die Füße; wo er doch fror. Bryan betrachtete die roten Abdrücke, die der Gummizug hinterlassen hatte. Als wäre es das Schwerste von der Welt, stand er auf, bückte sich zu der kleinen Wanne, hob sie in die Spüle und ließ Wasser laufen. Heiß, aber nicht zu heiß. Er plätscherte mit den Fingern. Im Schrank hatte er Badeperlen, Waveys Badeperlen – die mussten versehentlich mitgegangen sein. Er könnte sie … lieber nicht. Schleppte das Plastikding vor das Sofa und setzte sich. Saß da – nichts denken –, hob die Beine.

Im Erdgeschoss läutete das Telefon; Bryan saß da, mit angezogenen Füßen, über dem Wasser. Mrs. Diveney würde im nächsten Moment rufen.

«Mister Sheehy, Telefon!» Die dünne Stimme. Bryan saß da.

«Doktor Moynihan für Sie!»

Suzy – ach ja. Suzy wusste es noch nicht. Langsam ließ Bryan die Beine sinken und spürte, wie es heiß wurde, prickelte, viel zu heiß. Aber er hielt es aus. Mrs. Diveney rief kein zweites Mal. Bryan schloss die Augen.

Glückstage

Vierzig Jahre. Bryan saß hingelümmelt auf dem Stuhl im Hinterzimmer; hatte das Jackett abgelegt, die Ärmel aufgekrempelt und tippte mit dem Finger auf die Verzierung der Erdbeertorte. Vierzig Jahre im Polizeidienst – das soll ein Leben sein? Die Torte war noch gefroren, die Sahnekringel hart wie Stein.

Der Superintendent aus Cork war angereist, der Bürgermeister von Castlebere durchs Revier stolziert – wahrscheinlich saß Caughan gerade mit ihnen beim Mittagessen und verfluchte den Tag, an dem O'Sullivan sich an das Dienstjubiläum erinnert hatte. Der Alte hasste Feste; solche zu seinen Ehren am meisten.

Was kam?, dachte Bryan. Was kam also? Er bohrte den Daumen tief in die Torte. Ladendiebstähle, Trunkenheit am Steuer; ich werde den Leuten beim Ausfüllen ihrer Zulassungsanträge helfen. Und einmal die Woche fahre ich Streife. Vierzig Jahre – tolle Aussicht.

Cathys Geständnis, Patricks Selbstmord: Zwei Fernsehteams hatte man hergeschickt. O ja, das war was in Castlebere. *Berechnend und gefühlskalt*, so hatte es in den Zeitungen gestanden. Die Menschen hier sprachen anders darüber; leiser, trauriger. Allen wäre es lieber gewesen, Tom DeGeter wäre der Mörder gewesen. Mister Rush hatte gestanden, Loretta im Schlaf überfallen zu haben – im Auftrag DeGeters. Der Drogenhändler saß in Cork ein, Cathy Gaffray war bei Nacht weggebracht worden.

Bryan starrte aus dem Fenster. Was ist möglich? Was kommt? Noch war es still auf der Wache; er hatte den Revierdienst gerne übernommen, ihm war nicht nach Feiern. Wird gleich regnen. Das Komische, nein, das Tragische ist, dass

Cathy durch ihre Tat ausgerechnet den Menschen verliert, den sie vor allen retten wollte. Wie eine Eisplatte auf dem Meer: An einem Tag hält sie noch, am nächsten bricht sie, verschwindet.

Sile O'Shea ist berühmt geworden, seine Bude die Attraktion. Manche sagen, die Ähnlichkeit ist ihnen immer schon aufgefallen – der Verführer, der Italiener!, sagten sie. Sile ist der Rummel zu viel geworden, er hat seine Bude zugesperrt und macht Urlaub – in Frankreich.

Durch die regennassen Scheiben sah Bryan Patrick Gaffray und Lizzy in ihrem Reich unter Wasser; der sterbende König und seine Prinzessin. Lizzys Locken schweben, Patrick sitzt auf einem Riff, mit gesenktem Kopf.

Bryan schlug die Augen auf und bemerkte, dass sein Daumen, eingesunken in der Torte, fast erfroren war. Er leckte ihn ab, bewegte ihn, hauchte ihn an. Verschmierte das Loch. Im Supermarkt hatte er das Ding gekauft, Tiefkühlabteilung.

«Erdbeerkuchen?», hatte die Stimme hinter ihm gesagt. Der Erzengel, im weißen Pullover. «Warum backen Sie nicht selbst?», hatte er gefragt.

«Weil ich … weil …» Dumme Frage. «Ich kann nicht backen.»

«Geht ganz einfach.» Peter Dunboy war mit Bryan zum Gemüsestand geschlendert und hatte ein unscheinbares Kraut genommen. «Koriander. Riechen Sie mal.»

Bryan hätte es für Petersilie gehalten, hatte geschnüffelt; wie Kaugummi, bevor man ihn wegwirft.

«Ich mache Jakobsmuscheln in Buttersauce», hatte der Maler gesagt und seinen Wagen zur Feinkost bugsiert. Dass es schon frische Erdbeeren gab – Bryan hatte eine Hand voll in Plastik getütet. Schmeckten bestimmt besser als die gefrorene Beere in der Tortenmitte. Er pflückte sie ab, lutschte das eisige Ding wie ein Bonbon.

Stimmen draußen. Der Superintendent hatte ins *Old Bank*

Seafood geladen; jetzt kamen sie zurück. Bryan zog die Uniformjacke an, rückte die Krawatte zurecht. Suzy trat als Erste ins Zimmer. Wie ihr das azurblaue Kostüm stand! Ja, Suzy, das war eine, die man mögen konnte. Warum also nicht? Viel zu tun beide in den letzten Tagen – lange nicht mehr beisammen gewesen. Doch das hatte nichts zu sagen … nichts. War eben noch nicht alles klar zwischen ihnen. So oder so, heute war sie bildhübsch, hatte das Haar streng nach hinten frisiert und küsste ihn auf die Wange.

«Wie war's?», fragte Bryan.

«Die haben alle ganz schön geladen.» Suzy deutete hinter sich. Nahm seine Hand. Nein, dachte Bryan, nicht jetzt. Er mochte das nicht, so vor allen. War froh, dass Caughan den Raum betrat, ließ Suzy los und rückte die Torte in die Mitte. Merkt doch keiner, dass die Verzierung fehlt – hoffentlich.

«Erdbeertorte. Meine Lieblingssorte!» Wie schlecht der Inspector die Freude spielte. Die anderen drängten nach; Bryan wurde dem Dings vorgestellt. Ein grau melierter Verbindlichkeitstyp, dieser Superintendent. Dann das Gewäsch über den Fall: Da hätte man sich ja *guten jungen Nachwuchs* nach Castlebere Haven geholt, sagte der Dings und – *Weiter so* – und – *Nichts geht über die Garda!*

An O'Sullivans besorgtem Blick erkannte Bryan, dass der Inspector nicht mehr viel von dem Gesülze ertragen würde. Ein Sektkorken knallte, Bryan schnitt die Tiefkühltorte an.

«Lieber Kollege, lieber Sean», hob der Superintendent zum Standardständchen an. «Vierzig Jahre im Dienste der Garda …»

Und Bryan wurde mulmig, weil der Inspector mit der Krawattenspange zu spielen begann. Das bleiche Gesicht des Chefs – er stieß mit dem Dings an, trank den ersten Schluck. Es ging ihm nicht gut, das sah einer, der's wusste. Bryan und O'Sullivan wussten es. Alle klatschten, alle redeten über irgendwas; aber keiner nahm einen einzigen Bissen von der Torte.

Das ist noch zu sagen, dass Bryan einer war, der nie Post erwartete; rein gewohnheitsmäßig sah er aber doch jeden Tag nach. Wenn das drin war, was jeden Tag drin war, hatte es etwas Beruhigendes für ihn: Werbung und Rechnungen, Rechnungen und Werbung – so funktionierte die Welt.

Aber eben nicht nur, denn heute ein Brief. Waveys Schrift hätte Bryan unter tausend erkannt. Plötzlich war er ganz aufgeregt. Sie schrieb so verflucht ungern – das musste was Wichtiges sein. Wie die Wahrheit in solchen Momenten eben ans Tageslicht kommt: Bryan wünschte sich so sehr, es möge ein Versöhnungsbrief sein, dass er neben dem Herzklopfen mit einer Gänsehaut aufwarten konnte. Ein Dreivierteljahr des Schweigens! Wavey will den ersten Schritt machen, wozu sonst ein Brief? Und man wird es nicht glauben – in dieser Sekunde war Bryan überglücklich. Auch Wavey hielt die Einsamkeit schlecht aus, sie war nicht so felsenfest, wie sie tat. Mach den Brief auf, dann weißt du's, dachte Bryan im Glück; und zögerte und wurde sich des Glücks bewusst, und weg war es. Mit noch stärker klopfendem Herzen steckte er den kleinen Finger in den Schlitz des Kuverts, riss es auf. Betrachtete die vertraute Schrift, kantig und nach rechts geneigt. Nur eine kurze Notiz:

Hier sind sie also endlich. Unterschreib rasch, damit die in Shannon einen Termin ansetzen können. Gruß Wavey.

Wer kennt Scheidungspapiere? Bryan sah so etwas zum ersten Mal. Vierundzwanzig Seiten, Herrgott, was gab's denn da so viel … Er würde sie lesen, natürlich, aber später, heute wohl nicht mehr.

Klare Verhältnisse, darum ging es Wavey; das hatte sie immer gemocht. So war sie, ihre ganze Art. Ist mir recht, dachte Bryan und merkte, dass er sich auf die Gartenmauer gesetzt hatte. Ich bin hier, Wavey dort; wozu soll man länger verheiratet sein? Aber das Pferd lasse ich nicht dort!, dachte er als Nächstes. *Adelaide* kommt zu mir, ich finde einen Stall für sie; diese Gegend ist wirklich herrlich zum Ausreiten. Das ist jetzt beschlossen. Bryan steckte die Papiere zurück ins Kuvert, warf Waveys Karte in den Müll und ging hinein.

Nach fünf Sekunden sehen wir ihn wieder herauskommen. Er schämte sich nicht, die Mülltonne zu öffnen und sich tief hinunterzubeugen, um Waveys Karte herauszufischen. Wischte den Kaffeesud von der oberen Ecke und las noch einmal. Wie sie das *S* schreibt, dieser komische kindische Kringel. *Damit die in Shannon bald einen Termin ansetzen können.*

In Shannon. Das hieß doch nichts anderes, als dass Wavey und er sich sehen würden, bald schon, in Shannon. Und Bryan konnte nichts dafür – er freute sich schon wieder. Und nahm sich vor, die Papiere heute noch zurückzuschicken.

Es waren wieder einmal dunkle Wolken über Poor Island aufgezogen, und als Bryan sein Zimmer erreichte, regnete es schon. Dicke Tropfen klatschten gegen die Scheibe. Draußen fuhr Simson Dignam auf seinem Rad vorbei, dem machte der Regen nichts; wo er seinen Gummimantel trug. Gestern hatten die Fischer hinter *Cod's Head* etwas abgeworfen, dachte er, Müll vielleicht. Vielleicht aber auch die Reste von dem Tümmler, der das Makrelennetz ruiniert hatte. Da wollte Simson doch gucken, ob für ihn was dabei war. Schon sehen wir ihn durchs Maddock-Viertel radeln, wo Moyra ihr Lebtag gewohnt hatte. Er hätte sie heiraten sollen, damals, als sie noch wollte; bloß hätten ihn keine zehn Pferde ins Maddock-Viertel gebracht. Lieber lebte er draußen im Cottage, wo der Felsen vor dem Fenster das Einzige war, das ihn störte. Simson bremste auf der steinernen Brücke – noch kein Jahr, dass er auf den Innereien ausgerutscht war. Keine kalten Tage mehr diesen Frühling, betete er, die Hüfte wurde sonst hart wie Stein.

Petra Hammesfahr

«Spannung bis zum bitteren Ende» Stern
«Es gehört zu den raffinierten Konstruktionen von Petra Hammesfahr, dass dann doch alles ganz anders sein könnte» Marie Claire

Das Geheimnis der Puppe
Roman 3-499-22884-X

Der gläserne Himmel
Roman 3-499-22878-5

Der Puppengräber
Roman 3-499-22528-X

Der stille Herr Genardy
Roman 3-499-23030-X

Die Chefin
Roman 3-499-23132-8

Die Mutter
Roman 3-499-22992-7

Die Sünderin
Roman 3-499-22755-X

Lukkas Erbe
Roman 3-499-22742-8

Meineid
Roman 3-499-22941-2

Roberts Schwester
Roman 3-499-23156-5

Merkels Tochter
Roman
Merkel war Kriminalbeamter, als er den Liebhaber seiner Frau erschoss. Als er nach 15 Jahren Haft zu seiner Tochter Irene zieht, hat er seine eigenen Vorstellungen von Gerechtigkeit...

3-499-23225-1

Foto: Erica Freudenstein

Janice Deaner

«Es ist fast unmöglich, sich ihren Geschichten zu entziehen.» Library Journal

Als der Blues begann
Roman. 3-499-13707-0
Ein ungewöhnlicher Familienroman, ein Buch über Eltern und Kinder, Liebe und Hass, Verrat und Verzeihung und über das Mysterium des Glücks. Janice Deaner erzählt aus der Sicht des naseweisen Mädchens Maddie: mit jenem staunenden, eindringlichen Blick kindlicher Unschuld, die nicht aufhören will, sich über die Erwachsenenwelt zu wundern. Ein Buch mit einer leuchtenden Seele, tragisch, komisch, spannend und voll reiner Poesie.

Fünf Tage, fünf Nächte
Roman
Zwei Fremde, eine Frau und ein Mann, besteigen in New York den Zug nach Los Angeles. Beide hüten ein Geheimnis, beide fliehen vor ihrem bisherigen Leben. Sie kommen ins Gespräch, und schon bald entwickelt sich eine vertraute Nähe zwischen ihnen. Von der Frau zugleich fasziniert und irritiert, entlockt der Mann ihr ihre Lebensgeschichte. Fünf Tage und fünf Nächte lang erzählt sie, sie vertraut ihm und gibt sich seinen Zärtlichkeiten hin, ohne seinen Namen zu kennen. Und sie will ihn auch nicht wissen ...

3-499-23011-9